Paul Baldauf
Kleriker im freien Fall

Paul Baldauf

Kleriker
im freien Fall

KnechtVerlag

© 2011 Verlag Markus Knecht, Landau

Umschlaggestaltung: Anette Marquardt
Titelfotographie: Paul Baldauf, Claus Breitfeld
Alle Rechte an dieser Ausgabe vorbehalten.
1. Auflage 2011
ISBN 978-3-939427-08-7

Aufklärung

Die Handlung meines Kriminalromans Kleriker in freiem Fall spielt in der altehrwürdigen Stadt Speyer am Rhein. Die geschilderten Ereignisse sind Oberkommissar Wagners erster Fall, der Auftakt einer Serie aus der Domstadt. Wie es kaum anders sein kann, haben einige lebende Personen den Verfasser zu der ein oder anderen Figur 'inspiriert'.

Die Leser mögen aber bedenken, dass ein Roman kein Tatsachenbericht, Romanfiguren daher mit realen nie identisch sind. So ähneln einiger der Figuren – wem wohl? raten Sie mit – einigen Vorbildern vielleicht in manchen Zügen, während der Autor sie auch mit anderen Eigenschaften ausgestattet hat, die seiner Phantasie entstammen.

Der oder die Täter sind freilich der Vorstellung des Schreibers entsprungen. In unserer liebenswerten Stadt wohnen grundsätzlich keine Leute dieser Art.

Der Autor hofft, dass Leser sich in Spannung versetzt und unterhalten fühlen, dass sie dem Ermittlerduo und den Geschichten um Täter und Opfer gerne folgen werden – in diesem Roman und in denen, die noch folgen werden.

Ich danke der kubanischen Sängerin Mayra León und dem venezuelanischen Sänger Oscar de León für die Erlaubnis, Auszüge aus Texten ihrer Lieder abzudrucken.

Paul Baldauf, Speyer, Oktober 2011

1. Kapitel

Dr. Ludwig Güterschild, an diesem Nachmittag als neuer Bischof von Speyer eingeführt, atmete tief durch. Geschafft. Er öffnete die Tür zu seinem Arbeitszimmer, legte seine bischöfliche Schärpe über einen Sessel und schob die Ärmel seines Bischofsgewandes nach oben.

In diesem Moment klopfte Schwester Benedicta an die nur halb geschlossene Tür. Sie lugte hervor, hüstelte und sagte: „Kann ich, Herr Bischof, noch irgend etwas..."

Bischof Dr. Güterschild kam ihr zuvor: „Nein, wirklich nicht, sehr liebenswürdig, Schwester."

Dann hielt er einen Moment inne und fügte rasch hinzu: „Vielleicht doch..., warten Sie. Wo haben wir eigentlich den Wein verstaut, den wir vom Winzerverein bekommen haben?"

Schwester Benedicta wies das „wir" in diesem Zusammenhang in aller Bescheidenheit von sich: „Ich bringe ihn gleich."

Bischof Dr. Güterschild lauschte ihren rasch trippelnden, sich entfernten Schritten. Er schloss für einen Moment die Augen und atmete auf. 'Hast du, glaube ich, schon ganz gut hingekriegt – natürlich mit Gottes Hilfe. Fast 100 Bischöfe vor dir, seit dem ersten urkundlich erwähnten Bischof zu Speyer. Muss man sich mal vorstellen!'

Diese Vorstellung wurde nur kurzfristig unterbrochen durch Äußerungen der Bischofsschwester, die die Weinflaschen vergeblich zu suchen schien. Doch schon entfuhr ihr ein kleiner Ausruf der Erleichterung. Sie näherte sich mit noch rascheren Schritten.

„So, Herr Bischof, ich hab die Flasche schon geöffnet und hier haben Sie noch ein Glas."

Sie deutete mit ihrem Zeigefinger auf das Weinglas mit dem Wappen des neuen Bischofs. „Da kann der Herr Bischof aus dem Bischofsglas trinken."

Bischof Dr. Güterschild lachte herzhaft – „Danke schön, Schwester Benedicta!" – und erwiderte die Wünsche nach einer guten Nachtruhe.

Mit sicherer Hand füllte er sein Glas – hatte er sich doch gleich mal erklären lassen: Region Weinstraße, sehr bedeutsam für die Pfalz – und lehnte sich in seinem Sessel mit einem Gefühl tiefer Ergriffenheit zurück.

'Was für ein langer Weg.' Er gedachte gerührt und dankbar der ersten Wegbegleiter auf seinem Lebens- und Glaubensweg und blickte zurück auf seine erste Kaplanstelle. 'Pfälzer Wein, damit musst du dich vertraut machen. Wichtiger Wirschaftsfaktor für die Menschen hier. Fragt der mich doch glatt, ob ich schon mal an einer Weinprobe teilgenommen habe, dieser junge Reporter von der *Rheinpfalz*. War ich im ersten Moment schon etwas verdutzt. Aber gleich die Kurve gekriegt. Mentalitätsunterschiede, keine Frage. Viel direkter, machen nicht viel Federlesens. Aber alles gut gemeint. Aaah. Das tut gut jetzt, diese Stille. Dass ich mal in Speyer lande... Ja, die Wege des Herrn sind unergründlich.'

Der neue Bischof hörte den dumpfen Schlag der von dunkelbraunem Holz umkleideten Wanduhr.

'Vor dem Einzug warst du ja etwas aufgeregt... Erhobenen Hauptes auf den Kaiserdom zugehen, jedoch im Bewusstsein, Diener zu sein. Ausgleich der Gegensätze, in höherer harmonischer Einheit. Ein kurzes Stoßgebet... Nach allen Seiten grüßen: Volksnah, will Euer Bischof sein.

Aber natürlich auch nicht übertreiben. Kein reines Volksfest: Heilige, liturgische Handlung später. Das muss klar zum Ausdruck kommen. Allerdings schon etwas merkwürdig, dass Umbau und Renovierung des Bischofspalais gerade noch fertig wurden. Die reinste Baustelle vorher...'

Er goss nach. Nun bemerkte er, dass die umsichtige Schwester auf einem kleinen Tisch zu seiner Seite stillschweigend zwei Brezeln deponiert hatte. 'Wie aufmerksam. Morgen nicht vergessen, sie zu loben.'

Der Bischof ließ noch einmal die Bilder seines feierlichen Einzugs an seinem Geist vorüberziehen. 'Hat schon ein Flair, dieser Domplatz. Rührend, wie ich abgeholt wurde. Alle versammelt, Pregnalt und Schütz und der gute Weihrauh und wie sie alle heißen. Der Einstieg bei der Predigt „da können einem schon die Knie schlottern", kam gut an, obgleich ich erst dachte, ob der Ausdruck nicht zu stark ist? Bin ja schließlich nicht ängstlich.'

Der neue Hirte des Bistums zerbrach eine Brezel und führte ein Stück zum Mund. 'Brezeln. An jeder Ecke hier, nicht zu übersehen beim ersten Gang durch die Stadt. Liebenswert, unser Weihbischof, kauft mir eine große Brezel zur Stärkung nach der Dombesichtigung. Nicht übersalzt, nein, kann man nicht sagen. *Brezel-Berzel*... Na ja, wenn man *Berzel* heißt, ist der Berufsweg als Brezel-Lieferant wohl vorgezeichnet. Vorderpfälzer. Gewisse

Leichtigkeit im Umgang. Französischer Einschlag? Haben ja schrecklich gewütet hier, die Franzosen, 1689. Was die sich da herausgenommen haben, mit Pferden in ein Gotteshaus reinreiten!

Spontaner Menschenschlag. Wenn ich da an den Mann denke, der mich gleich angesprochen hat, als ich erstmals über die Maximilianstraße ging. Da kennen die nichts! In einer Unbefangenheit, als wäre ich sein Schwager. Und wenn ich an die Pressekonferenz beim *Pilger*, unserem Bistumsblatt, denke. Fragt mich dieser Redakteur: „Was halten Sie eigentlich vom FCK?"

Der Bischof schmunzelte und schlug sich mit einer Hand auf das rechte Bein. 'Hätte ich gleich ein Eigentor schießen können. Gar nicht auszudenken, wenn ich mit der Abkürzung nichts hätte anfangen können... FCK, Kult in der Region. Hat Weihbischof Kündel daran gedacht, dich auch darüber zu informieren. Aber kennt man natürlich: Fritz Walter! Feiern können sie, die Pfälzer! Eine Begeisterung rings um den Domnapf! Schöner Brauch, den Domnapf mit Wein zu füllen. Kann man aber auch nicht flächendeckend in jedem deutschen Bistum einführen. Gar nicht daran zu denken, schon bei der Haushaltslage der einzelnen Bistümer.'

Nun bemerkte er, dass die Anspannung des ereignisreichen Tages zusehends von ihm wich. Ein Gefühl dankbarer Genugtuung stellte sich ein, das durch die Wirkung des maßvoll zu sich genommenen Weins – 'Halt mal! War da noch was drin?' – nur unterstrichen wurde.

Durch das gekippte Fenster drang das Geräusch vorbeifahrender Autos zu ihm. Ein kurzer, lebhaft ausgetragener Wortwechsel, vom Domplatz kommend und schon kehrte wieder Ruhe ein.

'An den Dialekt wirst du dich natürlich erst gewöhnen müssen. Bei dem Speyerer, der dich ansprach, hast du ja kaum die Hälfte verstanden. Möchte gar nicht so genau wissen, ob meine Antwort zu seiner Frage passte.'

Sein Geist kehrte zu den ersten Stunden unmittelbar nach seiner Einführung als neuer Bischof zurück: „Bestätige ich hiermit, dass Sie der rechtmäßige Bischof sind…" 'Ein großer Moment. Warst du gerührt! Der gute Pregnald. Wie er das „rechtmäßige" betont hat. Klang fast so, als könne sich hier ein Bischof einschleichen, oder als habe er das erst einmal überprüfen müssen. – Ist schon großartig, diese Fülle festlicher Ordnung. Die Einführungszeremonie samt Urkunde: Das hat der aber auch souverän gemacht, alle Achtung. Den Melzer hast Du dir ja gleich rausgegriffen. Menschenkenntnis, auch eine Gabe. Das sichere Gespür, wen du wo hinsetzen kannst. Kann fatal sein, ein Fehlgriff. Melzer… War das der, der aus Pirmasens kommt? Wie spricht man das eigentlich aus? Auf der ersten oder zweiten Silbe? Pirmaséns, habe ich auch schon gehört, klingt aber nicht gut. Schien der eine oder andere überrascht, als ich Melzer zu meinem Zeremonienmeister und Bischofssekretär ernannt habe. Soll an seiner Doktorarbeit schreiben über Anselm von Canterbury. Ich glaube, das passt.'

Bischof Dr. Güterschild setzte den sich einstellenden Bildern und Erinnerungen keinerlei Widerstand entgegen. 'Wie gut war es an einem Tag solch sinn- und sinnenreicher Festlichkeit, alles ausklingen zu lassen in aller

Stille. Ja, es war gut! Wie es auch gut war, dass der Wein, die Gabe Gottes und der Arbeit des Menschen zu einer gewissen Beschwingtheit führte, die musikalischer Begeisterung nicht unähnlich war, und man sich getragen fühlte, man sich tragen lassen durfte von der Fülle einströmender Gedanken, Bilder und Erinnerungen.'

Bischof Dr. Güterschild, mit einer kraftvollen Gesundheit gesegnet, die in seiner Erscheinung harmonisch zum Ausdruck kam, schloss das gekippte Fenster und setzte sich wieder.

'Rührend, wer da alles aufmarschierte. Welch eine Fülle an Farben, Fahnen, Trachten und Vereinen, an Musikern und Geistlichkeit! Die Fülle des Glaubens wieder erfahrbar machen, den ganzen Reichtum an geistlicher Wahrheit und Schönheit. Wahrheit, Schönheit, Güte – ein Dreiklang. Melzer und Weihrauh haben ja beide in Rom studiert. Da merkt man, ohne überheblich sein zu wollen, zuweilen den Unterschied. Sympathisch, diese Italiener, wie sie am Domnapf auf dich zugehen. Hattest du ja noch halbwegs parat, das Italienische: Abbiamo siempre una casa abierta! Sagt man so leichthin in einem solchen Moment, immer ein offenes Haus. Und wenn sie dann alle anrücken samt Schwiegermutter, Nichten und Neffen, können die Schwestern das ausbaden.

Nicht leicht zu deuten, dieser Weihrauh. Seine feinsinnigen Bemerkungen, die subtile Ironie. Soll philosophisch besonders kompetent sein. Den muss ich mal auf *Guardini* ansprechen.'

Bischof Dr. Güterschild ließ die Gesichter einiger Persönlichkeiten des öffentlichen Lebens Revue passieren, die ihm die Ehre erwiesen hatten, bis der Fokus seines Gedächtnisses den obersten Repräsentanten der Stadt in den Blickwinkel nahm. Wenn ich an den Oberbürgermeister denke: „Im Mittelalter hätten Sie Pech gehabt. Da hat man die Bischöfe schon mal fortgejagt oder in der Gruft begraben." 'Unglaublich! Dachte, ich hör' nicht recht. Eigenartiger Humor.' „Willkommen in der schönsten Stadt Deutschlands." 'Mal wieder über die alte Tugend der Bescheidenheit predigen. War sicher nicht wörtlich gemeint, lieben halt ihre Stadt.

Hat ja alles seine Berechtigung. Ist schon schön, Speyer! Die Römer waren ja hier. Bezug zu Rom ist also durchaus gegeben. Das lässt hoffen.'

Bischof Dr. Güterschild ließ die Fülle des Tages in sich nachklingen. Er dankte der Vorsehung insgeheim für die weiten und oft verschlungenen Wege, die ihn bis zum Bischofsstuhl in Speyer geführt hatten. Dann machte er sich zur Nachtruhe zurecht. Nach einer ihn nur kurz überflutenden Woge an Bildern, Gedanken und Erinnerungen, versank er in tiefen Schlaf.

2. Kapitel

Bischofssekretär Melzer nahm die Berge von Post entgegen, die ihm Schwester Benedicta überreichte. Dann begab er sich auf leisen Sohlen an einen Schreibtisch, der schon zu Zeiten eines Paul Josef Nardini seinen Dienst getan haben mochte.

Behutsam nahm er erste Verteilungen vor, schob Glückwunschschreiben auf einen Stapel und arbeitete sich konzentriert und zielstrebig durch den zweiten Berg. Auf diesem stellte sich vorübergehend ein Ungleichgewicht ein, so dass ein Berg- oder Briefrutsch nicht mehr zu verhindern war. Geduld. Ein erneuter Zugriff und schon waren die früheren Verhältnisse wiederhergestellt.

Bischof Dr. Güterschild hatte ihm sein Vertrauen ausgesprochen und auch bei der Bearbeitung seiner Post freie Hand eingeräumt. Nicht alle Schreiben bedurften einer Inaugenscheinnahme durch den Herrn Bischof. Kooperativer Arbeitsstil, das war seine Devise.

„Hier haben sich zwei gefunden!", so hatte ein Geistlicher seine Erwählung zum Bischofssekretär kommentiert. Kaplan Melzer schien, dass hier ein Anflug boshafter Häme vielleicht nicht ganz zu leugnen sei. Aber wer konnte schon uneingeschränkt in einen Menschen hineinschauen? Verbarg sich etwa Neid dahinter? Neid auf den ihm gewährten unmittelbaren Zugang zur höchsten Ebene der Bistumsleitung? Sollte dieser Geistliche sich selbst Hoffnung gemacht haben, die Stelle anzutreten? Kaplan Melzer bezweifelte dies in Anbetracht des fortgeschrittenen Alters des Klerikers.

Natürlich war es Kaplan Melzer nicht entgangen, dass die Art und Weise, wie er sein Amt ausübte, kaum einen Schritt vom Bischof wich, jedem Fehlgriff zuvorkam, die vom Bischofshut fallenden Bänder zurechtrückte, wenn der Wind sie in unmögliche Position brachte, von manchem Kommentator mit dem Zeremonienmeister des Papstes verglichen wurde. Gerade so, als wolle er – als früherer Römer – diesem aus der Ferne Konkurrenz machen und sich für spätere höhere Aufgaben in römischen Gefilden empfehlen... Nun denn. Spöttern war nicht leicht zu entkommen, was kümmerte es ihn. Was zählte, war die Erfüllung seiner Pflichten, ob die Schreiben, in die er nun Einblick bekam, dem stilistischen und geistigen Rang eines Kardinal Newmann nun entsprachen oder nicht.

Er schlitzte einen weiteren Brief auf, überflog den Absender – ah, ja, der Winzerverein – und entwarf in Gedanken einen Antwortbrief. Diese Winzer mussten ja wissen, dass es bis zur nächsten Domnapffüllung noch eine ganze Weile dauern dürfte. Wenn er sich recht erinnerte, hatten sie drei Kisten á sechs Flaschen Wein geliefert. Rauhe, mit stoßdämpfendem Füllmaterial ausgelegte Holzkisten, die sie persönlich vorbeibrachten und nach dem Motto – Wo ist denn hier der Keller? – auch gleich, mit Stiefeln voranstapfend, etliche Treppen tiefer verstauen wollten. Zeremonienmeister Melzer schüttelte rückwirkend den Kopf. Nein, so ging es nun wahrlich nicht! Ein Bischofspalais ist schließlich kein Domhof!

Kaplan Melzer gedachte kurz des Domhofes, der in unmittelbarer Nähe des Domes gelegenen Gaststätte. Wie verwundert war er doch damals als junger Kaplan, als Domkapitular Schütz ihn regelrecht drängte, gemeinsam in den Domhof zu gehen. Wenn er daran dachte, wie er sich das dunkle Gebräu opferbereit zugeführt hatte... Ein solcher Domhof – schon die Erwähnung des Doms war in diesem rein weltlichem Zusammenhang unpassend – war doch wahrlich nicht der geeignete Ort, um sich beim Genuss von Braukunstprodukten über die Theologie eines

Henri de Lubac zu unterhalten. Er schüttelte entschieden den Kopf und kehrte zu seiner Arbeit zurück. Eine überwiegend praktisch angelegte Tätigkeit war schon etwas anderes als in theologische Abgründe führende Studien oder metaphysische Höhenflüge im Umkreis von Plotin, Anselm von Canterbury und Bonaventura.

Zunächst kamen Schreiben geistlicher und weltlicher Autoritäten an die Reihe, Bundespräsidialamt, Bundeskanzleramt, Glückwünsche von Ministern, Staatssekretären usw. 'Ob der Herr Bischof im Einzelfall eine persönlich verfasste Antwort vorzog?' Kaplan Melzer verfasste eine entsprechende Notiz. Der nächste Brief stammte von protestantischer Seite. Kaplan Melzer musste wieder an Kardinal Newmann denken, den großen Theologen, Denker und glanzvollen Stilisten, dessen Lektüre ihn in manch schlafloser Stunde ganz in Anspruch nahm. 'Newmann war ja konvertiert. Seine Autobiographie sollte man dem Kirchenratspräsidenten mal zur Lektüre empfehlen.'

Bischofssekretär Melzer lachte in sich hinein. 'Humor musste sein, wo käme man sonst hin?!' Ein Anruf von Domkapitulars-Sekretärin Schaffner – so ihre eigene, inoffizielle Berufsbezeichnung – unterbrach seine Bemühungen. Domkapitular Schütz sei unpässlich, ob er morgen seine Messe übernehmen könne, fragte sie in fast schon provokant vorgetragenem vorderpfälzischem Singsang. Bischofssekretär Melzer dachte kurz nach und gab seufzend seine Zustimmung. „Morgen Heilige Messe, Ersatz für Schütz – in Kalender eintragen!"

„Darf ich noch eine Tasse Kaffee bringen?"

Schwester Benedicta war wieder aufgetaucht. Im Wissen darum, dass aller Anfang, auch der als Bischofssekretär, schwer ist, wollte sie dem Herrn Kaplan eine Stärkung anbieten.

„Danke sehr, Schwester, gerne", erwiderte Kaplan Melzer, wobei er kaum aufsah.

'Gewiss, manch einem mochte sein Hang zur inneren Sammlung nicht schmecken, er mochte ihn voreilig als mangelnde Offenheit auslegen – gerade hier, in der Pfalz. Aber, war er etwa Priester, um sich nach dem Belieben der Leute zu richten? Nein, besser in sich gekehrt bleiben, als sich zur Plaudertasche zu entwickeln.'

Die Schwester entfernte sich. Kaplan Melzer befreite den nächsten Brief aus dem Altpapierumschlag. Er vergewisserte sich, dass weit und breit niemand lauschen konnte. Dann las er sich, von neuer Arbeitsdynamik erfasst, den Inhalt des Briefes laut vor. Auf dem Kuvert war kein Absender zu erkennen. Der Brief war auch nicht frankiert, also wohl eingeworfen worden:

„Hochwürdigster Herr Bischof."

'Die Anrede stimmte schon mal.'

„Möge der allmächtige Herr Ihnen die Augen öffnen."

'Wie bitte?! ?'

Kaplan Melzer, dem als feinem Beobachter die eigenwillige, monumental-maniriert wirkende Handschrift – altgotisch? – aufgefallen war, musste den Satz noch einmal lesen. Er stutzte, griff den Brief an beiden Rändern und fuhr in der Lektüre fort.

„Auch Ich war gestern im Dom Zeuge, wie Sie in Ihr neues Amt eingeführt wurden. Ein prächtiges Schauspiel."

Der Bischofssekretär legte den Brief für einen Moment zur Seite und schloss aus dem „Zeuge" auf einen Mann. Er nahm zunächst ein paar Schluck Kaffee, dann nahm er den Faden wieder auf.

„Die Kirche im Bistum Speyer zeigte sich nach außen wieder einmal von ihrer schönsten Seite. Doch täuschen Sie sich nicht!!!"

'Wie?!?'

„Unter wievielen Häusern, die eine schöne, ach, so glatte Fassade zeigen, ist das Gebälk längst morsch und stürzt fast zusammen. Der Herr in seiner Güte hat mich erwählt, Ihnen die Augen zu öffnen.

Wieviel Unglaube und Kleinglaube herrscht in meinem Haus, Spruch des Herrn. Doch schon ist die Axt an die Wurzel gelegt. Wer keine Frucht bringt und meine Worte verdreht, den werde ich ins Feuer werfen, Spruch des Herrn. Wie oft habe ich mich jahrzehntelang in Geduld geübt und Geistliche auf Missstände angesprochen."

'Jahrzehntelang?'

„Doch auch die größte Geduld hat ihre Grenze.

Wen der Schnitter nicht bereit findet, den wird er umhauen – nicht aus böser Lust an Vergeltung, sondern um größeren Schaden vom Volke Gottes abzuwenden. Glauben Sie nicht, Herr Bischof, dass es mir Freude bereitet, Sie mit diesen Worten zu begrüßen. Aber die Zeit drängt. Schon sind die Schalen des Zorns bereitet, um über denen ausgegossen zu werden, die es nicht anders gewollt haben. Nur wenige der Priester bewahren noch den ganzen, reinen, Glauben unverfälscht. Wenn Sie hinter so manche klerikale Kulisse schauen könnten!"

'Klerikale Kulisse?!'

„Sie würden sich wundern. Nein: Sie würden vielmehr vor Entsetzen vergehen! Oh, Herr des Himmels, ich preise Dich, dass Du mich Unwürdige erwählt hast. Doch furchtbar ist es für den Frevler an seinem Wort, für seine treulosen Diener am Altar. Furchtbar ist es, in die Hände des lebendigen Gottes zu fallen und in die Hände derer, die er dazu beruft, Vergeltung zu üben. Die Engel des Zornes schlagen, wen, wo und wann sie wollen, doch stets in Gerechtigkeit."

Kaplan Melzer las den Brief – der auch auf der Innenseite keinen Absender preisgab – noch einmal von vorn. Dann trank er seinen Kaffee zu Ende. Er dachte, zutiefst bestürzt, dass er sich seinen ersten Arbeitstag als Bischofssekretär etwas anders vorgestellt hatte. Als er aus dem Fenster sah, erblickte er den Bischofsfahrer Kurzmann, wie er dem Herrn Bischof beim Aussteigen aus dem Auto half und noch ein paar Worte mit ihm wechselte. Eigentlich eine schöne Arbeit, Bischofsfahrer.

Ein paar Tauben flatterten am Domnapf vorbei, während die Glocken vom Dom her die Mittagszeit ankündigten. Kaplan Melzer erhob sich und sprach, alter Tradition gemäß, das Gebet *Der Engel des Herrn*. Dann sah er, von niedrigerer Stuhlwarte aus, wieder aus dem Fenster. Der Bischof sprach inzwischen mit Domkapitular Bertram, der unter seinem Arm eine lederne Tasche mit sich führte und auf seinem Weg in Richtung Edith-Stein-Platz dem Bischof über den Weg gelaufen war. Der Bischof klopfte ihm aufmunternd auf die Schulter und verabschiedete ihn. Zwei Bürger wichen einem etwas ungestüm anfahrenden Auto aus, indem sie sich hinter den Pollern verbargen, die den Domplatz abgrenzen. Der

Wagen von Brezel-Berzel brachte eine neue Ladung des Kultgebäcks. Ein emeritierter Domkapitular, bei seiner Nichte untergehakt, stützte sich, unsicher tastend, auf seinen Spazierstock, um sich in Richtung Domgarten voranzukämpfen.

Kaplan Melzer, kurz betroffen über diesen Anblick menschlicher Vergänglichkeit, verankerte seinen Geist wieder in Gedanken an Ewiges, um sich dann erneut und energisch wieder zeitlichen Dingen zuzuwenden. 'Was tun? Mit dem Herrn Bischof erst einmal die ganze Reihe an Schreiben durchgehen oder gleich mit dem Zornschalen-Brief anfangen? Nein, eher nicht. Kommt gerade von Antrittsbesuchen und Dienstfahrten. Dürfte abgespannt sein. Nicht gleich mit der Tür ins Haus fallen.'

Der Himmel über und hinter dem Dom, in einer langen Wolkenfront ausgebreitet, verdüsterte sich. Erste Regenschauer gingen sacht hernieder. Passanten spannten ihre Regenschirme auf. Zwei Schulkinder marschierten in Richtung Maximilianstraße und ließen einen unorthodox fahrenden Radfahrer vorbei.

Sein Rad war in einer Weise beladen, die den Regeln der Statik wohl nur bedingt entsprach. Der zunächst schwach einsetzende Regen fiel, nunmehr auch hörbar, stärker herab und steigerte sich bis zu heftigem Platzregen. 'Was für eine Gewalt und Macht kam doch in der Natur zum Ausdruck!' Doch für weitere, gar halbwegs druck- oder predigtreife Meditationen reichte es nicht. Der Herrr Bischof musste sich schon im Eingangsbereich aufhalten. Dies entnahm er den eilfertigen Worten von Schwester Benedicta, die seinen nassen Schirm, eine

Leihgabe des Bischofsfahrers, zum Trocknen auf dem Boden ausbreitete.

Mit kraftvollem Schritt näherte sich Bischof Dr. Güterschild seinem in aller Schlichtheit repräsentativ angelegten Arbeits- und Empfangszimmer. Er verhielt den Schritt und schaute doch erst einmal bei Kaplan Melzer, seinem Bischofssekretär, vorbei.

„Hochwürdigster Herr Bischof..."

„Den Hochwürden lassen Sie besser mal in der Schublade, mein lieber Melzer", bemerkte der Bischof freundlich abwinkend, mit leicht polterndem Lachen. Er schob sich einen Stuhl zurecht und setzte sich, ohne lange zu fackeln.

„Wie war ihr erster Arbeitstag bei mir? So weit alles klar?"

Der Bischof – von Antrittsbesuchen in und außerhalb Speyers zwar nicht erschöpft, aber doch etwas ermüdet – weilte in vorauseilender Vorstellungskraft bereits beim Mittagessen, gespannt auf die Leistungskraft pfälzischer Kochkultur.

Den Ausführungen seines Sekretärs hörte er nur mit einem Ohr zu, das indes so geschärft war, dass ihm so schnell nichts entging. Schwester Benedicta nutzte die kurze Abwesenheit des Bischofs im Nebenzimmer, um einen Strauß Blumen – kleine Aufmerksamkeit der Blumenhandlung Leitner, seit 1866, wie der Bote geflissentlich bemerkte – in einer Vase aufzustellen. Danach huschte sie hinaus in Richtung Küche, um ihr von gelegentlichen Stoßgebeten getragenes Tagwerk beim Schälen von Spargeln und Kartoffeln fortzusetzen.

„So weit alles in Ordnung", begann Kaplan Melzer sto-
ckend. Fast so, als habe er ein schlechtes Gewissen und
mit einem Zögern in der Stimme, das dem Bischof nicht
entging.

„So weit?"

„Viele Glückwunschschreiben aus der Welt der hohen
Politik, von der Bischofskonferenz, vom Winzerverein,
von Firmen und Privatleuten sowie eine anonyme Geld-
spende für Renovabis."

Sein Gegenüber sah ihm unverwandt und konzentriert
ins Gesicht. Das Mittagessen hatte er erst einmal zurück-
gestellt. Ihm entging nicht, dass Kaplan Melzer ordnungsgemäß, mit priesterlichem Kragen, gekleidet war.
Schließlich lief ein Polizist auch nicht in Jeans und Pull-
over durch die Landschaft, sondern war als solcher jederzeit zu erkennen und ansprechbar.

„Und?"

„Dann wäre da noch..."

„Was wäre da noch?"

„Dann wäre da noch ein etwas..., ein sonderbarer, ein
höchst merkwürdiger Brief."

Kaplan Melzer sah etwas ratlos aus. Er warf unwillkürlich einen Blick auf seine Armbanduhr und zog den Blick
sofort wieder zurück.

„Wo ist der Brief? Geben Sie ihn mir. Ich will Sie nicht
aufhalten. Gehen Sie ruhig, Kaplan Melzer. Wir können
später darüber sprechen."

Sein Sekretär reichte ihm den Brief, erleichtert, dass er
erst einmal das Haus verlassen konnte. Bei aller Bereit-
willigkeit zum Dienst war Kaplan Melzer, als er im Freien

stand, etwas ernüchtert über so manche Niederungen des Sekretärsalltags.

Er ließ seinen Blick über die mächtige Kathedrale gleiten und bewegte sich in Richtung Edith-Stein-Platz. Dort verwickelte ihn der gerade aus dem Dom enteilte Dompfarrer Galanthin in einen interessanten Dialog.

3. Kapitel

Bischof Dr. Güterschild nahm den besagten Brief an sich und begab sich zu seinem Zimmer. Dort legte er einige Gegenstände ab und sank in seinen Sessel. Nach kurzem Schaukeln kam sein schweres Brustkreuz zur Ruhe. Durch das gekippte, breitflächige Fenster hörte er das wohltuend-beruhigende Geräusch heftig niederprasselnden Regens, so wie es viele seiner Vorgänger gehört haben mochten. Alles ging seinen geregelten Gang. Der Bischof besann sich wieder, griff nach dem Brief, der Kaplan Melzer offensichtlich etwas aus der Fassung gebracht hatte. Melzer, so fuhr es dem Bischof unter einem Anflug von Wohlwollen durch den Kopf, verbrauchte sicher viel Energie bei seinen Studien für die Doktorarbeit. Da war es nur natürlich, dass er – nervlich etwas überbeansprucht – einen Brief überinterpretierte. Sicher war es wieder eines jener Schreiben, in dem ein unwirscher Zeitgenosse der Kirche pauschal vorwarf, sie lebe im Mittelalter. Beliebt waren ja auch solche Schreiben, in denen man im Hinblick auf die Not in der Dritten Welt auf die horrenden, unverantwortlich hohen Kosten solcher Feierlichkeiten hinwies. Als würde die Kirche nichts für die sogenannte Dritte Welt tun! Der Bischof beruhigte sich wieder und las den Brief laut vor, so als lausche ein Gegenüber. Er war gerade an die Stelle gekommen: *„Wieviel Unglaube und Kleinglaube herrscht in meinem Haus, Spruch des Herrn. Doch schon ist die Axt an die Wurzel gelegt. Wer keine Frucht bringt und meine Worte verdreht, den werde ich ins Feuer werfen, Spruch des Herrn"*, als Schwester Benedicta erschrocken aufblickte. Ungewollt war sie, in Nähe der Tür, Ohrenzeugin geworden, hatte sie sich doch nur herangeschlichen, um in Erfahrung zu bringen, welche Gerichte der Herr Bischof besonders mochte. Und nun stand sie hier und biss sich auf die Lippen. 'Wenn sie sich nun räusperte und eintrat, sah es so aus, als habe sie gelauscht. Aber was, um Himmels Willen!', sagte der Herr Bischof da? Ins Feuer werfen ? Sie wollte sich gerade wieder diskret zurückziehen, als der Bischof wieder seine klare, voll tönende Stimme vernehmen ließ, die auf musikalische Veranlagung hindeutete.

„Doch furchtbar ist es für den Frevler an seinem Wort, für seine treulosen Diener am Altar. Furchtbar ist es in die Hände des lebendigen Gottes zu fallen und in die Hände derer, die er dazu beruft, Vergeltung zu üben."

Schwester Benedicta erschrak erneut. 'Wen meinte er hiermit? Er war doch gerade erst neu eingeführt. *Vergeltung? Furchtbar? Frevler? Feuer? Treulose Diener?* Um Himmels Willen!' Sie zog sich, so leise, wie sie gekommen war, wieder zurück, verschwand in ihrer Küche und harrte beklommen der Dinge, die da kommen sollten.

„Schwester Benedicta?"

Die Stimme des Bischofs durchdrang den Gang und reichte bis zur Küchenschwester.

„Ich komme."

'Sollte er sie ertappt haben?' Bischof Dr. Güterschild trommelte mit den Fingern auf den Tisch. Er nahm den Brief wieder an sich, legte ihn erneut zur Seite, blickte vor sich hin und dachte nach.

„Ja, bitte?"

„Schwester Benedicta. Wo haben wir eigentlich die Telefonliste?"

„Frau Wegner hat gestern angerufen, die Telefonliste wird überarbeitet, und..."

„Könnten Sie, Schwester – mein Sekretär ist ja schon außer Haus und mir fehlt noch der Überblick – könnten Sie Dr. Weihrauh für mich erreichen?"

„Ich versuche es, Herr Bischof."

Er sah der dienstbeflissenen Schwester nach und war gerührt über ihren guten Willen. Nur etwas unnötig aufgeregt. Immer die Ruhe bewahren.

Zwei Stunden später schritt Generalvikar Dr. Weihrauh ins Arbeitszimmer des Bischofs. Nach einleitenden Worten nahmen beide Platz, wobei Dr. Weihrauh ein kleines Bild des seligen Paul Josef Nardini auffiel, das in einer Nische des bischöflichen Bücherregals platziert war. Der Bischof bemerkte dies und gedachte im Zeitraffer mit Dr. Weihrauh der Seligsprechung Nardinis – „Ein Großerereignis damals, für die Domstadt, für die ganze Diözese und darüber hinaus" – in dieser Diagnose war man sich einig. Dr. Weihrauh wies auf das Geburtshaus Nardinis hin, „unweit, in Germersheim", versicherte dem Bischof, dass er ihn bei Gelegenheit gerne einmal dorthin begleite, bis der Bischof ein „wir, als alte Römer" einflocht, mit dem er auf die theologischen Studien beider an der Gregoriana anspielte.

„Können Sie eigentlich noch Italienisch?"

Bischof Dr. Güterschild fuhr wieder seine etwas voreilig hingeworfene Zusage durch den Sinn: 'Abbiamo siempre una casa abierta. Notfalls konnte man da auch mal den Weihrauh einspannen.'

„Più o meno. Ho dimenticato molto", versuchte Dr. Weihrauh sich aus der Affäre zu ziehen.

Bischof Dr. Güterschild sah Dr. Weihrauh wohlwollend an. Dieser rückte indessen seine flachglasige Brille zurecht und legte ein feinsinniges Lächeln an den Tag.

„Was halten Sie eigentlich von Romano Guardini?"

Dr. Weihrauh schien von der plötzlich vorgebrachten Frage nach dem Religionsphilosophen keineswegs überrascht. „Nun, hier muss ich vorausschicken, dass ich leider noch nicht dazu gekommen bin, seine gesammelten Werke zu lesen, also kein ausgewiesener Experte bin."

Dr. Weihrauh ließ eine kleine Pause verstreichen.

„Doch die Werke Guardinis, die ich kenne – und hier denke ich vor allem an sein Buch *Der Herr,* an seine *Ethik*, an *Der Gegensatz* und seine *Studien über Dostojewski* – sind beeindruckend. Insbesondere auch die klare Sprache, aus der man wohl auf klare Gedanken schließen kann."

„Und abgesehen von Guardini?", hakte der Bischof nach. Ihm war daran gelegen, auf freundschaftlich-unauffällige Art einen kleinen Einblick in die Weihrauh'sche Gedanken- und Geisteswelt zu bekommen, drängte sich ihm doch die Vermutung auf, dass sich hinter diesem schmalen Schädel eine schwer auslotbare geistige Welt verbarg.

Der Bischof erinnerte sich an jenen merkwürdigen Kommentar des Bischöflichen Justiziars, Dr. Graef, den dieser noch vor seiner Einführung als neuer Bischof von sich gegeben hatte, als die Rede auf Weihrauh gekommen war. Beinahe enthusiastisch hatte Dr. Graef beteuert: „Aus Dr. Weihrauh hätte auch ein bedeutender Komponist werden können!"

'Wie kam der bei einem Theologen, bei einem ausgewiesenen Kirchenrechtler mit philosophischem Hang auf Komponist?'

Dr. Weihrauh vermutete inzwischen, dass die Frage des Bischofs auf seine Vorlieben für bestimmte Denker hinzielte. Der Generalvikar schien in Gedanken sein Bücherregal durchzugehen, über dessen Inhalte sich einige seiner Mitbrüder im priesterlichen Dienst zuweilen in Spekulationen ergingen. Dann heftete er seinen Blick wieder auf den Bischof und bemerkte mit leiser Stimme:

„Ich schätze insbesondere – wobei man bei Ersterem natürlich Abstriche machen muss – Kant, Platon, Thomas von Aquin und Wittgenstein. Bei Thomas", fügte er hinzu, „allerdings mehr die Methode."

Wieder umspielte seine Lippen ein angedeutetes Lächeln. Zu weiteren Äußerungen über den großen Aquinaten, den theologisch-philosophischen Giganten des Mittelalters, der die katholische Kirche über viele Jahrhunderte wie kein Zweiter prägte, fühlte Dr. Weihrauh sich momentan nicht veranlasst.

„Bei Kant natürlich Abstriche machen muss...", wiederholte der Bischof und überflog in Gedanken seine eigenen Kant-Lektüre-Eindrücke und -Kenntnisse.

„Ja, das sehe ich auch so. Wittgenstein?"

Generalvikar Dr. Weihrauh fing den Ball auf, besann sich kurz und sagte: „Bei Wittgenstein imponiert mir am meisten der Satz: Worüber man nicht reden kann, darüber soll man schweigen." Er fügte nahtlos hinzu: „Zuweilen kann man bei manchen Geistlichen – von anderen Berufsgruppen gar nicht erst zu reden – bei allem Respekt schon den Eindruck gewinnen, dass sie sich der Zeichenhaftigkeit, des reinen Hindeutecharakters der Sprache nur unzureichend oder gar nicht bewusst sind und Worte für die damit gemeinte Wirklichkeit selbst halten."

„Eine interessante Bemerkung", entgegnete der Bischof nach einer kurzen Pause, in der er die Bedeutung dieser Aussage zu überdenken schien. '„Bei Thomas vor allem die Methode?" Und der Inhalt? War ja schließlich nicht einer unter vielen, der heilige Thomas. Und dieser Weihrauh greift sich mal eben seine Methode raus.' Eine kurze Schweigezeit trat ein.

Irgendwie konnte er sich Weihrauh auch im Umkreis der römischen Kurie vorstellen. Vielleicht im höheren kirchendiplomatischen Dienst, als polyglotter Sekretär eines Kardinals? Er sah ihn förmlich am Petersplatz an den rauschenden Brunnen vorbeilaufen. „Bei Thomas vor allem die Methode." Gewiss ein Mann mit Potential für höhere Aufgaben.

„Mein lieber Weihrauh, warum ich Sie hierher bat..."

Er griff nach dem ominösen Brief und reichte ihn Dr.

Weihrauh, der ihn konzentriert und stillschweigend durchlas. Nachdem dieser sich vergewissert hatte, dass kein Absender zu ermitteln war, reichte er ihn zurück und bemerkte: „Jetzt stellt sich die Frage nach dem weiteren Vorgehen."

Der Bischof nickte zustimmend.

„Ich denke, wir sind uns darüber einig, dass man solche Schreiben nicht jeden Tag erhält. Ich würde erst einmal abwarten", riet Dr. Weihrauh.

„Abwarten?"

„Die entscheidende Frage ist ja, ob man solche" – Dr. Weihrauh schien nach dem angemessenen Ausdruck zu suchen – „ob man solche Strafgerichtsankündigungen ernst nehmen sollte oder nicht. Haben wir es hier mit einer unausgeglichenen Person zu tun, die ihrem Unmut in apokalyptisch angehauchter Sprache Luft macht, oder verbirgt sich dahinter ein gewaltbereites Potential, das..."

Der Bischof signalisierte Weihrauh, dass er fortfahren solle, angetan von dessen trocken und äußert zügig vorgebrachter Einschätzung, „das zum Ausbruch kommen könnte."

Der Bischof versank für kurze Zeit in Nachdenken. Dann erhob er sich zeitgleich mit Generalvikar Dr. Weihrauh, der unter Hinweis auf die Abendmesse im Kloster Sankt Magdalena mit einem nicht allzu kräftigen Händedruck den Auftakt seines Abschieds setzte.

4. Kapitel

Bischof Dr. Güterschild, der Dr. Weihrauh noch bis zum Ausgang gefolgt war, schritt zurück in sein Arbeitszimmer. Er setzte sich in seinen Lesesessel und dachte nach. Die Sache zunächst einmal auf sich beruhen lassen? *Und in die Hände derer, die er dazu beruft, Vergeltung zu üben. Vergeltung? Schalen des Zorns? Schon ist die Axt an die Wurzel gelegt?*

Natürlich schien es zunächst einmal naheliegend, von einer verwirrten Person auszugehen. Ein Einzelfall, einmal ausgetobt und das war es. *Wie oft Geistliche auf Missstände angesprochen, jahrzehntelang...*

Der Bischof legte den Brief auf die Seite und ließ die Sätze in sich nachklingen. 'Eine Hartnäckigkeit, über Jahre hin. Nein, eine Eintagsfliege scheint das nicht zu sein! *Die Axt an die Wurzel gelegt?* Seliger Nardini, hilf, was ist das denn? Auch eine Art, einen neuen Bischof zu begrüßen. Wer immer diesen Brief verfasst hat: Eine gewisse Schonfrist von 100 Tagen, wie bei Politikern, hätte man mir schon einräumen können.'

Der Bischof stand energisch auf. Er schritt auf den Flur zu, wo Schwester Adelis gerade eine kunstreich geschnitzte Holzfigur des heiligen Pirmin respektvoll-ehrerbietig vom Staube befreite. Nachdem er, einer Intuition folgend, schlagartig seine Pläne geändert hatte, zog er sich wieder in sein Zimmer zurück. 'Melzer damit betrauen? Der wird morgen noch genug zu tun haben mit der ganzen Post. Mal ganz abgesehen von seinem Schuldienst. Nein, das mache ich mal ganz unbürokratisch.'

Im Vollgefühl seiner noch unverbrauchten Kräfte ging er entschlossen zum Telefon, auf dem verschiedene Notrufnummern vermerkt waren. Er wählte die Nummer der Polizeiinspektion Speyer.

Die werden sicher denken, der neue Bischof will sich vorstellen. Schon nach kurzer Wartezeit bekam er eine freie Leitung.

„Polizeiinspektion Speyer, Oberkommissar Wagner, guten Tag."

Bischof Dr. Güterschild vernahm die dunkle und beruhigend wirkende Stimme des Oberkommissars: „Herr Oberkommissar Wagner, ich grüße Sie, mein Name ist Güterschild."

Am anderen Ende der Leitung enstand eine kleine Denkpause. „Güterschild? So wie der neue Bischof?"

„Derselbige, am Apparat. Wobei ich Sie gleich bitten möchte, meinen Anruf vertraulich zu behandeln. Nachdem mein Vorgänger mir aber von den guten Kontakten berichtet hat, die ihn mit Behörden in Speyer und in der Region verbanden, möchte ich vorausschicken, dass ich da gar keine Bedenken habe."

„Das hört man gerne, Herr Bischof."

„Folgendes, wir haben da, das heißt, ich habe einen höchst merkwürdigen Brief erhalten. Zunächst war ich der Auffassung, man sollte ihn in der Ablage verschwinden lassen. Aber vielleicht ist es doch besser, wenn ich Sie für alle Fälle informiere. Wäre es Ihnen möglich, kurz in Zivil bei mir vorbeizukommen? Ich denke, wir sollten nicht unötig Aufsehen erregen. Wir wohnen ja fast Tür an Tür."

Oberkommissar Wagner warf einen raschen Blick in seinen Terminkalender: „Bedauere. Heute geht es bei mir beim besten Willen nicht mehr. Wenn Sie die Sache bald vom Tisch haben wollen, so würde ich vorschlagen...."

„Ja?"

„So würde ich vorschlagen – einen kleinen Moment bitte. Herr Rehles?"

Der Bischof hörte, wie im Hintergrund zunächst ruhig, dann lauter verhandelt wurde, bis eine Einigung oder Entscheidung gefunden zu sein schien.

„Kommissar Rehles" – und hier schien dem Bischof, als habe er tiefe Atemzüge gehört – „wird in Zivil – in ein, zwei Stunden..."

„Das wäre gut."

„...bei Ihnen vorbeikommen. Er wird mich dann morgen früh über alles unterrichten, was Sie mit ihm erörtert haben. Herr Rehles genießt mein vollstes..., genießt mein... Also, Sie können ihm durchaus vertrauen."

Kommissar Rehles lockerte die Glieder seiner schlacksigen Gestalt. Er warf einen Blick auf das Zifferblatt seiner Armbanduhr: Punkt 14 Uhr. Dass er am heutigen Tag dem neuen Bischof – rein dienstlich und doch in Zivil – seine Aufwartung machen würde, vielmehr, auf Anordnung von Wagner hin, machen musste, das hätte er wahrlich nicht erwartet. Ihm, einem auf merkwürdigen – von Oberkommissar Wagner bis heute nicht restlos entschlüsselten – Wegen in der Polizeiinspektion Speyer gelandeten gebürtigen Eifler, beschlich als von-Haus-aus-Katholik eine gewisse Scheu. Ein Bischof war schließlich ein Bischof. Und nun er, ohne Wagner, er allein.

Typisch Wagner. Den Außentermin hätte genauso gut er, Norbert Rehles, seines Zeichens Kommissar, wahrnehmen können. Nun, denn. Warum sagte ihm Wagner nicht, worum es ging?

Rehles strich sich durch sein weizenfarbenes Haar. Er ordnete eine widerspenstige Locke neu in den Haarverbund ein und zog den Gürtel zurecht. Ja, in Daun damals, in der Eifel, da hatte er auch einmal einen Bischof gesehen, aber als einer unter vielen in der winkenden Menge. Gesehen wohlgemerkt und nicht gesprochen. Er beschleunigte seinen Schritt, näherte sich dem Vorplatz des Bischofspalais, steuerte das Eingangsportal an und drückte auf die Klingel. Schwester Adelis ließ nicht lange auf sich warten. Sie öffnete vorsichtig die Tür, bat ihn herein und dirigierte ihn in Richtung bischöfliches Arbeitszimmer.

„Kommissar Rehles, treten Sie ein."

Der Bischof war gerade erschienen.

„Guten Tag, Herr Bischof."

Bischof Dr. Güterschild geleitete Kommissar Rehles zu einem Stuhl, schloss die Tür hinter sich und nahm Platz.

Nun saß er, Norbert Rehles, einst – nach einem gescheiterten Einsatz als Außendienstler eines Landwirtschaftsbetriebs in der Eifel – Polizeischulenausbildungsanwärter und nunmehr, nachdem er nach zähem Kampf einige Berufstreppen aufgestiegen war, Kommissar, bei einem leibhaftigen Bischof. Bei einem Bischof, der seinem Rang unzweifelhaft Respekt zollte. Kommissar Rehles konnte trotz unverhohlener Genugtuung eine gewisse Scheu und Beklommenheit nicht vollständig abschütteln, doch Bischof Dr. Güterschild tat so, als nehme er dies gar nicht wahr. In zügiger Darstellung gelang es dem Oberhirten seiner Diözese, Kommissar Rehles über den Inhalt des anonymen Briefes zu informieren. Dann legte er ihm den Brief zur Lektüre vor.

Der Kommissar traute seinen Augen kaum. In langen Dienstjahren hatte er ja wahrlich schon einiges erlebt! Wenn er nur an jenen Erpresser aus Brünn dachte, der später bei Trier in die Falle ging. Der hatte seine Droh- und Erpressungsschreiben immer wieder gezielt mit lateinischen Zitaten durchsetzt, um die Ermittler, hinsichtlich Täterprofil auf eine falsche Fährte zu locken. Sachen gab es. Aber dies hier! Sicher war hier seine strategische Lageeinschätzung gefordert. Eigentlich gar nicht so schlecht, dass Wagner nicht dabei war. Jetzt würde er die Zügel in die Hand nehmen! Er erhob sich unwillkürlich und ging drei Schritte auf und ab. Nach einem kurzen Trommelfeuer geistiger Aktivität, meinte er bedeutungsschwer. „Ich schlage folgendes vor: Wir machen uns eine Kopie des Schreibens, für alle Fälle. Das Original gebe ich dann bei der Schwester wieder ab."

Bischof Dr. Güterschild wartete, ob noch weitere Maßnahmen folgen würden.

„Davon abgesehen, werde ich Oberkommissar Wagner morgen früh umfassend und detailliert informieren. Ich werde mich dann telefonisch wieder mit Ihnen in Verbindung setzen."

„Ausgezeichnet." Bischof Dr. Güterschild geleitete Kommissar Rehles zum Ausgang. Dieser schüttelte ihm die dargereichte Hand mit einem Wir-stehen-Ihnen-immer-zur-

Seite-Blick. Dann schritt er ins Freie. Die Domuhr schlug, aber was kümmerte ihn jetzt die genaue Uhrzeit, unmittelbar nachdem ihm eine ins Überzeitliche hineinreinragende Gestalt begegnet war.

„Kommissar Rehles", so hatte es der Bischof kurz und bündig auf den Punkt gebracht und dies mit einer Wertschätzung in der Stimme, von der Oberkommissar Wagner einiges lernen konnte. Wenn er nur daran dachte, wie dieser manchmal seinen Nachnamen ebenso unnötig wie übertrieben in die Länge zog. Und dazu setzte er noch diesen leidenden Gesichtsausdruck auf. Für einen solchen Vorgesetzten müsste man eigentlich eine Erschwerniszulage bekommen. Aber wer brachte dies den hohen Herren in Mainz bei?

Der Schreiber des Briefes, so grübelte der Kommissar auf den letzten Metern zur Polizeidienststelle, musste ein Wirrkopf sein. Andererseits: Dumm war er vermutlich nicht. Ein Mann, keine Frage. Das Wort *Zeuge* – männlich, der Zeuge! – war ihm nicht entgangen. Sinn für Details, darin unterschied sich unter anderem ein Kommissar von einer polizeilichen Ordnungskraft, die an Wochenenden im Stadion wild gewordene, alkoholisierte Horden mit nichts als Muskelkraft und Schlagstöcken bändigte. Da war er vielleicht für einen Moment unaufmerksam gewesen, der Schreiber. Ha! Ein erster, ein vielleicht entscheidender Anhaltspunkt. Wie auch immer. Höchst wahrscheinlich war es das. Der Schreiber hatte sein Pulver mit einem Brief verschossen. Und wenn…, er, Norbert Rehles, Kommissar Rehles, würde zur Stelle sein.

5. Kapitel

Als Kommissar Rehles am nächsten Morgen das Dienstzimmer von Oberkommissar Wagner betrat, war er guter Dinge. Sein Vorgesetzter schlug den Sportteil der *Rheinpfalz* zu, schaute auf und sagte: „Guten Morgen, Rehles. Nun, wie war der Besuch beim Herrn Bischof?"

Auf diese Frage hatte er gewartet.

„Ausgezeichnet!"

Wagner runzelte die Stirn. Was sollte dies nun wieder? Wartete Rehles darauf, dass er ihm weitere Einzelheiten aus der Nase ziehen würde?

„Der neue Bischof…, einfach großartig!"

Der Oberkommissar, von leisem Unmut befallen, legte die Zeitung auf die Seite und erhob sich. „Mein werter Herr Rehles, meine Frage zielte nicht auf Ihre Meinung zu den menschlichen Qualitäten unseres neuen Oberhirten. Ich meinte natürlich die Sache mit dem anonymen Brief."

„Den Brief habe ich, wie mit dem Herrn Bischof besprochen, bereits kopiert und ihm das Original zurückgeben lassen."

'Zurückgeben lassen?' War Rehles übergeschnappt? Wen sollte er damit beauftragt haben? „Dass Sie den Brief kopiert haben, ist mir nicht entgangen." Er zog die Kopie hervor, die von seiner Zeitung verdeckt war. Nun war Kommissar Rehles aber doch verblüfft.

„Meine Frage zielte auf Folgendes: Was schlagen Sie vor?"

Sein engster Mitarbeiter blickte ihn mit offenem Mund an. Er verschränkte die Arme hinter dem Rücken und meinte trocken: „Beobachten, das Umfeld des Bischofspalais im Auge behalten. Vielleicht" – und hier legte er eine Pause ein – „vielleicht ein, zwei Mann mit nächtlichem Rundgang, mit Wachdienst beauftragen."

Kommissar Rehles schloss den Mund und wartete, welche Wirkung sein Aktionsplan in Oberkommissar Wagner auslösen würde. Dieser erhob sich, zog die Jalousie zurück und schaute kurz aus dem Fenster. Draußen auf dem Bürgersteig zog ein gebeugter Rentner sein Einkaufswägelchen hinter sich her. Als er sich wieder umwandte, sagte er: „Wie kommen Sie eigentlich darauf, Rehles, dass der oder die Täter, auf den Herrn Bischof abzielen?"

Der oder die Täter? Rehles stutzte. Nein, der Brief sprach klar von einem Zeugen, Einzahl.

„Nun, ich..." Kommissar Rehles blickte sich um, als könne von irgendwoher Hilfe kommen.

„Der Verfasser des Briefes zielt auf die Geistlichen, Rehles. Doch, sagen Sie mal..." – und Oberkommissar Wagner sah aus, als sei er plötzlich einer neuen Fährte auf der Spur. „Sie haben doch einmal erwähnt, dass Sie einen Graphologen in der Verwandtschaft haben. Ja, ich erinnere mich genau – beim Brezelfest damals, als wir in Nähe der Gastwirtschaft *Zum Halbmond* an einem Tisch saßen."

Leugnen half hier nichts, dachte Kommissar Rehles. Er kannte das gute Gedächtnis Wagners, seinen Sinn für Details, für hingeworfene Bemerkungen, die er jahrzehntelang speichern konnte. Wie war er seinerzeit auch nur dazu gekommen, diesen Verwandten zur Sprache zu bringen? Nun dämmerte es auch Rehles und er sah die Szene wieder vor sich: Die in ihren rot-weißen Trachten, den

Stadtfarben, munter aufmarschierende Blaskapelle, den Kellner, der auf seine Frage hin – „Und die Herrschaften, noch ein Kristallweizen?" – das grübelnde Schweigen von Rehles als Zustimmung interpretiert hatte – „zwei Kristallweizen für die Herrschaften, kommt sofort, zwei Kristallweizen..." – er sah das Fachwerkhaus des *Alten Halbmonds* wieder vor sich, über dem, näherte man sich von der Sonnenbrücke aus, der Dom majestätisch auftauchte, und ihm dämmerte wieder sein damaliger Zustand.

Eine Verfassung, wie sie sich zuweilen einstellte, wenn man solchen Kellnern keinen entschiedenen Widerstand leistete und ein überflüssiges Weizenbier resigniert in sich hineingoss. Die Musikkapelle hatte aus allen Kräften geschmettert und in der allgemeinen Ausnahmestimmung war ihm jener Hinweis auf seinen Schwager, Diplom-Graphologe Edgard Bartók rausgerutscht. Der Kellner war schuld. „Bartók, wie Béla Bartók, der Komponist?" Diese Frage musste sich sein Schwager deutsch-ungarischer Herkunft immer wieder anhören.

„Ja, der wohnt am Fischmarkt, warum?"

„Und da fragen Sie, warum?"

Wagner runzelte die Stirn. Er sah seinen engen Mitarbeiter missbilligend an und fügte hinzu: „Der Bischof hat doch einen Brief bekommen, Rehles, einen handschriftlich verfassten Brief! Oder sah das etwa nach maschinell erstellt aus?"

Wagner wartete die Antwort erst gar nicht ab. Er strich sich mit zwei Fingern durch seinen schwarzen Schnurrbart und gab eine Anweisung.

„Vereinbaren Sie einen Termin mit Bartók."

Als er auf dem Gesicht seines Gegenübers eine unausgesprochene Frage las, ergänzte er den Satz: „Ich gehe allein zu ihm."

Karl-Josef Tremmel schlüpfte in seinen grauen Mantel, setzte einen Hut auf und rief seinem schwerhörigen Vater lautstark zu: „Ich kumm dann gleich. In die Heilich Mess, in Sankt Josef, in Sankt Jooosef!" Er verstaute seinen notdürftig reparierten Rosenkranz in der Hosentasche und brachte ein Gebetbüchlein in der inneren Manteltasche unter. Um Punkt 16 Uhr 15 verließ er seine Wohnung in der Schwerdstraße.

Unterwegs grüßte er unter Ziehen des Hutes einen ihm bekannten Passanten – wen kannte er eigentlich nicht? – und schlug dann den Weg zur Pfarrkirche von St. Josef ein. Ein Zug brauste an der Bahnschranke vorbei. Ein ganz sachte einsetzender Regen ließ ihn vermuten, dass er darauf verzichten konnte, seinen Regenschirm aufzuspannen. Auf Höhe der griechischen Gaststätte *Korfu* überquerte er die Straße und ließ sich vom Klang der Kirchenglocken von St. Josef bis zum Eingang begleiten.

Dort angekommen, nahm er seinen Hut ab. Er beugte im Innenraum sein Knie, nahm Weihwasser und begab sich zum Seitenaltar links. An dessen Wand stimmte ein großes, goldumrahmtes Bild der Heiligen Jungfrau von Guadalupe zur Andacht ein.

Zu seinem Verdruss hörte er Frau Zinser, die eine Vielzahl von Tüten und Taschen mit sich herumtrug, an einer Säule in der Nähe im Getuschel mit einer anderen Kirchenbesucherin. Dies konnte sich, er wusste es aus Erfahrung, über längere Zeit hinziehen und das Rosenkranzgebet erheblich stören.

„Das sind Prüfungen, Frau Schwerdtke. Wissen Sie, wir alle, die wir diesen oft steinigen Weg gehen, müssen diese Prüfungen durchmachen. Wie man Metalle im Feuerofen prüft."

Frau Zinser hatte inzwischen einen Stützstrumpf zurechtgerückt und ihre Taschen abgestellt. Nun widmete sie sich mit noch stärkerem Elan der leidgeplagten Seele. Herr Tremmel spürte Unmut in sich aufsteigen, wagte aber nicht, sich Frau Zinser zu nähern. Er wusste nur zu gut, dass er sich kaum gegen sie würde behaupten können.

Er seufzte tief und zog seinen Rosenkranz schwarzer Perlen hervor. Dann reihte er sich in die Schar der Beter ein, auf deren Ave Maria ein plötzlich lauter werdendes Getuschel von Frau Zinser antwortete: „Wen der Herr liebt, den prüft und züchtigt er!"

Um 17 Uhr zog Pfarrer Retschmann mit seinen Messdienern feierlich in die Kirche ein, in die nun vereinzelt weitere Besucher hineinströmten.

Wer ihn predigen hörte, konnte auf den Gedanken kommen, dass hier jemand ganz in seinem Element war. Focht es ihn etwa an, dass zuweilen bei der Überfülle an Aufgaben die Zeit zur Vorbereitung verschwindend gering oder gar nicht vorhanden war? Keineswegs! Pfarrer Retschmann stand vor seiner Gemeinde wie ein Baum.

Er war gewiss, dass sich der Ertrag an Früchten schon einstellen würde. Wie genau dies zustande kam, ließ sich nicht immer nachvollziehen. Ein Baum wusste dies auch nicht. Als er nun seine Predigt begann, wurde Herr Tremmel, den vorübergehend Müdigkeit erfasst hatte, wieder ganz wach. Zwei Bänke vor ihm sah er Frau Zinser. Deren zuweilen schriller und zu lauter, zitternd und übertrieben lange ausklingender Gesang stellte seine Geduld immer wieder auf eine schwere Probe.

„Dies ist nun keineswegs so zu verstehen. Denn liest man den hebräischen Text im Original…"

'Der Retschmann kann Hebräisch?' Herr Tremmel stutzte. 'Der Sache muss ich nachgehen. Wer kann da sichere Auskunft geben?'

„…so ergibt sich ein ganz anderes Bild: Geheiligte! Und, da wir Geheiligte, da wir zur Heiligkeit Berufene sind, haben wir uns auch nichts vorzuwerfen!"

Mit dieser kühnen, spontan vorgebrachten These, die Herrn Tremmel ein „Falsch! Wo gibt's denn so was? Das muss man sich mal vorstellen!" entlockte, das in seinem näheren Umkreis zu hören war, beendete Pfarrer Retschmann seine Predigt.

Herr Tremmel überhörte nicht, dass kurz nach den Schlussworten jemand dreimal energisch mit dem Stock auf dem Boden aufstieß, mit einer Wucht, die sich leicht als Wut interpretieren ließ.

6. Kapitel

Am folgenden Tag verließ Wagner gegen 17 Uhr seine Dienststelle. Er machte sich zu Fuß auf in Richtung Fischmarkt. Seine Aktentasche barg eine Kopie des ominösen Briefes. 'Alle Achtung, Rehles! Den Termin hatte er wider Erwarten nicht nur nicht vergessen, sondern erstaunlich schnell zustande gebracht.'

Wagner bog in die Johannesstraße ein. Er näherte sich über die St. Georgen-Gasse dem Fischmarkt. Als er das *Kutscherhaus* passierte, gedachte er jenes denkwürdigen Abends, als er mit dem neu in Speyer angekommenen Rehles im *Kutscherhaus-Biergarten* gemeinsam zu Abend gegessen hatte. Sein Eifeler Akzent hatte sich inzwischen ganz schön abgeschliffen. In Nähe der großen Fischskulptur nahm Wagner auf einer Bank Platz. Er überprüfte nochmals die Adresse, die Rehles ihm mit auf den Weg gegeben hatte. Er sah sich um und erblickte die gesuchte Hausnummer.

„Bartók, wer da?"

„Oberkommissar Wagner."

Die Tür hielt seinem Druck nicht länger stand. Im Treppenhaus klang ihm ein – „Zweiter Stock" – entgegen, was Wagner mit seinem kriminalistischen Spürsinn bereits aus der Tatsache gefolgert hatte, dass sich die Klingel an zweiter Position befand. Diplom-Graphologe Bartók – „und Tiefenpsychologe" – wie er mit Nachdruck hinzufügte, geleitete seinen Besucher ins Wohnzimmer.

Bartók, eine künstlerisch anmutende Erscheinung, sah seinen Besucher aus wachen Augen an. Bartóks Schädel umrahmte eine silberne Mähne, die Wagner eher bei einem Dirigenten erwartet hätte.

„Möchten Sie etwas trinken?"

„Gerne. Was hätten Sie denn?"

„Was Sie möchten. Einen Tee mit Rum?"

„Ohne."

„Also, einen Tee."

„Nein, einen Rum."

Bartók verschwand im Nebenzimmer und hantierte mit Gläsern und Flaschen. Wagner, der seine Schwäche für kubanische Musik sinnvoll mit einer Vorliebe für Rum ergänzte, sah sich im Zimmer um. Sein Blick wanderte über das Bücherregal. Er stand auf und näherte sich, um die Titel besser entziffern zu können. *Max Pulver, Intelligenz im Schriftausdruck*. Wagner erinnerte sich des aufgebläht-verschnörkelten Schriftbildes von Rehles, wie es auf dem Zettel mit der Adresse von Bartók zu sehen war. Er kam ins Grübeln.

Roda Wieser. Der Verbrecher und seine Handschrift. Er war gerade bei diesem Titel angekommen, der sein höchstes Interesse erregte, als Bartók ihm ein Glas Rum einschenkte, das er auf einen tiefen Glastisch stellte. *Emil Ludwig. Genie und Charakter* und *Ania Teillard. Handschriftendeutung auf tiefenpsychologischer Grundlage.*

Wagner nahm wieder Platz. Er bedankte sich für den Rum und zog die Kopie des Briefes aus der Tasche. Seine Gesichtszüge hellten sich auf, als er das Etikett der Flasche sah. *„Ron de Cuba: Aus Varadero?"*

Varadero... Merkwürdige Übereinstimmung.

Gerade dieser Tage machte ihn jemand auf seine neu-

este musikalische Entdeckung, auf die kubanische Sängerin und Tänzerin Mayra León aufmerksam. Wagner hatte
sich auf ihrer Webseite zur Einstimmung *Varadero* ange-
hört. Von Lied und Stimme war er sofort angetan. *Varadero*. Allein der Name des Ortes. Das klang schon anders
als *Schifferstadt-Süd*.

Er nahm einen Schluck, ließ ihn sich auf der Zunge
zergehen und kam zur Sache: „Ich nehme an, dass Ihr
Verwandter, Herr Rehles, Sie bereits informiert hat."

Er reichte Herrn Bartók die Kopie des Briefes. Dieser
schien eine mentale Röntgenaufnahme des Schriftbildes
durchzuführen. Der Graphologe legte die Kopie zur Seite:
„Für die graphologische Analyse rechne ich – bei der der-
zeitigen Auftragslage – mit circa drei Tagen." Herr Bartók
fügte hinzu: „Ich denke, ich brauche nicht zu betonen,
dass solch ein graphologisches Gutachten auf tiefenpsychologischer Grundlage mit Kosten verbunden ist."

Er schrieb diskret eine Ziffer auf einen Schreibblock
und legte ihn Wagner ohne weitere Vorwarnung vor. Dieser nahm Notiz und gab durch eine Geste sein Einver-
ständnis zu erkennen.

„Rechnung an die Polizeiinspektion."

Er erhob sich: „Noch was. Wenn Sie fertig sind, könnten Sie mich dann bitte verständigen? Ich möchte vermeiden, dass das Gutachten in die falschen Hände gerät.
Sie verstehen?"

Herr Bartók verstand auf tiefenpsychologischer Grundlage. „Sie hören von mir."

Wieder auf dem Fischmarkt angekommen, versank
Wagner in Gedanken. Einige Kinder spielten Tischtennis

im Freien. Die Fischskulptur schien nach Luft zu schnappen. Eine Reihe von Bäumen trug zur besonderen Atmosphäre des Platzes bei. Der Oberkommissar schritt auf dem Weg zurück, auf dem er gekommen war. Er war gewillt, sich etwas treiben zu lassen. Auf der Maximilianstraße passierte er das hellblaue Haus, in dem einst die Schriftstellerin Marie Sophie von La Roche wohnte und in dem nun *Antiquariat und Verlag Marsilius* zu Hause sind. Er zog an der überlebensgroßen Pilgerfigur vorbei, die an den Pilgerweg nach Santiago de Compostela erinnert. Eine kleine Gruppe japanischer Touristen postierte sich vor ihr. Zwei junge Japanerinnen blickten kichernd nach oben, wiesen mit ihren Fingern in Richtung Gesicht des Pilgers und ließen sich ablichten. Er überquerte die Straße. Am *Eiscafé Dolce Vita* angekommen beschloss er, sich erst einmal an einem der Tische im Freien niederzulassen.

Eine halbe Stunde später betrat er, gerade noch rechtzeitig vor Ladenschluss, die Filiale der Buchhandlung Oelbermann: „*Roda Wieser. Der Verbrecher und seine Handschrift.* Ich nehme an, Sie haben das Buch nicht auf Lager?"

Die Buchhändlerin sah ihn mit großen Augen an. Das war mal ein Buchtitel! Dann sah sie sich vergeblich um: „Sollen wir Sie anrufen, wenn das Buch da ist, Herr...?"

„Wagner."

„Wagner, wie der Komponist?"

„Nein, wie der Oberkommissar. Schönen Abend noch."

Bevor er den Laden verließ, drehte er sich nochmals um: „Sie brauchen nicht anzurufen. Ich komme vorbei."

In seinem Appartment angekommen, fuhr er als erstes seinen Computer hoch. Er rief die Website von Mayra León, der Sängerin aus Kuba, auf. Zwei, drei Klicks und schon erklang ihr Lied *La gloria eres tu*. Er streckte sich auf dem Wohnzimmer-Sofa aus und schloss die Augen.

Porqué negar que estoy de ti enamorada... esos ojazos azules... eres un encanto, eres mi ilusión... Dios te hice... Er lauschte der Stimme Mayras, ließ sich von dem karibischen Rhythmus einnehmen und dachte, dass er kein besseres Mittel kannte, um zu entspannen. Aber irgendwann musste er sich doch aufraffen und einen Spanischkurs belegen.

Eres un encanto, eres mi ilusión... porque la gloria está en el cielo..." 'Eine Stimme hat die!' „*Bendito Dios, no necesito ir al cielo si tu alma...la gloria eres tú, alma mia...*" Er erhob sich und wählte das Lied *moliendo café* aus.

'Ganz schön flott dieser Rhythmus. Einen Sprachkurs... Vielleicht in Havanna? Wenn ich nur nicht an dieser Flugangst leiden würde, von der kein Mensch in der Polizeiinspektion etwas ahnt.'

Er wusste, dass man sich dort über seine Vorliebe für kubanische Musik wunderte, schien sie doch so gar nicht zu seiner zuweilen etwas nüchternen, wortkarg-trockenen Art zu passen. Aber was wussten die schon davon, was sich alles in ihm verbarg.

Una pena de amor, de tristeza... Pasas la noche moliendo café. Moliendo café. Se levanta tempranito. Cafecito. El café caliente...

'Kann Rehles eigentlich Spanisch? Die Frage schien reichlich abwegig. Wie sollte der eine Fremdsprache beherrschen, wenn er schon mit der eigenen… Obwohl, man wusste nie. Frag ihn mal.'

Er ging zur Küche. Wo habe ich nur den Rum versteckt? Der Graphologe hätte ruhig nachgießen können. *… Sé que tu no quieres que yo te quiera a tí… te vas a repentir… Llorarás y llorarás… piediendome perdón…, llorarás y llorarás… in nadie que te consuele…, sabor cubano…"*

Zwei Tage später, als Oberkommissar Walter Wagner nach einer Tasse Columbian Medellin in *Schramm's Kaffeerösterei* sein Dienstzimmer betrat, fand er einen Notizzettel vor. Er habe sich unverzüglich zu Hauptkommissar Puhrmann, seinem Vorgesetzten, zu begeben. Als er eintrat, hielt dieser, eine Respekt heischende Person mit strengem Seitenscheitel, ein größeres Briefkuvert in der Hand.

„Guten Morgen, Herr Wagner", begann er ironisch und schneidend zugleich. Dabei wippte er nervös mit einem Schreiben im A4-Format.

„Können Sie mir vielleicht erklären, was dies hier zu bedeuten hat?"

Wagner legte sein Sacko über den Stuhl.

„Nein."

„Wie, nein? Jetzt tun Sie nicht so!"

„Ich verfüge nicht über die Gabe der Ferndiagnose. Kann ich mal sehen?"

Hauptkommissar Puhrmann schnaubte und reichte ihm das Kuvert samt Schreiben. Diesmal würde ihm Wagner, der sich um Dienstrang nicht scherte und dessen unorthodoxes Verhalten ihm schon öfter ein Dorn im Auge gewesen war, nicht ungeschoren davon kommen.

„Ach so, die Rechnung."

„Ach so, die Rechnung", imitierte ihn Puhrmann mit einem nur bedingt gedämpften Anflug von Spott.

„Ich kann mich nicht erinnern, dass wir darüber gesprochen hätten. Und außerdem: Dieser, zugegeben, merkwürdige Brief, den der neue Bischof erhalten hat, war ein Brief und keine Straftat. Das sollte Ihnen eigentlich noch geläufig sein. Wie Sie da, eigenmächtig auf die Idee kommen, einen Graphologen zu beauftragen, unerhört! Meinen Sie vielleicht, wir, als Polizeiinspektion, verfügten über Finanzmittel in einer Höhe, die für solche unüberlegten Abenteuer am Rande der Scharlatanerie Spielraum bietet?"

„Nein."

„Wie bitte?"

„Der Graphologe hat die Rechnung schlichtweg falsch adressiert. Scheint meine Anschrift nicht parat gehabt zu haben. Lasse ich umschreiben."

„Soll das etwa heißen..?"

„Genau – Reine Privatsache. Interessiert mich seit einiger Zeit, das Thema."

„Sie interessieren sich für Graphologie???"

„Was erstaunt Sie daran? Ich kann Ihnen ein gutes Buch empfehlen: *Roda Wieser. Der Verbrecher und seine Handschrift*. Ist übrigens eine Wissenschaft."

Dieser Coup saß. Er nahm Kuvert und Brief an sich, warf sein Sacko über die Schulter und ließ seinen sichtlich irritierten Vorgesetzten zurück.

'Ein Simpel, dieser Bartók. Hatte er ihm doch extra eingeschärft, ihn vorher anzurufen. War ja erstaunlich schnell fertig geworden. Was soll's. Lieber die Rechnung selbst zahlen, als Puhrmann einen Triumpf gönnen.'

Er zog sich in sein Arbeitszimmer zurück und schloss die Tür hinter sich. *Graphologisches Gutachten von Diplom-Graphologe und Tiefenpsychologe Edgard Bartók: Anonymer Brief..., Ihr Auftrag vom...* Das Gutachten war am Computer erstellt. Vielleicht wollte der Graphologe selbst keine graphologisch-verräterischen Spuren hinterlassen. Er überflog, von Zeile zu Zeile eilend, die stichpunktartig hingeworfenen Kommentare Bartóks zu Schriftbildmerkmalen, zu Grundryhtmus und Druckstärke, Sprödigkeit usw., bis er folgenden Absatz las:

Der Verfasser des Briefes verfügt über große Willensstärke, die trotz der manirierten, künstlich monumentalen Schreibweise klar zu erkennen ist. Eine erhebliche Energie und Durchsetzungskraft, ja, man könnte von eisernem Willen sprechen. Klare Anzeichen von Intelligenz erkennbar, trotz bewusst unnatürlicher, in die Irre führender Buchstabendurchformung. Starke Spannungskräfte. Große, zähe Vitalkraft. Vermutlich ein gewisser Bildungshintergrund. Schriftbild-Ornamentik, vorgetäuschte Plastizität. Bewußt unnatürlich langsam geschrieben. Täuschungsabsicht... Druckstarkteigig... Starke Affizierbarkeit, Starrheit... Emotionale Aufgeregtheit, starken Schwankungen unterworfen, leichte Rechtsläufigkeit. So kann denn, schloss Bartók, schwer vorhergesagt werden, wie der Verfasser des Briefes sich verhalten wird. Eine gewisse Unberechenbarkeit..., Aktionismus, gepaart mit gewiss tiefempfundenen...

So sah also eine tiefenpsychologisch fundierte graphologische Analyse aus. Wie kamen die eigentlich darauf, bei dieser Psychologierichtung in aller Selbstverständlichkeit von Tiefe zu sprechen?

Wagner, beeindruckt von der Bartók'schen Fleißarbeit, legte die Analyse zur Seite. Nein, das half nicht entscheidend weiter.

Seiner Intuition vertrauend, ging er stillschweigend davon aus, dass ein weiterer anonymer Brief folgen würde. Er griff sich ans Kinn und dachte nach.

Der Verfasser? Konnte er sich etwa einen Rentner vorstellen, der zu Hause am Hasenpfuhl saß und dem Bischof solch einen Brief schrieb? Jemand von außerhalb? Kamen ja viele auch aus dem Umkreis öfter zum Dom. Das Alter des Schreibers? Hatte Bartók sich dazu geäußert?

Oberkommissar Wagner vertiefte sich erneut in die Analyse, bis er sie mit dem Ausruf „Fehlanzeige" zur Seite legte. Er legte den Fall erst einmal auf Wiedervorlage. Während er den Inhalt einer mit *eilt* gekennzeichneten Dienstumlaufmappe begutachtete – Speyer Nord, Einbruch, Ermittlungsergebnisse, Rücksprache – grübelte er, wo er heute Mittag essen würde.

Im *Zapata*?

7. Kapitel

Cäcilia Zinser verließ nach 17 Uhr ihre Wohnung am Eselsdamm. Sie trug eine lang herabhängende Strickjacke und schaute durch dickglasige Brillengläser in Richtung

Grüner Winkel. Kein Mensch ahnte etwas von ihren heftigen Gelenksschmerzen. Sie quälten sie oft auch nachts
und ließen sie zuweilen vor Pein aufschreien. 'Alles aufopfern. Retten, was zu retten ist.' Sie kämpfte sich mühsam voran. Eine Schwester aus dem nahegelegenen Kloster St. Magdalena kam vorbei und grüßte sie achtungs-
voll. Frau Zinser lächelte mit herabhängenden Mundwinkeln, murmelte ein „Gott befohlen".

Als die Schwester außer Hörweite war, stimmte sie ein
Kirchenlied an, das ihr besonders wert war. Bis zum Dom
war es noch eine schöne Strecke. Frau Sickinger hatte ihr
ja angeboten, sie mit dem Auto mitzunehmen, aber so
war es besser. *Opfer bringe ich Dir dar, Dir, meinem Gott, der
mich erfreut von Jugend auf.* Cäcilia Zinser wusste nur zu
gut um den Abgrund, über den solche Lieder zuweilen
hinwegtäuschten. '*Erfreut?* Oh, dies war die Ausnahme.
Leiden und Leidensbereitschaft. Aufopfern, alles aufopfern!'

In diesem Augenblick kam Herr Franzreb auf dem
Fahrrad auf sie zu. Der kam auch immer in die Afrakapelle, die Seitenkapelle des Domes, und grüßte freundlich. Auch so ein armer Kerl. Sie sah ihn oft sinnlos mit
dem Rad durch die Gegend fahren, mit zuweilen halb aus
der Hose hängendem Hemd oder einem verknitterten, im
Wind flatterndem Sacko. Immer lächelnd, unfassbar
gleichbleibend freundlich. Cäcilia Zinser grüßte Herrn
Franzreb, der ein freundliches „Kummen guut hääm"
hören ließ. Dabei war sie doch gar nicht auf dem Nach-
hauseweg. Frau Zinser schüttelte den Kopf. Sie beschleunigte ihren Schritt und schickte Herrn Franzreb ein Stoß-

gebet nach. Gewiss, er strahlte harmlose Güte aus, zumindest sah es so aus. Aber man wusste nie. Jeder konnte jederzeit fallen. Tief fallen. Und der Tod kam wie ein Dieb in der Nacht.

'Miserere Domine. Miserere.'

Regens Prof. Dr. Scholdner brach vom Priesterseminar auf. Am Ausgang traf er auf einen seiner Priesteramtskandidaten, der gerne bereit war, ihn mit dem Auto bis zum Dom mitzunehmen.

Den Führerschein hätte ich damals vielleicht doch machen sollen, dachte Prof. Dr. Scholdner, im Rückblick einmal mehr dem unentwirrbaren Geflecht menschlichen Schicksals, folgenschwerer Versäumnisse auf der Spur. Domkapitular Bertram hatte ihn gebeten, ob er für ihn die heilige Messe zelebrieren könne. Was ist nur mit Bertram los? Schon wieder hinfällig? Überarbeitet? Vor seinem geistigen Auge tauchte die Gestalt Anton Bertrams auf, dessen behutsame Sprechweise, dessen meditativ-mystische Betrachtungsweise bei der Gemeinde gut ankam. Wie der sich in seinen Predigten einem Thema behutsam, wie von allen Seiten, in konzentrischen Kreisen sich herantastend, annähert. Ein erstaunlicher Ansatz. Die Zuhörerschaft bekam mit, was in Bertrams Geist gerade vorging.

Und doch, bei gedrungen-kräftigem Körperbau, war Bertram in letzter Zeit öfter unpässlich, kränklich. Ob er das Klima in Speyer nicht verträgt?

Inzwischen war der schneidig fahrende Priesteramtskandidat schon in Nähe des Domes angelangt. Auf Höhe des Domkiosks hielt er kurz und ließ Regens Prof. Dr. Scholdner aussteigen. Dieser dankte und schritt dienstbereit dem Kaiser- und Mariendom zu, dessen gewaltiger Bau ihn immer wieder neu mit geschichtsträchtigem Glaubensernst erfüllte.

Karl-Josef Tremmel zog den Hut. „Guten Abend, Frau Bodmann. Wie? Ja, iss recht." Ein Elend zuweilen, dass man nicht ungesehen über die Maximilianstraße laufen konnte. Nächstes mal würde er den Weg über die Kleine Pfaffengasse nehmen. 'Der Bertram hält wieder die Messe. Der ist schon gut. Trotzdem für die Priester beten. Die haben es schwer.'

Herr Tremmel unterbrach seine Betrachtungen, da Apotheker Dr. Perlach ihm „Einen schönen Abend noch, Herr Tremmel" zuwarf. An manchen Tagen kam man aus dem Hutziehen gar nicht mehr heraus. Aber ohne Hut ging es eben auch nicht. Hatte er ja mal ausprobiert: Die Migräne danach, von dem Wind, fürchterlich!

Die Afrakapelle war wegen Restaurierungsarbeiten kurzfristig geschlossen. Der Gottesdienst fand deshalb im Dom statt, der für eine Abendmesse erstaunlich gut gefüllt war. Sollte es sich herumgesprochen haben, dass Regens Prof. Dr. Scholdner die Messe zelebrieren und predigen würde? Ihm eilte der Ruf als Prediger voraus.

Seine leise, betont langsam vorgetragenen Predigten, besonders die Fastenpredigten, sorgten für enormen Zulauf. Es verbreitete sich sogar die Meinung, dass viele Leute auch von weit her eigens anreisten, um ihn zu hören.

Predigte Prof. Dr. Scholdner, so verzog er kaum eine Miene. Auch gestikulierte er nicht. Er ließ vielmehr die Wirkung seiner Predigt fast ausschließlich vom Wort ausgehen. Eine suggestive Kraft ging von seiner unaufdringlich vorgetragenen Predigt aus. Hier war ein Prediger, der es nicht nötig hatte, mit rhethorischem Blendwerk zu beeindrucken, das doch nur allzu schnell, wie Feuerwerkskörper, kurz aufstrahlte und schon verrauschte. Da sein und das Wort verkündigen. Eine Predigt, deren Verkündiger sich bewusst war, dass es Tiefen gab, die nie erreicht, auf die immer nur hingedeutet werden konnte. Und doch: Zuweilen, von einer besonderen Gnade berührt, gelang es, hiervon einen kleinen Ausschnitt hörbar zu machen.

Domorganist Prof. Theo Schalmer zog alle Register und entlockte der Orgel Klänge, die dem gewaltigen, unter ihm und sich weithin in Tiefe und Höhe ausbreitenden Bau in ihrer Klanggestalt an Größe kaum nachstanden. Eine dezente, scheue Vortragskunst, nein, hierfür war er nicht geboren. Wie liebte er es, mit seinen Kunstgriffen Töne zum Leben zu erwecken, die eine sich leise aufbauende, sich immer mehr steigernde Spannung erzeugten, eine zuweilen fast unheimliche, von geschickt eingeflochtenen, unruhig und heftig aufzuckenden Klangblitzen unterbrochene Stille, eine Spannung, die er selbst einmal mit einem schwülen Sommernachmittag verglichen hatte: Mit jenem eigentümlichen, in der Luft liegenden Etwas, das sich dann, brachial und ohne Rücksicht, entlud. So schnell, wie sich andere über Treppenstufen bewegten, so sicher und wendig sprang er von einer Klanghöhe zur anderen und hatte nicht nur seine Orgel voll im Griff. Zuweilen schob er den Ausbruch, das ungestüme Zusammenprallen von Dissonanzen, die jeden Winkel des Domes erreichende Klangfülle bewusst in die Länge, wiegte die Zuhörer in scheinbarer Ruhe und kannte dann kein Halten mehr. Völlig unvermutet ließ er ein Stakkato los, um dann, in grandioser Steigerung noch einmal alles zu geben. Er zog die Zuhörer in den akustischen Strudel seiner Tonkunst, der immer mehr an dramatischer Stärke zunahm und in gewaltigen Akkorden alles mit sich riss. Alles und Alle? Herr Tremmel schüttelte den Kopf.

'Um Himmels Willen! Was der wieder aufführt. Da müsste der Herr Bischof auch mal einen Riegel vorschieben und solchen Selbstdarstellern das Handwerk legen!'

Herr Tremmel seufzte aufgebracht, schloss für einen Moment aus Unmut die Augen und wurde zusehends gereizt. 'Was man sich alles bieten lassen muss. Was glaubt der denn? Dass er hier tun und lassen kann, was er will? Dem mal die Grenzen aufzeigen. Ist doch Gottesdienst und kein Konzerthaus, wo der große Zampano nachher mit rauschendem Beifall überschüttet wird! Da müsste der Bischof mal einschreiten. Aber das bekommt der vielleicht gar nicht mit. Pontifikalamt ist ja nicht ständig.'

Prof. Dr. Scholdner erhob sich bedächtig und schritt zum Lesepult, wo er auf gewohnte Weise in den Beginn seiner Predigt verhalten gesprochene Fragen einflocht. Einige Reihen hinter der ersten Bank klappte Cäcilia Zinser ihr Gesangbuch zu. 'Unglaublich, wie diese Leute in der voll besetzten Bank einfach nicht zusammenrücken.'

Frau Zinser bündelte ihre Kräfte und rückte demon-

strativ ein Stück weiter nach links. 'Diese Gleichgültig-
keit! Und andere sollen stehen?'

Prof. Dr. Scholdner näherte sich indes seiner Bestform.
Welche Ruhe strahlte er aus. Den Blick immer gerade aus-
gerichtet, war er nicht anfällig für bewundernde Blicke
von Gottesdienstbesuchern, die ihm an den Lippen hin-
gen und sich vom geruhsamen Rhythmus seiner tief-
schürfenden Rede in den Bann ziehen ließen. Wie nich-
tig, Prof. Dr. Scholdner wusste es nur zu gut, waren doch
solche Eitelkeiten. 'Ruhm als Prediger suchen? Gott sei
Dank, hiervon war er frei. Nein, es galt, sich in den
Dienst zu stellen. In den Dienst an den Menschen und
für eine höhere Macht, wohl wissend, dass diese keinesfalls ständig bereit war, einen Prediger zu ihrem Sprach-
rohr zu machen. Wie oft war es mühsam. Man stocherte
selbst herum in noch nicht zur Gänze geklärten Gedan-
kenwelten. Stückwerk blieb da alle noch so gefällige und
gut gemeinte Aussage, Stückwerk und zuweilen nichts als
Spreu.'

Domschweizer Anselm Leutgart war gerade in wippen-
dem Gang hinter einer Säule in Richtung Ausgang verschwunden, als Prediger Prof. Scholdner erneut und in
unverändert gleichmässiger Tonlage anhub: „...und hier
berühren wir freilich ein Thema, das sich unserer geistigen Anschauungskraft – wie dies ja auch der Philosoph
Immanuel Kant im 18. Jahrhundert nachgewiesen hat –
das sich unserer Vorstellungskraft und unserem Verständnis entzieht, da es diese unendlich übersteigt: Hölle? Was
ist das? Gibt es eine Hölle? Gibt es die endgültige Verwerfung, das endgültige, nicht mehr rückgängig zu machen-

de Verstoßensein vom Anlitz Gottes, eines Gottes, den wir ja doch als liebend, als unauslotbare Fülle an Güte und Erbarmen bekennen? Nun, die katholische Kirche hat bis zum heutigen Tag noch nie einen Menschen sozusagen offiziell unselig gesprochen. Sie hat noch nie von einem Menschen, und sei er auch von verbrecherischster Verkommenheit – man denke hier nur an Hitler oder Stalin – verbindlich und offiziell festgestellt, dass er verdammt sei. In die heutige Zeit übersetzt: Eine Übertragung einer Unseligsprechung, live vom Petersplatz aus Rom? Nun, Sie werden merken, hier sträubt sich schon unser natürliches Empfinden. Vielmehr hat die Kirche unzählige Menschen selig oder gar heilig gesprochen. Wie geht das zusammen? Müssen wir hier, wie der ein oder andere vermuten mag, eine Inkonsequenz feststellen, fehlt es der Kirche gar an Mut?"

Prof. Dr. Scholdner verlor auch bei einem solchen, die menschliche Existenz in ihrer Dimension ewigen Schicksals berührenden Frage nicht Ruhe und Gleichmaß. Vielmehr traten diese, im Kontrast zum aufwühlenden Thema, nur um so stärker in Erscheinung.

„Liebe Brüder und Schwestern, mit dem Thema der Hölle, das im heutigen Evangelium, wie auch in der Lesung anklang, berühren wir ein Gebiet, in dem uns der Boden unter unseren Füßen weggezogen zu sein scheint. Die katholische Kirche leugnet keinesfalls die Möglichkeit einer endgültigen Verwerfung, eines Getrenntseins von Gott, dessen Abgrund wir uns gar nicht groß genug denken können. Und doch..., ist es vielleicht gut und hilfreich, wenn wir uns dieser Frage im Gedenken an den großen Theologen Hans-Urs von Balthasar nähern. Auch dieser Theologe, Denker und Schriftsteller von internationalem Rang, hielt an der Lehre der Kirche fest, wie sie ja verbindlich aus der Heiligen Schrift und der Überlieferung hervorgeht. Er fügte aber hinzu, dass wir schlichtweg nicht wissen, ob die Hölle bevölkert ist, oder ob sie nicht – für manch einen unter uns vielleicht ein schockierender, ein befremdlicher Gedanke – ob sie nicht vielleicht leer ist. Wir wissen es nicht.

Dass es sie gibt, als letzte, als furchtbarste Konsequenz aus dem Willen von Menschen, die Gott von sich weisen, seine Liebe zurückstoßen, dies sollen wir…, daran müssen wir festhalten. Uns bleibt aber die Hoffnung, dass dieses schreckliche Urteil an allen vorübergegangen sein möge, uns bleibt die Hoffnung auf diesen barmherzigen Herrn, den wir nun vertrauensvoll anrufen wollen.“

Auf einen dezenten Wink der Gemeindereferentin hin, erhob sich die Gemeinde. Ein Raunen ging durch einige der vorderen Bänke, dem ein in begrenztem Umkreis hörbares „großartig!“, folgte.

Wer sich weiter umgesehen und auch umgehört hätte, dem wären manche ratlos blickende, zuweilen stutzende oder von Genugtuung erfüllte Gesichter aufgefallen. Ebenso hätte man ein dreimaliges, festes, geradezu zorniges Aufstampfen mit einem Stock hören können.

Montag früh, Punkt 9 Uhr, stattete Oberkommissar Wagner Kommissar Rehles einen kurzen Besuch ab. „Guten Morgen, Rehles. Wie ich höre, hatten Sie sich einen Tag freigenommen?“

Kommissar Rehles blickte einen Moment verwundert auf, besann sich dann und sagte eilig: „Ja, richtig. Ich musste nach Brünn und..."

Wagner, der in Gedanken war, hatte gar nicht richtig zugehört. Vielleicht fürchtete er auch, dass dieser jetzt zu einer Schilderung seiner Verwandtschaftsverhältnisse in der Eifel ausholen würde. Zuweilen erging Rehles sich in Schilderungen seiner Anfängerzeit, seiner Erlebnisse auf Streife in Brünn und Bitburg, bei der er ganz und gar in der Vergangenheit aufging. Seit er allerdings mit einer gewissen Oksana aus Lemberg in der Ukraine verheiratet war, die im *Eiscafé De Vico* in der Maximilianstraße als Bedienung ihren Charme an den Tag legte, war er etwas stiller geworden.

„Sagen Sie mal, Rehles, können Sie eigentlich Spanisch?"

Sein Gegenüber schaute verdutzt auf. Sein Chef hatte ihm ja schon einige Überraschungen geboten, aber Spanisch? Wie kam er darauf, ihn, einen – von seinem kriminalistischen Spürsinn einmal abgesehen – eher praktisch-handfest veranlagten Menschen, nach Spanischkenntnissen zu fragen?

„Nein, ich fürchte, damit kann ich nicht dienen."

„Danke."

Wagner verließ den Raum, ohne weitere Erklärungen abzugeben.

8. Kapitel

Zwei Wochen waren ins Land gegangen. Bischof Dr. Güterschild fand zusehends in seine neue Aufgabe hinein. Auf vielen Fahrten kreuz und quer durch sein Bistum bekam er Einblicke in die Diözese. Sein gesprächiger Fahrer versäumte nicht, ihn unterwegs auf Besonderheiten pfälzischer Landschaften und Mentalitätsunterschiede hinzuweisen. Er gab manche Anekdote zum Besten, in der die Eigenart der Bewohner verschiedenster pfälzischer Landstriche zum Ausdruck kam. Hier galt es einen Antrittsbesuch zu machen, in jenem Sprengel einen verdienten Priester mit bischöflicher Visite zu beehren, da eine Kirche einzuweihen und in jener Ortschaft bei Waldfischbach folgte man der Einladung eines Treffens pfälzischer Kinder-Kirchenchöre. So nach und nach konnte der Bischof Vorder- von Hinterpfälzern unterscheiden. Süd- und Westpfalz waren keine böhmischen Dörfer mehr, sondern Regionen mit einem ganz eigentümlichen, klar zu unterscheidenden Menschenschlag. 'Ja, es war gut, dass der Herr ihn hierher geführt hatte. Er wusste schon, was er tat. Auch der Dialekt, jene anfangs ihn doch zur Besorgnis stimmende Klippe, die sein noch ungeübtes Hörverständnis schwer umschiffen konnte, gab manche seiner Geheimnisse preis. So nach und nach entschlüsselten sich zunächst rätselhaft anmutende Ausdrücke. Auf derbere Worte und Redewendungen fiel – kannte man erst die besondere Naturverbundenheit des Menschenschlages, wusste man etwas von ihrer of schweren Geschichte – ein milderndes Licht.

Wer viel Mühsahl und Plage durchgemacht hatte, wer in rauherer Landschaft schrofferer Boden- und Gesteinsformationen, wer an Waldhängen lebte, die ungestüme Winde und Regen zu peitschen pflegten, der redete anders als ein französisch-leichtlebigen Einflüssen ausgesetzter Wohlstandskleinstädter im Flachland.'

Auch heute waren sie wieder unterwegs, diesmal in Richtung Merzalben. Bischofsfahrer Kurzmann legte, ungewöhnlich genug, eine Schweigephase ein. Bischof Dr. Güterschild ließ pfälzische Landstriche auf sich wirken, die an seinem Blick vorbeizogen.

'Welch eine Fülle des Lebens! Fülle verschwenderisch reicher Natur, Fülle an Menschen. Überall Fülle.' Und nun saß er hier in seinem Dienstwagen und ließ sich durch die Landschaft kutschieren. 'Oberhirte. Da konnte man wahrlich fast erschrecken vor diesem Wort.

Aber, man musste den Weg ja nicht allein gehen. Gemeinschaft, ein Wort, in dem das Wort *ein* steckte. Eins werden. Einheit. Im Anblick erhebender landschaftlicher Schönheit, fühlte der Bischof sich neu gestärkt. Er war bereit, Menschen für diese Einheit und Gemeinschaft zu gewinnen.'

Generalvikar Dr. Weihrauh legte die CD *Bruckner, 9. Sinfonie* ein. Ein anstrengender Tag lag hinter ihm. Als Generalvikar kam man manchmal nicht umhin, von Befugnissen Gebrauch zu machen. Entscheidungen waren zu treffen, bei denen man zwangsläufig aneckte, auf Widerstand stieß und zuweilen unverhüllt zu Tage tretenden Ärger auslöste. Da stieß man in der Auseinandersetzung selbst mit Methoden, die man beim großen Thomas von Aquin gelernt hatte, an Grenzen. Die ganze *Summa* des Aquinaten half hier nicht weiter, geschweige denn ein Schweigen nach Wittgenstein. Denn er konnte ja darüber reden. Nur auf Verständnis stieß man nicht. Stattdessen auf Widerspruchsgeist, auf Eigensinn und Wortverdreher. Aber, so schnell ließ er sich auch nicht ins Boxhorn jagen. Wenn es sein musste, konnte er eine Festigkeit an den Tag legen, die den ein oder anderen noch erstaunen würde.

Dr. Weihrauh brachte Ruhe in seine Gedanken und ergab sich der Wirkung der großartigen Komposition, den suggestiven Klängen der Bruckner'schen Sinfonie. Schade, dass ich kein Talent zum Musiker habe. 'Worüber man nicht reden kann, darüber soll man schweigen.' Wittgenstein hatte hierbei sicher nicht mitgemeint, dass man nicht komponieren sollte.

Dr. Weihrauh ließ sich von der Musik in geistige Höhen tragen, in denen für kleinliche Auseinandersetzungen kein Raum mehr war.

Domkapitular Willibert Pregnald, der vor den Eingangsstufen zum Dom stand, klopfte Domkapitular Anselm Schütz wohlwollend auf die Schulter. Dann sah er ihm nach, wie dieser in Richtung Bischöfliches Ordinariat enteilte. Er wollte sich gerade in die andere Richtung, zum *Heinrich-Spee-Haus* begeben, als er angesprochen wurde.

„Herr Domkapitular", begann die hochaufgeschossene Dame, die Willibert Pregnald noch nie, zumindest nicht bewusst, gesehen hatte, „es ist Zeit, dass ich mit Ihnen spreche."

Sie sah ihm direkt und offen, mit einem eigentümlichen Ernst an. Dabei neigte sie den Kopf ein wenig zur Seite. So als erwäge sie, wie zu reagieren sei, sollte er unter irgend einem Vorwand versuchen, sie abzuschütteln. Domkapitular Pregnald sah einigen Blättern nach, die von den Bäumen im Umkreis des Domkiosk herübergeweht worden waren. Der Wind trieb sie über das Kopfsteinpflaster. Dann war er wieder ganz konzentriert da.

„Ich wollte eigentlich gerade…, aber gut. Worum geht es denn?"

Die Dame, die ihr in einer Strähne herabfallendes Haar, in einem kompliziert geflochtenen Zopf hochgesteckt trug, entgegnete trocken: „Ihre Predigt."

„Meine Predigt?" Domkapitular Willibert Pregnald verstand nicht ganz. Er blickte sie etwas ratlos an, bis es ihm auf einmal, unter menschenfreundlichem Lächeln, dämmerte. Erleichtert bewegte er sich einen Schritt auf sie zu. Er begleitete dies von einer Gestik seines Armes, die entgegenkommendes Verständnis signalisierte: „Ah, jetzt verstehe ich. Wissen Sie, der Priester, der heute die Frühmesse mit Predigt gehalten hat, war mein Amtsbruder, Domkapitular Anselm Schütz und da haben Sie, da Sie uns eben vermutlich zusammen gesehen haben…"

„Nein. Ich weiß, wovon ich rede!"

Der Domkapitular verstand nun gar nichts mehr. Er wippte unruhig mit den Füßen, denn so langsam sollte er sich doch in Richtung *Heinrich-Spee-Haus* aufmachen.

„Ihre Predigt – an einem Samstag, ist schon einige Monate her. Ich habe Sie genau gesehen" – hier legte sie eine bedeutungsvolle Pause ein – „und gehört!"

Er bemerkte, dass sich der Gesichtsausdruck der Dame, die ihn an Körpergröße überragte, erstaunlich geändert hatte. Ihre Mundpartie, wie auch der Ausdruck ihrer Augen, signalisierten ihm etwas, das er mehr gefühlsmäßig wahrnahm, als dass er es hätte genau benennen können.

„Samstag, vor einigen Monaten?"

Der Geistliche schien in Gedanken seinen Terminkalender zu überfliegen.

„Ja, das mag sein, dass ich Samstag vor einigen Monaten hier gepredigt habe, Frau..."

„Was tut mein Name zur Sache?"

Er spürte Ungehaltenheit und Agression in ihrer Stimme.

„Ich hätte Sie viel früher angesprochen, wenn ich Sie mal ungestört erwischt hätte. Schließlich will man kein Aufsehen erregen."

Domkapitular Pregnald wurde langsam ungeduldig. '„Wenn ich Sie nur erwischt hätte." Erwischt? Was glaubte die eigentlich?'

„Diese Stelle, in der Jesus Christus die Dämonen in die Schweinehorde fahren lässt, die sich dann, unter Schreien, ins Meer stürzen, dürften Sie noch parat haben."

Nun war sie klar zu spüren, die unterschwellige Agression und Geringschätzung. Bei „unter Schreien, ins Meer stürzen" hatte sie selbst plötzlich die Stimme erhoben und die erhobene Hand weit ausgestreckt. Es schien, als sehe sie die Furcht erregende Szene vor sich. Natürlich, so dachte Domkapitular Pregnald, war diese Szene nicht wörtlich, sondern symbolisch zu verstehen. 'Was für ein Interesse sollte der Heiland auch daran gehabt haben, dass sich eine Horde von Schweinen ins Meer stürzt? Bei seiner Liebe zur Kreatur. Aber, wie sollte er ihr das auf die Schnelle vermitteln?'

Bevor er noch etwas sagen konnte, fuhr die Dame, nunmehr in merkwürdig monotonem Tonfall und mit verzogenen Lippen fort: „Was für eine herrliche Bibelstelle, in der die Göttliche Vollmacht unseres Herrn in voller Größe und Majestät zum Ausdruck kommt! Und was haben Sie daraus gemacht?!?"

„Was ich daraus gemacht habe?"

Mit dieser plötzlich, wie ein Degenstoß ausgeteilten Attacke hatte sie ihn auf dem falschen Fuß erwischt. Er müsste doch längst im Heinrich-Spee-Haus... Er überlegte, ob er sie nicht einfach stehenlassen sollte. Zugleich fühlte er sich aber auf seltsame Art und Weise festgehalten.

„Und da fragen Sie noch?!? Was Sie daraus gemacht haben? Ich will es Ihnen sagen."

Die Dame bewegte sich noch einen Schritt weiter nach vorn und beugte sich etwas herab. Sie, die eben noch so monoton sprach, schleuderte ihre Worte nun regelrecht heraus, wobei ihr Gesichtsausdruck sich in beeindruckender Weise veränderte: „Sie haben sich an den Worten der Heiligen Schrift vergriffen. Ich höre Sie noch: 'Dämonen? Was sagt uns dieser Ausdruck heute? Nun, es gibt viele Arten von Dämonen, die auch uns Zeitgenossen plagen. Da gibt es den Dämon der stillen Verzweifelung, den Dämon der Depression und – ganz besonders aktuell – den der Angst. Andere wiederum plagt der Dämon mangelnden Selbstwertgefühls. Ganz gleich, welcher Dämon es nun auch sein mag, der uns in unserem Inneren – und darum geht es schließlich beim Heilswerk Jesu – der uns in unserem Innern gefangen hält: Jesus, der Sohn Gottes, kann sie ins Meer des Vergessens stürzen.'"

Die Unbekannte, die zur Bestürzung von Domkapitular Pregnald, Teile seiner Predigt, an die er sich nun in zunehmendem Maße erinnerte, erstaunlich gut wiedergegeben hatte, brach abrupt ab. Ja, das war genau sein Stil. Und so, oder zumindest sehr ähnlich, lautete auch seine Predigt. Und was noch schlimmer war, dies bemerkte er mit Schrecken: Die Imitation seiner Stimme und seines Tonfalls war ihr gelungen.

„Das haben Sie daraus gemacht! Aus dem Bericht, der die göttliche Vollmacht Jesu belegt, auch und gerade gegenüber den Dämonen, den Mächten der Finsternis, haben Sie eine harmlose, eine verharmlosende Predigt gemacht, die die Gläubigen in die Irre führt. Statt gemäß der Schrift über diese Mächte zu predigen und dem Volk zu sagen, dass sie geistige Wesen sind, die real existieren, dass wir uns vor ihnen zu schützen und sie zu bekämpfen haben, deuten Sie die Dämonen zu rein innerpsychologischen Vorgängen um. Sie leugnen damit indirekt ihre Existenz und erniedrigen Jesus Christus zu einem besseren Psychotherapeuten!"

Die letzten Sätze hatte sie immer lauter von sich gegeben und ihm den „besseren Psychotherapeuten" verächtlich vor die Füße geworfen.

„Wie kommen Sie dazu, wenn Christus ausdrücklich die Existenz dieser Dämonen verkündet, wenn er Ihnen gebietet, dass sie seinen Namen nicht preisgeben, wenn diese ihrerseits Ihn anflehen, sie zu schonen, wie kommen dann Sie dazu, die Wahrheit seiner Worte zu leugnen? Merken Sie nicht, dass Sie auf diese Art die Dämme einreissen? Wenn man erst einmal anfängt seine Worte zu relativieren und Wahrheiten demontiert, dann glauben die Leute am Ende überhaupt nichts mehr. Dämonen als bloße Symbole für innerseelische Vorgänge? Haben Sie vielleicht schon mal Ängste oder Depressionen gesehen, die in Schweine fahren?"

Sie lachte schrill auf und schleuderte ihm, mit wegwerfender Handbewegung ein „Gehen Sie, ich halte sie nicht länger auf. Gehen Sie!" hinterher. Dann entfernte sie sich. Domkapitular Pregnald sah, wie sie sich in Richtung Historisches Museum bewegte, bis sie aus seinem Blickfeld verschwand. Der Geistliche spürte einen merkwürdig schalen Geschmack im Mund.

Er grübelte und erschrak zutiefst: '… „als bloße Symbole?" Das hatte ich doch gar nicht gesagt, sondern nur gedacht…'

9. Kapitel

Am nächsten Morgen näherte sich Cäcilia Zinser, die immer wieder kleine Stehpausen einlegen musste, zielsicher und zäh dem Eingang zum Hof der Klosterkirche Sankt Magdalena. Sie durchschritt das Portal und vergewisserte sich schon aus einiger Entfernung, dass die in die Kapelle führende Tür nicht durch ein Eisengitter verschlossen war. Seit sie das Kirchenblatt mit der Gottesdienstordnung nicht mehr bekam, war das Leben komplizierter geworden. Zuweilen rief sie Herrn Tremmel oder Frau Erbacher an und erkundigte sich, wer, wann, wo die Messe halten würde, aber – und hier empfand sie heftigen Verdruss – manchmal wurde sie wie eine Bittstellerin behandelt. Hinzu kam, dass sie immer wieder mit Ausreden wie – „wo hab ich dess nur hie, des Blädel?" – abgespeist wurde. Als wüssten die nicht, wo sie ihr Kirchenblatt hingelegt haben. Infame Täuschungsmanöver!

Bisher hatte es ihr immer ihre Nachbarin vorbeigebracht, aber seit diese – Miserere Domine! – verstorben war, irrte Cäcilia Zinser zuweilen etwas orientierungslos durch die Speyerer Kirchenlandschaft. So nach und nach gelang es ihr aber doch, sich einen gewissen Überblick zu verschaffen, so dass sie nur gelegentlich noch vor verschlossenen Türen stand. In Schaukästen, am Eingang zum Dom etwa oder auch links vor dem Eingang zu Sankt Bernhard, waren ja Aushänge. Aber wie sollte sie mit ihren dickglasigen Brillengläsern das Kleingedruckte lesen? Und fragte man jemand, der in der Nähe stand, so bemerkte man schnell, dass überall die Geduld fehlte. Ein kleines Opfer bringen und einer alten Frau sämtliche Gottesdienstzeiten der Woche, in den verschiedenen Kirchen, samt Angabe der Uhrzeit und des Zelebranten mit klarer Aussprache vorlesen und zur Sicherheit noch einmal langsam, laut und deutlich wiederholen, so dass sie mitschreiben konnte? Die dachten gar nicht daran, diese auf Wohlleben erpichten Kirchenbesucher! Schon das Wort Besucher. Kam sie vielleicht für einen Besuch? Wie das schon klang, so als käme man mal eben für Kaffee und Kuchen vorbei. Oh, nein, sie kam nicht auf Besuch! Sie, selbst eine Opfergabe, kam zur Feier des Heiligen Messopfers. Aber davon wollten die ja heute nichts mehr hören!

Cäcilia Zinser legte an einem der Bäume im Innenhof, von Schmerzen geplagt, eine Pause ein. Dann näherte sie sich, mit festem Schritt und von neuer Kraft erfüllt, dem Eingang der Klosterkirche. Sie betrat sie mit dem Vorsatz, eine Fürbitte in das Buch einzutragen, das hierzu auslag. Drei Tage später sollte ein junger Mann, der auch ein Anliegen eintragen wollte und der auf der Suche nach der angemessenen Formulierung zerstreut die Fürbitten der Vortage las, auf die Fürbitte von Frau Zinser stoßen, sie lesen und auf Höchste verwundert sein.

Frau Zinser legte den Stift zur Seite. Sie klappte das Buch mit den Gebetsanliegen, die die Ordensschwestern vor das Allerheiligste brachten, wieder zu. Dann sah sie zu dem großem Bild der Heiligen Edith Stein, das an der linken Seitenwand hing. Sie nahm den strengen Scheitel und mit großer Genugtuung auch den großen Ernst wahr, von dem das Gesicht der Heiligen und Märtyrerin erfüllt war. Ihr war bewusst, dass die Heilige zuerst als Philosophin bekannt geworden war. Aber hatte sie etwa mit Ihren scharfsinnigen Büchern auch nur eine einzige Seele vor der Verdammnis gerettet? Sicher nicht. Am Ende führte so ein Ruhm nur zur Benebelung des Bewusstseins, zu Hoffahrt und Stolz. 'Nein, Opfer und bedingungslose Hingabe, damit erlangte man Gnaden der Bekehrung.' Sie erhob sich und bewegte sich mühsam in die Nähe des Bildes, um sich mit einem Stoßgebet an die Heilige zu wenden. 'Opfergeist, Opfer, oh, ja, das war es, nicht nur den Geist, Opfer, das wollte sie von der Heiligen erbitten.' Sie brachte ihr Anliegen in aller Stille vor, zutiefst gewiss, dass die Märtyrerin sie auch so erhören würde. Bevor sie die Klosterkirche wieder verließ, ging sie, trotz ihrer Schmerzen, noch einmal in die Knie. Sie opferte ihre Pein für einen bestimmten Geistlichen auf, den sie in ihren Nachtgebeten insgeheim mein Priestersohn nannte.

Den neuen Domschweizer Anselm Leutgart beschlich das ungute Gefühl, etwas vergessen zu haben. Bei der Domführung des prominenten Gastes war ihm Werner Klinker freundlicherweise zur Seite gestanden. Längst war der Domschweizer mit der ganzen Baugeschichte und Historie des Domes noch nicht so vertraut, wie es für eigenständige Führungen unumgänglich nötig war. Klinker, der Leiter des Bischöflichen Bauamtes, hingegen, schien hier jeden Stein zu kennen.

Wie der die verschiedenen großangelegten Bau- und Umbaumaßnahmen erklärte, Namen von Mitgliedern der Kaiser- und Königsfamilien aus dem Ärmel schüttelte und nebenbei die ein oder andere, historisch verbürgte Anekdote zum Besten gab, das verschlug Leutgart noch im Nachhinein die Sprache.

Er, Anselm Leutgart, hatte nur hier und da, geradezu zaghaft, etwas eingestreut, was von der mit Hingebung betriebenen Lektüre entsprechender Domführer und Standardwerke hängengeblieben war. Und er war sich auf einmal nicht mehr sicher. Hatte er, bevor er den Dom verließ, die Tür zur Afrakapelle abgeschlossen und wie sah es mit der Krypta aus? Die vielen neuen Eindrücke seit Dienstantritt, der große Schatten von Karl-Heinz Unterländer, seinem Vorgänger im Domschweizeramt – der, so erzählte man, seinen Dienst im Dom mit einer solchen Sicherheit und Würde auszuüben pflegte, als diente er schon seit Jahrhunderten – das alles war für ihn doch etwas viel gewesen.

Dass er auf seine schlichte Bewerbung hin den Zuschlag für das verantwortungsvolle Amt bekommen hatte, erstaunte ihn immer noch. Domschweizer Anselm Leutgart griff sich seinen großen und gewichtigen Schlüsselbund, hüllte sich in seine dunkelrote Domschweizerkluft mit schwarzem Kragen. Ja, so gekleidet, war besser als in Zivil. Sonst würde es noch so aussehen, als dränge ein Unbefugter ein. Gar nicht auszudenken, die Blamage, wenn dann jemand die Polizei rief.

Er verließ seine Wohnung in Nähe des Gasthauses *Zum Halbmond* und erklomm die Stufen, die ihn zum oberen Domgarten führten. Jetzt nur die Ruhe bewahren. Er sah sich um. Vor den Gebäuden zur Linken, in denen verschiedene Geistliche wohnten, war niemand zu sehen. Ein Glück, dass schon Abend war. Gleich würde es ganz dunkel werden. 'Na, Herr Domschweizer? Noch unterwegs?' Nein, also das würde ihm gerade noch fehlen, dass ihm jetzt Schütz oder Bertram über den Weg liefen. Er wartete, bis ein Rentner mit seinem Hund hinter dem Dom verschwunden war. Dann näherte er sich rascheren Schrittes einem Seiteneingang. Mit dem Schlüsselbund kannte er sich aus, das war schon mal ein Anfang. Er öffnete, trat ein und verschloss das schwere Portal wieder hinter sich. Lange nach Dienstschluss alleine im Dom zu sein, war schon ein eigenartiges Gefühl. Er blickte voller Ehrfurcht nach oben und ließ seine Blicke in das gewaltig in die Tiefe sich ausdehnende Hauptschiff schweifen. Im Inneren des Domes war es schon ganz schön dunkel. Beleuchtung einschalten? Nein, auf keinen Fall. Das konnte man sicher von außen sehen.

Der Domschweizer bewegte sich langsam nach vorn, hörte seine eigenen, schwach aufgesetzten Schritte. Er ließ das ganze historische Gewicht der schweren Wände, der Tragpfeiler und Gewölbe, soweit er sie sehen konnte, auf sich wirken. Seltsam, diese langen Reihen von Bänken. Ganz verwaist. Wer hier an dieser Stelle – klar, die Bänke hatte man natürlich irgendwann erneuert – alles gesessen und gekniet haben mochte, in langen Jahren, in Jahrzehnten, in Jahrhunderten, in fast tausend Jahren. Anselm Leutgart fühlte, wie ein leichter Schauder in ihm aufstieg. Alleine die Anzahl der Bischöfe, die hier mit kraftvoller Stimme das Volk unterwiesen, ermahnt und bestärkt hatten. Wenn man das alles auf einmal sehen und hören könnte.

Er schlich nach vorne, tastete sich voran, denn schnell war es dunkel geworden. Je weiter er nach vorn rückte, so schien ihm, desto dunkler wurde es. Er blickte nach oben ins Kuppelgewölbe. Gewaltig! Und an dieser Stätte tat er Dienst, im Weltkulturerbe Speyerer Dom. Andere arbeiteten in architektonisch unterkühlt entworfenen Dienstgebäuden, die irgendein profitorientierter Firmenchef hatte hochziehen lassen und er in einem Gebäude, das auf –

1061? – zurückging. Die Zahl musste er später nachschlagen.

Die Tür zur Afrakapelle war, so wie es sein sollte, verschlossen. Anselm Leutgart schlich vorsichtig weiter, bis er im Zentrum, vor den Stufen zum Hauptaltar stand. Nun hörte er deutlich, wie Regen niederging, wie er auf die Dachflächen der Kathedrale fiel, gegen Scheiben schlug und an Stärke schnell zunahm. Kurze Zeit später gingen schon schwere Regenschauer hernieder, fielen auf den Dom und ergossen sich über die Bäume und den Domgarten ringsum, stürzten auf Bodenflächen und Dächer. Anselm Leutgart rührte sich nicht, gebannt von den Geräuschen des nunmehr niederpeitschenden, stetig an Heftigkeit zunehmenden Regens. Wind musste aufgekommen sein, Wind, den er nun auch deutlich hören konnte.

Wie dunkel es auf einmal geworden war. Der Regen prasselte und fiel, stürzte und peitschte, tränkte die Rasenflächen und ging schwer über der alten Domstadt hernieder. Regen fiel auf die vielgestaltige Dachlandschaft, auf die zahlreichen Kirchen der Stadt. Draußen auf den Straßen trieb er Passanten vor sich her, die ohne Schirm ausgegangen waren und sich nun unter Arkaden und Hauseingänge, in Kneipen und Bars flüchteten.

Domschweizer Leutgart bewegte sich ein Stück weiter nach rechts, als der erste Blitz aufzuckte. Kurz danach folgten weitere Blitze. Er verhielt seinen Schritt, blickte in die Richtung, in der weit oben der Bischofsstuhl stehen musste, als erst leise aus der Ferne und dann viel, viel näher Donner zu hören war. Ein Blitz leuchtete grell auf.

Sein Schein fiel durch die Fenster an der Ostseite, bis ein gewaltiger, schreckenerregender Donner ertönte. Es musste ganz in der Nähe sein. Er rührte sich nicht und zuckte zusammen, als weitere, hell und stark aufflammende Blitze den Himmel erhellten. Regenmassen stürzten auf Dächer, schlugen gegen Außenmauern. Grelle, weit verzweigte Blitze zuckten auf, bis ein furchtbares Getöse, das den Dom in seinen Grundfesten zu erschüttern schien, vermuten ließ, dass es unweit eingeschlagen haben musste. Es verstrich eine ganze Weile, bis er das Heulen von Feuerwehrwagen hörte. Er verharrte in aller Stille und hatte schon vergessen, dass er in der Krypta noch nachsehen wollte. Fast eine Stunde später, als das heftige Unwetter sich gelegt hatte, verließ er den Dom.

Am nächsten Morgen las er in der Zeitung, dass in einem alten Haus in einer der verwinkelten Gassen am Hasenpfuhl der Blitz eingeschlagen hatte. Das Haus war fast vollständig abgebrannt. Das Wehklagen der alten Besitzer, die sich ins Freie retten konnten und dort hilflos die Arme über dem Kopf zusammenschlugen, sei erschütternd gewesen.

Als die Feuerwehr, die durch mehrere Einsätze in Anspruch genommen war und durch falsch parkende Autos behindert wurde, endlich nahe genug an das Haus herangekommen war, konnten die Feuerwehrleute nicht mehr viel tun. Nachbarn hätten die nur notdürftig bekleideten alten Leute in Decken gehüllt und vergeblich versucht, sie zu beruhigen.

Domkapitular Anselm Schütz schritt beschwingt aus der Klosterkirche Sankt Magdalena. Diesmal hatte er für Generalvikar Weihrauh die Abendmesse übernommen. 'Na, also. Sollte niemand sagen, dass er nicht bereit war, einzuspringen, wenn Not am Mann war. Weihrauh sah in letzter Zeit im Gesicht bedenklich fahl aus. Wie alt war der eigentlich?' Domkapitular Schütz legte die Frage ad acta und erhob seinen Blick in den Abendhimmel.

'Ob er jetzt erst mal ein Dunkles oder ein Weizen...? Nein, besser nicht. So was konnte schnell einreißen und zur Gewohnheit werden. Obwohl, andererseits: Bier ist flüssiges Brot. Vielleicht sollte ich mich doch mal wieder unters Volk mischen.'

Domkapitular Anselm Schütz ging auf den Ausgang zu. Plötzlich spürte er, wie ihn jemand am Ärmel anfasste. So etwas konnte er überhaupt nicht leiden. Diese plumpe Vertraulichkeit.

„Ja, bitte?"

Er verhielt den Schritt und sah sich um. Die Frau kannte er doch irgendwoher. Wenn man predigte, da nahm man viele Gesichter wahr. 'Saß die nicht oft in einer der vorderen Bänke im Dom? Obwohl, vielleicht war es doch jemand anders. Wie soll man sich all diese Gesichter merken.'

„Ich wollte Sie kurz ansprechen, Herr Domkapitular. Ich dachte ja erst, ich gehe heute gar nicht in die Abendmesse. Manchmal ist einem ja nicht danach und wenn man dann, wie ich..."

Domkapitular Schütz wurde ungeduldig. Er kniff die Lippen zusammen. Kommt jetzt der Lebensrückblick samt Beschreibung aller Gebrechen? Dann kam ihm wieder in den Sinn, dass er ja Priester und somit für die Menschen da war. Er beschloss, sich in Geduld zu üben.

„Und dann habe ich mich doch aufgerafft und habe es nicht bereut." 'Das will ich aber auch hoffen.'

„Wissen Sie, es hat mich tief berührt, wie Sie über die Heilige Edith Stein sprachen. Auch der Hinweis auf Breslau, den Heimatort Edith Steins. Das ist ja vielen gar nicht bekannt und…"

Er wich einen Schritt zurück. Sie hatte ihn schon wieder am Arm angefasst.

„Nur hätte ich es schön gefunden, wenn Sie in Zusammenhang mit der Barmherzigkeit auch ein Wort für die Heilige Schwester Faustine übrig gehabt hätten. Ich verehre sie sehr."

Domkapitular Anselm Schütz grübelte. Schwester Faustine? Was für ein Zusammenhang?

„Ich verehre sie sehr und da berührt es einen schon schmerzlich, wenn man den Eindruck hat, dass die Geistlichkeit…"

'Die Geistlichkeit? Er war schließlich keine Geistlichkeit, sondern Domkapitular Anselm Schütz! Er wollte gerade zu einer Antwort ausholen, aber was, um Himmels Willen, sollte er sagen? Schwester Faustine?'

„Was für eine Schande, dass in keiner Kirche in Speyer das Bild des Barmherzigen Herrn verehrt wird, das sie nach einer Vision malen ließ. Ich dachte, ich spreche Sie an. Nehmen Sie es als einen Wink. Schwester Faustine, was für eine große Gestalt – und ihre Höllenvision, ganz im Sinne von Fatima."

Der Domkapitular spürte wie er, trotz seiner Vorsätze, wieder gereizt wurde. Das hatte er davon, dass er nicht gleich zum Domhof aufgebrochen war. Der Domhof gehörte ja gleichsam zum Dom. Da war er, frei interpretiert, in kirchlichem Umfeld. Nüchternheit, eine gewisse Nüchternheit, auch in geistlichen Fragen. Er würde die Frau mal wieder auf den Boden bringen. Die hatte sicher nicht in Eichstätt studiert, was konnte man da schon erwarten.

„Sehen Sie", begann er im Wissen darum, dass schließlich auch er den Glauben in tönernen Gefäßen trug, „unser Glaube fußt ja auf dem Fundament der Worte unseres Herrn, auf der Lehre und dem Beispiel der Apostel", – 'wie geschraubt ich mich ausdrücke, aber kein Wunder, schließlich den ganzen Tag schon im Dienst' – „und wo finden wir diese? In der Heiligen Schrift. Irgendwelche Privatoffenbarungen…".

„Privatoffenbarungen? Fatima und Schwester Faustine? Die sind kirchlich anerkannt!"

Die Dame hatte ihn angefahren und mit dem Fuß aufgestampft.

„Was ich meine ist, dass wir gut beraten sind, wenn wir unseren Glauben aus den Worten der Heiligen Schrift nähren und…"

So langsam wurde er ärgerlich. Jetzt war wirklich nicht der Zeitpunkt, so kurz nach einer Abendmesse und auch nicht der Ort, hier im Klosterhof von Sankt Magdalena. Sollte sie doch die Seelsorge in Anspruch nehmen. Außerdem rückte sie ihm ständig auf die Pelle. Domkapitular Schütz begann, mit den Händen zu fuchteln.

„Die Heilige Schrift und nicht irgendwelche Privatoffenbarungen einer polnischen Ordensschwester oder irgendwelcher Hirtenkinder aus Portugal. Kein Katholik ist verpflichtet, daran zu glauben."

„Sie meinen also, dass Sie die Offenbarungen an Schwester Faustine vernachlässigen können? Meinen Sie vielleicht, der frühere Papst hätte sie heiliggesprochen, wenn sie Phantasien zusammengeschrieben hätte?! Halten Sie das für möglich?"

Er bemerkte nur trocken: „Vieles ist möglich. Wer kann das sagen?" Dann gelang es ihm, sich ihr zu entwinden.

10. Kapitel

Karl-Josef Tremmel zog den Hut. „Guten Morgen, Frau Demmler. Wie's so geht? Jooo, alla. Hat halt jeder so sei Sächelcher. Und selbscht?"

Frau Demmler schürzte die Lippen und fühlte einen leichten Groll aufsteigen. In letzter Zeit war ihr aufgefallen, dass Herr Tremmel immer schnell versuchte, sich loszueisen. Kurz angebunden. Als Rentner hatte der doch den ganzen Tag über nichts zu tun! Wenn sie da an früher dachte, als sie ihn vor dem St. Guido-Stift traf. Leutselig, wie es sich in Speyer gehörte. Immer Zeit für ein Schwätzchen. Und heute? Der sammelte mit der Zeit eine ganz schöne Bringschuld an.

„Ich muss noch zum Reformhaus, wegen der Augentropfen", erklärte Herr Tremmel.

Er deutete ein nochmaliges Ziehen des Hutes an und wollte das Weite suchen. Nein, so würde er ihr nicht davonkommen. Sie standen in Höhe des Kaufhofs, in Nähe des Brezelhäuschens.

Frau Demmler, eine breitschultrige und breithüftige Dame, postierte ihren Spazierstock just da, wo Herr Tremmel gedachte, seinen Fuß hinzusetzen, um sich aus dem Staub zu machen. Herr Tremmel wich einen Schritt zurück. Frau Demmler verzog die Lippen, als mache ihr ein saurer Nachgeschmack zu schaffen. Dann fixierte sie Herrn Tremmel, der ruhig mal etwas für ein gutes Miteinander tun konnte. Ihr Stock stand fest wie eine Schranke.

„Ach, Herr Tremmel, sie ahnen ja gar nicht, was wir in letzter Zeit mitgemacht haben. Ich habe den Verdacht, dass sie nicht mehr für uns beten."

Herr Tremmel riss die Augen auf und erschrak. Er wurde verdächtigt?

„Frau Demmler, ich hab Ihre Anliegen bestimmt nicht vergessen, ich…"

„Reformhaus, Augentropfen… Herr Tremmel, Sie zerstreuen sich. So kenne ich Sie gar nicht. Und immer so eilig, wenn man Sie trifft. Man könnte glatt denken, sie gehen einem aus dem Weg!"

Das saß. Sollte er ruhig ein schlechtes Gewissen bekommen.

Herr Tremmel begütigte. „Frau Demmler, Sie dürfen jetzt wirklich nicht denken…, es ist halt so, dass ich in letzter Zeit…"

„Keine Ausreden!"

Frau Demmler hatte ihn angefahren. Sie sah ihn mit hoch gezogenen Augenbrauen missbilligend-schroff an und schob ihren Spazierstock noch ein Stück weiter nach vorne. Hier gab es kein Durchkommen. Neben ihm am Brezelhäuschen herrschte großer Andrang. Da kam er auch nicht vorbei. So etwas nannte man Falle.

„Mein Mann, Herr Tremmel – und das können Sie als Alleinstehender natürlich zum Teil gar nicht nachvollziehen –, mein Mann verfällt zusehends. Manchmal denke ich... Aber nein, das sollte man gar nicht denken. In letzter Zeit hat er manchmal einen Gesichtsausdruck... Ich sage Ihnen, ich muss dann immer an Friedhof denken. Das Wort stellt sich automatisch ein.

'Denn es ist dem Menschen bestimmt, einmal zu sterben und dann folgt das Gericht'. Das liest sich so schön... Aber wenn man indirekt, über einen Familienangehörigen, betroffen ist..." Frau Demmler schaute mit fatalistisch-trübem Gesichtsausdruck in die Leere, bis sie Herrn Tremmel wieder fokusierte.

„Gehen Sie, Herr Tremmel, gehen Sie in Ihre Reformhäuser – ich muss jetzt weiter!" Frau Demmler zog ihren Spazierstock zurück. Sie nahm das nochmalige Ziehen des Hutes gar nicht mehr wahr und zog ihres Weges.

Dompfarrer Bernhard Galanthin beeilte sich. Mit eilfertigem Schritt erklomm er die Stufen zur Kirche. Nach einer kurzen Besprechung mit Organist Winterspalt eilte er in die Sakristei. Er vergewisserte sich, dass sein Redemanuskript griffbereit war. Für heute hatte er etwas ganz Besonderes vorbereitet.

Fünfzehn Minuten später zog er, von einer Messdienerschar begleitet, durch den Seiteneingang feierlich in die Kirche ein. Schon beim Einzug erkannte er, als guter Organisator, dass die Gläubigen wieder einmal viel zu weit auseinander saßen. Beim Weiterreichen des Klingelbeutels führte dies zuweilen zu fast akrobatisch anmutenden Einsätzen seiner Messdiener. Diese mussten dann zu Hilfe eilen, um den Korb an die nächste Person weiterzureichen, die im Sicherheitsabstand von fünf bis sechs Metern Entfernung saß.

Eine gute Viertelstunde später zuckte Herr Tremmel zusammen. Er musste eingenickt sein. Das war ihm noch nie passiert. Hoffentlich hatte es niemand bemerkt. Er sah sich unauffällig nach rechts und links um und beruhigte sich wieder.

Die Gottesdienstbesucher waren damit beschäftigt, ein Gebetsbildchen zu betrachten, das Dompfarrer Galanthin hatte austeilen lassen. Heute wollte dieser einmal eine eher meditativ angelegte Predigt halten. Er hielt hierzu die Besucher zunächst einmal dazu an, sich in aller Ruhe in das Bild zu vertiefen und es auf sich wirken zu lassen. Dann trat er ans Mikrofon:

„Liebe Schwestern und Brüder, wie wir alle wissen, wurde unsere Bernhardskirche ganz im Zeichen der Aussöhnung mit Frankreich gebaut. Vielleicht ist es deshalb einmal gut, wenn wir ein Bild, wenn wir eine Skulptur auf uns wirken lassen, die in eben jenem Frankreich und zwar in der Klosterkirche zu Vézelay, einem früheren Wallfahrtsort in der französischen Landschaft Burgund, zu sehen ist. Das Kapitell einer Säule zeigt dort zwei Darstellungen des Judas. Das erste Relief stellt mit ungeschminkter Deutlichkeit das schauerliche Ende des Verräters dar. Judas, der sich aus Verzweiflung über seine Tat selbst gerichtet hat, hängt am Strick. So hat er nach dem Evangelisten Matthäus seinem Leben ein Ende gesetzt. Eine Abbildung des zweiten Reliefs ist auf Ihrem kleinen Gebetsblättchen wiedergegeben. Jesus hat den Strick um Judas Hals gelöst. Er trägt den toten Judas, obwohl dieser an ihm schwer schuldig geworden ist, auf seinen Schultern."

In diesem Moment hörte man in beachtlichem Umkreis ein dreimaliges, festes Aufstoßen auf den Boden, wie mit einem Stock. Zahlreiche Köpfe drehten sich um, doch über den Ursprungsort gab es widersprüchliche Annahmen. Dompfarrer Galanthin gebot dem einsetzenden Getuschel mit einer Geste seiner rechten Hand Einhalt. Nur vorübergehend irritiert, fuhr er fort:

„Die Armhaltung Jesu entspricht dabei der eines Hirten, welcher ein Schaf auf seine Schultern genommen hat und es trägt. Diese Szene ist vor einem Hintergrund von Spitzbogen dargestellt. In dem Mittelteil direkt hinter Jesus hat der Bildhauer, ein uns unbekannter Künstler, ein Pflanzenmotiv geformt. Es könnte ein stilisierter Baum sein. Mit dieser Gestaltung wollte der Steinmetz wohl an Jesu Worte vom Guten Hirten erinnern. Er lässt bekanntlich die 99 Schafe in der Wüste zurück, um das eine verlorene Schaf zu suchen. Ich möchte Ihnen nun hierzu ein Zitat vorlesen: *Und wenn er es gefunden hat, legt er es voll Freude auf seine Schultern. Und kommt er nach Hause, ruft er die Freunde und Nachbarn zusammen. Er sagt zu ihnen: Freut*

euch mit mir, denn gefunden habe ich mein Schaf – das ver-
lorene. Lukas 15, Vers 1-7.

Wie wirkt diese Darstellung auf uns? Auf manch einen unter uns sicherlich schockierend. Ist Judas Iskariot nicht der Inbegriff alles Bösen, der Sohn des Verderbens schlechthin? Er, der seinen Meister wegen 30 Silberlingen auf schändlichste Weise verraten hat."

Dompfarrer Galanthin ließ eine meditative Pause zu. Er gab der Gemeinde stillschweigend zu verstehen, dass es angezeigt sei, sich darüber Gedanken zu machen. Dann blickte er wieder auf und setzte seinen Vortrag in eigentümlicher, südpfälzischer Klangfärbung fort:

„Was soll uns da noch eine bildhauerische Darstellung zeigen, so möchte man vielleicht fragen? Hat nicht die Bibel bereits das endgültige Urteil über ihn gesprochen? Nun, ich denke, diese Darstellung zeigt uns, dass Jesus nie seinen Blick von uns abwendet. Selbst dann nicht, wenn wir – auch wenn wir ihn nicht wie Judas verraten – so doch wie Judas schuldig und treulos werden. Ich denke, darin liegt etwas Tröstliches und darin kann auch etwas Beruhigendes liegen. So wie auch die Skulptur, trotz mancher Unvollkommenheit in der künstlerschen Gestaltung, die der ein oder andere unter Ihnen bemerkt haben wird, einen Frieden vermittelt. Einen Frieden, für den auch unsere Bernhardskirche steht. Danken wir unserem Herrn, dass er immer bereit ist, unsere Lasten mit uns zu tragen und uns gleichsam auf die Schultern zu nehmen. Amen."

„Danke sehr, Schwester Adelis."

Bischofssekretär und Domkaplan Melzer hielt der Bischofsschwester seine Tasse hin. Sie füllte sie mit Kaffee. Dann strich sie sich über die Schürze und steuerte der Küche zu. Hier wurde er bekurt.

Domkaplan Melzer stellte fest, dass der Kaffee noch zu heiß war. Er schweifte in Gedanken nach Rom in die Zeit zurück, als er dort an der Gregoriana die hohe Theologie studieren durfte. Eine Wissenschaft, die zu Melzers Leidwesen in der Meinung der Öffentlichkeit nicht mehr den Rang einnahm, der ihr eigentlich gebührte. Wenn man bedachte, dass die Theologie früher die unumschränkte Königin war, der andere Wissenschaften wie Mägde zu dienen hatten. Nun, das war heute natürlich nicht mehr drin und auch nicht angemessen. Aber etliche Treppenstufen über der Philosophie etwa hätte sie schon zu stehen.

Kaplan Melzer pustete kalte Luft. Sicherlich, mit einem italienischen Capuccino konnte der Kaffee nicht mithalten, mit einem Capuccino, den er damals in Rom in Studienpausen immer gerne in Trastevere oder auch unweit des Vatikans zu sich zu nehmen pflegte. – Einen? Nein, wenn er ehrlich war, immer zwei. Wirkten ja kaum mit der vielen Milch. Jetzt stimmte die Temperatur. Der Bischofssekretär sprach dem Kaffee in Dankbarkeit für die Kaffeebohne zu, einem Produkt der Natur, die sich – im Gegensatz zum Irrglauben verwirrter Köpfe – ja schließlich auch nicht selbst erschaffen hatte.

Zwei Stunden Sekretariatsdienst für den hochwürdigsten Herrn Bischof und dann galt es auch schon wieder, sich auf den Religionsunterricht im Schuldienst einzustellen. Kaplan Melzer sichtete einige noch unbeantwortete Schreiben, über denen schon wieder eine neue Welle an Post hereingebrochen war. Der Bischofssekretär zog die Augenbrauen in die Höhe und öffnete einen Brief. Ein Stadtradio-PR-Mann fragte an, ob der Herr Bischof für ein Interview zur Verfügung stünde. Aus Karlsruhe? Nun, gut, keine Bischofsstadt. Konnte man nachvollziehen, dass die auch mal mit einem Bischof sprechen wollten, die Badenser.

In einem weiteren Schreiben bat eine deutsche Ordensschwester aus Kenia dringlichst um finanzielle Unterstützung. Kaplan Melzer brachte einen Vermerk *Aktion Silbermöve* an und legte den Brief auf die Seite. Nachher würde er Redakteur Lochner vom *Pilger* anrufen. Sollte der die Sache in die Hand nehmen.

Kaplan Melzer verfasste, auf schriftlichen Hinweis des Herrn Bischofs hin, noch einige Glückwunschschreiben an Priester und Ordensleute im Ruhestand, die sich besonders verdient gemacht oder einen runden Geburtstag zu feiern hatten. So etwas ging ihm immer leicht von der Hand und erfüllte ihn mit der demütig empfundenen Genugtuung, dass der Herr Bischof hier nur noch zu unterzeichnen hatte. An seinem Stil hatte er noch nie rumgemäkelt. Kaplan Melzer goss Kaffee in seine mit einem Motiv des Petersplatzes geschmückte Tasse, ein Mitbringsel aus Rom. Er rührte um und schlitzte den nächsten Brief gekonnt auf. Rein handwerklich hatte er erhebliche Fortschritte gemacht. Er hielt den Brief näher ans Licht und las:

„Hochwürdigster Herr Bischof,

wie ich sehe, nahm man mein erstes Schreiben nicht ernst. Dabei sagte ich Ihnen doch klar und deutlich, dass die Zeit drängt. Warum will man nicht hören? Aber dies ist nun nicht mehr mein Problem.

Oh, dies werfe ich Dir vor, dass Du Deine erste Liebe verraten hast, Spruch des Herrn. Du bist ihr untreu geworden und hast Dich an anderen Quellen berauscht, die deine Einsicht getrübt haben. Herr Bischof, mit welchen Zeichen der Verderbnis soll ich beginnen? Sehe ich doch nur zu klar, dass meine Warnungen kein Gehör finden.

Einer ihrer Priester leugnet auf raffinierten Schleichwegen des Geistes die Hölle, dabei hat Maria in Fatima doch so klar gesprochen: Viele kommen in die Hölle, weil niemand für sie betet!

Der nächste leugnet die Mächte der Finsternis. Um den Gipfel an Verdrehung der Wahrheit zu erreichen, hat für einen weiteren Ihrer Geistlichen die furchtbare Geschichte von Judas etwas Tröstliches und Beruhigendes. Unerhört!

Der Sohn des Verderbens: Weh aber dem, der den Menschensohn verrät, für ihn wäre es besser, er würde mit einem Mühlstein am Hals ins Meer versenkt.

Und das soll etwas Tröstliches haben?

Weh dem, der die Gläubigen in solch falscher Sicherheit wiegt, auf der sie unbußfertig dem Abgrund zustreben. Weh, dreimal wehe ihm und anderen Irrlehrern, die die Botschaft des Menschensohnes durch menschliche Weisheit ersetzen. Oh, welche Anmaßung, welch ein Verrat! Und Sie hätten eingreifen müssen. Stattdessen fahren Sie in aller Seelenruhe durch die Landschaft. Wie viele werden dem Sohn des Verder-

bens folgen? Schon ist die erste Schale des Zorns bereitet. Es gibt kein Zurück. Schon legt der Schnitter die Hand an."

Domkaplan Melzer strich sich mehrmals mit der Hand über das Kinn und schloss die Augen. Was nun? Er sah auf die Uhr und stellte fest, dass er ohnehin bald gehen musste. Der Herr Bischof war noch unterwegs. Kaplan Melzer verfasste eine entsprechende Notiz, in der er auf den Brief hinwies, den er ganz nach unten postierte. Dann verließ er mit einem „Bis morgen, Schwester Adelis" das Bischofspalais. Wenn die wüsste…

Vier Stunden später saß Bischof Dr. Güterschild mit Generalvikar Dr. Weihrauh im bischöflichen Wohn- und Arbeitszimmer. Der Bischof reichte ihm den Brief.

„Das habe ich fast befürchtet", meinte Dr. Weihrauh, als er die Lektüre beendete. Er reichte ihm den Brief zurück, schaute auf und wartete.

„Ich hatte, offen gesagt, schon gar nicht mehr daran gedacht. Mir schien vielmehr, dass es damit sein Bewenden haben würde. Stattdessen…"

Dr. Weihrauh bündelte seine geistige Kraft wie Licht in einer Linse: „Als Erstes, so scheint mir, sollte die Polizei verständigt werden."

Bischof Dr. Güterschild stimmte zu. Er erinnerte sich seines ersten Telefonates mit Oberkommissar Wagner.

„Darum werde ich mich kümmern. Und dann?"

Der Generalvikar bemerkte: „Ich überlege gerade, ob es vielleicht sinnvoll wäre, eine Sondersitzung des Domkapitels einzuberufen und alle entsprechend zu informieren."

„Sie meinen...?"

Dr. Weihrauh formulierte die Frage in Gedanken zu Ende und sagte: „Ob wirklich Gefahr besteht, das vermag ich nicht zu sagen."

Bischof Dr. Güterschild überlegte, ob es dann angebracht wäre, den Geistlichen Rat zusammenzurufen. Vielleicht würde nur unnötige Unruhe entstehen. Dr. Weihrauh schien inzwischen zu demselben Ergebnis gekommen zu sein. So erwog man das Für und Wider, bis der Bischof beschloss, erst einmal die Polizei zu kontaktieren. Die Frage der Sondersitzung des Domkapitels, darüber würde er erst einmal schlafen. Dieses Fazit überzeugte auch Dr. Weihrauh, der sich unter dem Hinweis „Termin im Heinrich-Pesch-Haus" erhob.

Drei Stunden später saß Oberkommissar Wagner in Zivil bei Bischof Dr. Güterschild. Dieser hatte ihn von Schwester Adelis, den Kommissar verschweigend, unter dem Hinweis, „es komme nachher ein Herr Wagner", gleich durchwinken lassen.

Wagner las den Brief stillschweigend, gab ihn zurück und sagte: „Nun, Herr Bischof, ich bin wahrlich kein Theologe, aber..."

„Aber?"

„Ich halte es für angebracht, dass wir ermitteln lassen, ob sich gegebenenfalls verwertbare Fingerabdrücke finden."

Bischof Dr. Güterschild, der die Briefe, wie auch Dr. Weihrauh bedenkenlos angefasst hatte, schien zu stutzen.

„Natürlich werden diese dann mit anderen Fingerabdrücken verglichen", kam Wagner ihm zuvor. Dann fügte er hinzu: „Wobei ich allerdings davon ausgehe, dass der Schreiber so schlau war, keine zu hinterlassen."

Ihm fuhr es durch den Kopf, dass er ja noch das Buch *Der Verbrecher und seine Handschrift* abholen musste. Der Bischof erhob sich, um für Schwester Adelis den Weg freizumachen, die ein Tablett vor sich hertrug. Sie kredenzte schwarzen Tee. Wagner, der gerne las, nutzte die Zeit. Er ließ seinen Blick über das Bücherregal wandern: *Guardini: Wurzeln eines großen Lebenswerkes; Thomas von Aquin: Summa Theologica; Erich Przywara: Analogia entis...*

'Przywara? Wie sprach man das aus? Ein Glück, dass Rehles nicht so heißt: Guten Morgen, Herr Przywara, wie war das Wochenende? Na, Herr Przywara, wie laufen die Ermittlungen?'

Inzwischen hatte Schwester Adelis eingeschenkt, sich wieder zurückgezogen und die Tür hinter sich geschlossen. Bischof Dr. Güterschild reichte seinem Besucher eine Tasse Tee.

„Danke."

Während beide am Tee nippten, erkundigte sich der Bischof nach der Größe der Polizeibelegschaft, bis sich Wagner unter Hinweis auf einen hoffnungslos vollen Terminkalender erhob. „Ich lasse Ihnen eine Kopie des Schreibens vorbeibringen."

Der Bischof geleitete Wagner zum Ausgang. Als dieser schon draußen stand, sagte er: „Und grüßen Sie mir Kommissar Rehles!"

Der Oberkommissar verzog unwillkürlich einen Mundwinkel. „Mache ich."

11. Kapitel

Am folgenden Freitag, um 18 Uhr 45, stand Domkapitular Willibert Pregnald in der Sakristei des Domes. Die Abendmesse hatte man heute abend, wegen immer noch nicht abgeschlossener Renovierungsarbeiten in der Afrakapelle, in den Dom verlegen müssen. Sicher, ein großartiger Rahmen für den Gottesdienst, aber die Besucher verloren sich etwas im gewaltigen Mittelschiff. Einige zeigten einfach kein Einsehen und setzten sich außer Hörweite.

Einen Messdiener, der ihm bei kleineren Einräumarbeiten behilflich gewesen war, hatte er bereits verabschiedet. Domkapitular Pregnald war nun gerne für einen Moment allein. Er war heute von der Predigt etwas erschöpft, laborierte er doch seit Wochen an einer hartnäckigen Erkältung, von anderen Beschwerden ganz zu schweigen. Domkapitular Pregnald stützte sich für einige Sekunden mit den Händen am Wandschrank ab. Er strich sein Messgewand zurecht und hängte es weiter nach vorne. So war es besser. Er faltete gerade seine Stola zurecht, als er näherkommende Schritte hörte. Er legte die Stola zur Seite und drehte sich um. Eine Dame stand am Eingang zur Sakristei und sah ihn an. Er signalisierte ihr stillschweigend, dass sie sprechen könne. Doch die Dame schwieg.

Der Geistliche seufzte leise. Das kannte er. Wieder eines jener Schafe, die plötzlich einen unwiderstehlichen Drang fühlen, ihr Gewissen zu erleichtern und die dann, wenn sie einen Geistlichen vor sich sehen, eine Hemmschwelle spüren oder nicht wissen, wo sie anfangen sollen. Dabei war doch hier weder der Ort noch die Zeit für Seelsorge. Sollte es sich immer noch nicht herumgesprochen haben, dass hierzu eigens eine eigene Abteilung eingerichtet worden war? Ein Termin ließ sich doch ohne weiteres arrangieren, und die Beichtzeiten waren auch nachlesbar. Domkapitular Pregnald seufzte auf. Er beschloss, sich in Geduld zu üben und der Dame zu helfen.

„Guten Abend. Sie suchen vermutlich ein Seelsorgegespräch? Wäre es Ihnen vielleicht möglich, wenn Sie sich morgen an...“

„Seelsorge? Ich?“

Die Dame rührte sich nicht von der Stelle. Auch ihre Mimik veränderte sich nicht: Ein ernster, ein mehr als ernster Blick, soweit er dies mit seiner Sehschwäche ausmachen konnte. Domkapitular Pregnald sah irritiert auf. 'Seelsorge? Ich? Was meinte sie damit? Ja, sicher... Der Stolz...' Er kannte dies aus vielen Begegnungen in der Seelsorge. Da wollte jemand sein Herz erleichtern und das Sakrament empfangen. Doch dann stand plötzlich der Stolz auf und stellte sich quer. Sich nur nicht demütigen. Er verhielt für einen Moment den Atem. Was sollte er jetzt sagen? Er wollte gerade verbindlich-behutsam auf die Dame eingehen, um ihr auf diplomatische Art einen einfühlsamen Seelsorger zu empfehlen, als sie zwei Schritte näher kam. Na also, ein gutes Zeichen. Da bewegt sich was. Erst eine stockende Gesprächseröffnung und dann kommt heraus, wo der Hase läuft. Geduld, gleich ist sie so weit. So langsam musste er jetzt auch gehen. Wann schließt der neue Domschweizer eigentlich ab?

„Verstehen Sie bitte", begann Domkapitular Pregnald von neuem, „dass ich mich leider kurz fassen muss. Wir haben einen neuen Domschweizer. Ich möchte natürlich vermeiden, dass wir hier eingeschlossen werden."

Die Dame unterbrach ihn und trat noch zwei Schritte näher heran. Sie trug schwarze Seidenhandschuhe.

„Ich weiß. Was für eine Rolle spielt das jetzt? Einge- schlossen? Und sonst fürchten Sie nichts? Eingeschlos- sen. Oh, ja, das werden Sie, bald."

Domkapitular Pregnald war nun höchst irritiert. Er spürte, wie es ihm kalt über den Rücken lief. Aber das konnte auch die Kühle im Dom sein. Nun, da die Dame näher gekommen war, fiel ihm ihr trüber Blick auf: Die Enttäuschung, die sich um ihre Mundwinkel auszudrü- cken schien und zugleich jene merkwürdig beunruhigen- de Entschlossenheit, die stark ausgeprägte Kinnpartie.

'Oder wollte sie – von schwerer Schuld beladen – drin- gend reinen Tisch machen, und die Sache duldete keinen Aufschub? Vielleicht erklärte sich von daher die gewisse Verwirrung. Sie meinte wohl, wenn der Domschweizer sie einschlösse, würden sie schon wieder herauskommen. Sicher, wenn einen schwere Schuld plagte, da konnte man schon einmal durcheinander kommen.'

In diesem Augenblick fiel seine Stola, die er auf dem Schrank in Randnähe abgelegt hatte, auf den Boden. Domkapitular Pregnald gab der Dame zu verstehen, dass er gleich wieder für sie dasein würde. Er bückte sich lang- sam und schwerfällig. Sie war noch näher herangeschrit- ten.

„Danke, es geht schon."

In diesem Moment schlug sie mit aller Kraft, die sie mobilisieren konnte, zu. Sie hatte eine Sichel aus ihrer großen Einkaufstasche herausgezogen und Domkapitular Pregnald mit voller Wucht gegen den Hals geschlagen.

Dies irae, dies Domine.

Domkapitular Pregnald, den der Schlag voll erwischt hatte, versuchte sich mit einer Hand abzustützen. Dann torkelte er zur Seite. Nun traf ihn der zweite, noch heftigere Schlag, der ihm eine klaffende Wunde zufügte. Er kippte um und konnte im Fallen noch das Gesicht umdrehen. Mit dem Ausdruck höchsten Entsetzens blickte er der Dame ins Gesicht, die ihn aus stumpfen Augen und undeutbarer Mimik ansah, bevor sie erneut zuschlug. Domkapitular Pregnald stürzte zu Boden. Nur ein kurzer Klagelaut war zu hören. Dann war es still.

Die Dame ergriff die Stola und breitete sie über ihm aus. Dann verstaute sie die Sichel und verließ ruhigen Schrittes den Dom.

Am Ausgang sah sie den Domschweizer. Dieser drehte sich, ohne sie zu sehen, um und ging ebenfalls auf den Ausgang zu. Sicher wollte er gleich abschließen. „Lasset die Toten ihre Toten begraben", sprach die Dame.

Auf dem Domvorplatz war kein Mensch zu sehen. Sie schlug den Weg zur Kleinen Pfaffengasse ein. „Denn es ist dem Menschen bestimmt, einmal zu sterben, und dann folgt das Gericht", murmelte sie.

„Kyrie Eleison!"

Als Domkapitular Willibert Pregnald, soweit sein Zustand dies zuließ, wieder zu sich kam, war es 3 Uhr 15. Er fand sich in der Sakristei auf dem Boden liegend vor, ringsum war alles dunkel und still. Nach einiger Zeit erinnerte er sich dumpf an die dreimalige Attacke, deren Opfer er geworden war. Er spürte, wie aus einer schweren Wunde am Hals, wie auch am Kopf Blut geflossen sein musste. Er konnte nicht aufstehen. 'Nein, das kann ich nicht. Dunkelheit. Nacht.'

'Guten Abend. Sie suchen vermutlich ein Seelsorgegespräch? Wäre es Ihnen vielleicht möglich, wenn Sie sich morgen an... Seelsorge? Ich? – Danke, es geht schon. – Dieser Schlag, diese furchtbaren Schläge.'

Domkapitular Willibert Pregnald spürte, wie er zeitweilig das Bewusstsein verlor, dann wieder zu sich kam, seine Gedanken aber merkwürdig unklar blieben oder wie im Zeitraffer abliefen. Er würde sich nicht mehr erheben können. Nicht mehr. Ein stumpfer, ein starker Schmerz am Kopf. 'Muss gefallen sein, gestürzt und mit dem Schädel aufgeschlagen. Eingeschlossen? Und sonst fürchten Sie nichts? Eingeschlossen. Oh, ja, das werden Sie – bald. Die Seelsorge, er wollte ihr doch ein Gespräch. Morgen. – War es spät? – War es Nacht? Ja, tiefe Nacht.'

Domkapitular Pregnald erinnerte sich an das Requiem, das an dieser Stelle vor einer Woche aufgeführt worden war. Bruchstücke der Melodien tauchten in seinem Geist auf. *Requiem, pacem dona eis, Domine. Dona nobis. Rex.*

'Warum hatte sie...? Wer wird bestehen, wenn er kommt? Sakristei. Habe ich noch die Messe, die heilige Messe.' Er spürte, wie der dumpfe Schmerz immer drückender wurde und sich Kälte über seine Glieder ausbreitete. Eine tiefe, dumpfe Schwere lag auf ihm und zugleich fühlte er sich merkwürdig leicht.

'Warum? Die Schritte immer näher und dann dieser Blick... Kannte sie nicht... Eine größere Liebe hat niemand, als wer sein Leben hingibt, für seine Brüder, sein Leben hingibt.'

Domkapitular Willbert Pregnald fühlte sich auf einmal wacher und schwächer zugleich.

'Nicht mehr lange, habe nicht mehr viel... *Pacem dona eis*... Auch ihr, Herr. *Domine, rex celestis, pacem dona eis.*'

Für einen Augenblick sah er ihr Gesicht wieder vor sich. '*Pacem dona eis*... Auch ihr.'

Domkapitular Willibert Pregnald spürte, wie ihm sein Leben durch die Finger rann. Zugleich nahm er eine Gegenwart wahr, die nicht in Worte zu fassen war.

'Es würde nichts verloren gehen. Er nicht, würde nicht verloren gehen..., nicht verloren. In Deine Hände...'

Dann wurde er wieder schwächer und sah starr nach oben. Dunkelheit... Nacht. Und er wollte doch noch, er musste doch noch... 'Dein Wille... *Sanctus, Sanctus, Sanctus, Dominus Deus Sabaoth, wenn Du in Dein Reich kommst... Gloria tua.*'

12. Kapitel

Domschweizer Anselm Leutgart sputete sich. Für 7 Uhr war Frühmesse angesetzt. Da würde er vorher noch mal nach dem Rechten sehen, alles so weit vorbereiten. Das dauerte einfach einige Zeit, bis man sich im Dom bewegte, als wäre man hier zu Hause. Aber gerade in den ersten

Wochen war es entscheidend, dass man alles gab und einem nichts zu viel war. Wenn er sich gut dranstellte, hatte er hier vielleicht eine Lebensstellung.

Er eilte das Mittelschiff entlang, warf Blicke nach beiden Seiten und stichprobenartig in die Bankreihen. Wie oft vergaßen Leute ihre Schirme. Dann eilte er mit der stillen Genugtuung weiter, dass er sich gar nicht so ungeschickt dranstellte. Das wird schon. Sollte jetzt nochmal einer bewundernd von seinem Vorgänger reden!

Kurz vor der Afrakapelle angekommen, wurde seine Miene selbstkritischer. Die Wachsspuren über dem Kerzenständer überwucherten stellenweise die Skulptur. Hier galt es nachzubessern.

Domschweizer Leutgart beschleunigte seinen Schritt. Er öffnete die Tür zur Afrakapelle und ging vor dem Tabernakel in die Knie. Das Evangelienbuch lag an Ort und Stelle – noch hinten das Portal aufschließen. Na, also, wer sagt es denn. Er öffnete beherzt und sah kurz nach draußen. Noch war keiner im Anmarsch. Er war gut in der Zeit. Und schon war er wieder vorn, noch eine Kniebeuge und dann...?

Domschweizer Leutgart grübelte. Die Sakristei!

Er sammelte die nötige Startenergie, verbeugte sich vor dem Altar und schritt dann entschlossen und rasch die Stufen hinauf, die ihn in Nähe der Sakristei führten.

Herr Tremmel zuckte zusammen. Schon wieder läutete das Telefon und wie schrill! Sicher, er selbst hatte es laut gestellt. Sonst hörte er es nicht, wenn er draußen im Hof war. Noch nicht einmal 7 Uhr!!! Den Hörer einfach mal längere Zeit nebendran legen? Nein, das brachte er nicht übers Herz. Man wusste ja schließlich nie, wer einen anrief. Gar nicht auszudenken, wenn jemand in großer Not war und er sich verweigert haben würde. Es klingelte immer noch schrill. Und wenn ich nicht da bin? Aber wo sollte ich sein um diese Zeit?!

Herr Tremmel stand auf und schrie: „Ich kumm jo schunn!" Wo war jetzt nur seine Brille? Es klingelte schrill.

Verflixt! Ach, do vorn – „Ich kumm gleich!!!"

„Tremmel!"

„Demmler…!"

„Guten Morgen, Herr Tremmel. Hier ist Frau Demmler."

Herr Tremmel bändigte mit Müh und Not einen erheblichen Ingrimm. „Ach, guten Morgen, Frau Demmler." Herr Tremmel ärgerte sich über sich selbst. Was hatte er da eben für einen freundlich-leutseligen Tonfall an den Tag gelegt.

„Herr Tremmel, da sie einem ja ständig ausweichen und keine Zeit mehr für einen haben, wollte ich mal hören, wie es Ihnen geht."

Herr Tremmel kniff die Lippen zusammen: „Ja, iss recht, Frau Demmler. Wie's so geht? Jo, allaaa. Da weiß man als gar nicht, was man sagen soll. Oh, jeh, du liebi Zeit, wenn mer alt wird."

„Herr Tremmel, jetzt übertreiben Sie mal nicht! Was sollte ich da sagen? Was für ein Kreuz, die Sache mit meinem Mann. Wenn Sie es schon ansprechen… Ich habe ja sonst keinen Mensch, mit dem ich darüber reden kann. Die meisten haben ja alle selbst ihr Kreuz. Und da dachte ich natürlich an Sie. Sie als Alleinstehender... Sie sind ja frei und können tragen helfen."

Herr Tremmel fühlte eine nahezu wilde Wut in sich aufsteigen. 'Die meisten haben ja alle selbst ihr Kreuz? Er etwa nicht?? Was wusste die!' Er hörte sich sagen: „Des glaab ich, Frau Demmler. Wie geht es denn ihrem Mann?" 'Wie einfühlsam ich mich anhöre, wie verständnisvoll. Warum sage ich ihr nicht einfach nach Strich und Faden Bescheid und erteile ihr ein für alle Mal Anrufverbot?!'

„Ach, Herr Tremmel, was soll ich Ihnen sagen? Ich fürchte, wenn ich es mir recht überlege, dass Sie sich da gar nicht hineinversetzen können."

Herrn Tremmel packte nun eine Wut, die er kaum noch bremsen konnte. 'Wenn ich es mir recht überlege... Warum überlegte sie nicht vorher und verschonte ihn mit ihren Anrufen? Sie... sich gar nicht reinversetzen können? Was sollte die Anspielung? Dachte die allen Ernstes, er trüge kein Kreuz? Oh, wenn es nur eines wäre!'

„Wissen Sie, Herr Tremmel, manchmal denke ich, es geht bestimmt bald zu Ende mit ihm. Wenn ich ihn nachts so liegen sehe, mit diesen herabfallenden Wangen und dem offenen Mund. Es ist fürchterlich. So ein Elend, so ein Verfall. Aber was sage ich das Ihnen, der sie noch gut beisammen sind. So was versteht man erst, wenn man selber an Gebrechen leidet."

'Das war bestimmt Absicht! ... Noch gut beisammen sind? Dabei sitze ich die halbe Zeit in Wartezimmern. Unverschämtheit!' „Ja, Frau Demmler, da werde ich mal ganz fest im Gebet..."

„Ach, Herr Tremmel, seien Sie nicht so vorschnell mit Ihren Versprechungen. Wer weiß, ob Sie das nicht bald wieder vergessen. Wenn es einem gut geht, vergisst man ja schnell. Besser Sie beten gleich und versprechen nichts!"

„Iss recht, Frau Demmler. Ich wollt' jetzt sowieso los!"

„Sie wollten los? Ja, wohin denn?"

„In de Dom, in die Frühmess!"

„Und da telefonieren Sie in aller Ruhe? Herr Tremmel, gerade wenn man ein geistiges Leben führen will, ist es ungemein wichtig, dasss man eine gewisse Disziplin walten lässt. Nun, das sind halt Dinge, die ihre Zeit brauchen. Wenn Sie erst mal mein Alter erreicht haben.

Und das nächste Mal, wenn Sie mich in der Stadt sehen, tun Sie nicht so, als hätten Sie mich gar nicht bemerkt! Das sind Verfehlungen gegen die Wahrheit, Herr Tremmel. Ich sag es Ihnen im Guten. Auf Wiederhören."

Domschweizer Anselm Leutgart passierte die vordere Bankreihe. Er sah kurz nach, ob keine Gegenstände zurückgelassen worden waren, die er dann in der Sakristei zu bestimmten Zeiten wieder rausrücken musste. Dann betrat er die Sakristei. Schubladen waren ordnungsgemäß verschlossen. Soweit schien alles in Ordnung. Nur – halt mal! – eine Stola lag auf dem Boden, wie er zu seiner Verwunderung bemerkte.

'Wer war hier zuletzt? Na, egal. So was passiert eben. Die werde ich im Schrank sorgfältig über ein Messgewand hängen.' Der Domschweizer warf einen Blick in die Ecke. Auch hier gab es keinerlei Grund zu Beanstandungen. Nun bemerkte er, dass unter der Stola noch etwas zu sehen war. Ein Schuh... Eine furchtbare Beklommenheit erfasste ihn. ... Zwei Schuhe.

Er trat einen Schritt näher. Ein wie tot daliegender Körper, eine reglose Person, von der Stola bedeckt und daneben Blut. Domkapitular Pregnald rührte sich nicht und schaute starr nach oben.

Domschweizer Leutgart stieß einen gellenden Schrei aus. Er wandte seinen Blick ab und rannte aus der Sakristei. Er überflog die Treppenstufen und eilte durch das Mittelschiff, bis zum Ausgang, er rannte, so schnell er konnte, zum Bischofshaus, wo er aufgeregt-ungestüm klingelte, bis er Schwester Adelis die furchtbare Nachricht überbrachte.

„Einen Notarzt!", stieß Schwester Adelis hervor, eilte zum Telefon und wies Domschweizer Leutgart an, die Polizei zu verständigen.

Am frühen Vormittag ging Oberkommissar Wagner vor dem Dom nachdenklich auf und ab. Hatten sie die Briefe unterschätzt? Wie hatte Bartók noch geschrieben?

„So kann denn schwer vorhergesagt werden, wie der Verfasser des Briefes sich verhalten wird. Eine gewisse Unberechenbarkeit, Aktionismus, gepaart mit gewiss tiefempfundenen..."

Eine gewisse Unberechenbarkeit... Der Verfasser? Der?

Die Nachricht vom Tode Pregnalds verbreitete sich wie ein Lauffeuer in der Stadt. Der Polizei war es nur mit Mühe gelungen, den Eingangsbereich vor dem Dom großflächig abzusperren. Zwei Polizeibeamte überwachten die Szene von verschiedenen Seiten aus, weitere Streifenbeamte standen hinter und um den Domnapf. An verschiedenen Plätzen sah man geparkte Polizeiautos. Schaulustige, aber auch zutiefst betroffene, trauernde und zuweilen auch weinende Menschen drängten sich aus allen Himmelsrichtungen zusammen. Manch einer versuchte, freilich vergeblich, die Absperrungen zu überwinden.

Der Notarzt konnte, wie zu erwarten war, nur noch den Tod feststellen. Nun waren der vom LKA angeforderte Gerichtsmediziner Dr. Schomalka mit seinem Team, Spezialisten aus Speyer, aber auch aus Ludwigshafen im Dom und in der Sakristei und suchten nach verwertbaren Spuren. Spuren, die zumindest an den Briefen nicht gefunden wurden.

Rehles war im Außendienst unterwegs und wusste vielleicht noch gar nichts. Zum jetzigen Zeitpunkt der Ermittlungen war schon klar, dass es ein Mordfall war.

Bischof Dr. Güterschild erfuhr es unterwegs. Er erteilte seinem Fahrer Anweisung, unverzüglich zurückzufahren. Nun saß er mit versteinertem Gesicht im Bischofspalais, in stilles Gebet versunken. Eine für heute anberaumte Sitzung mit dem Weihbischof und den Domkapitularen war abgesagt worden, ebenso wie die Gottesdienste im Dom. Domkapitular Willibert Pregnalds Leichnam würde man verschiedene Prozeduren nicht ersparen können, die unumgänglich nötig waren, wollte man genauen Aufschluss über die Todesumstände und die Tatwaffe erlangen.

Domkapitular Anselm Schütz, dem in Nähe des Heinrich-Spee-Hauses Domkapitular Anton Bertram über den Weg gelaufen war, sah diesen stumm und fassungslos an. Nebenan im Dom, gerade mal einen Steinwurf entfernt, lag Domkapitular Willibert Pregnald, oder besser, die Hülle seines Körpers, wenn er nicht schon in die Gerichtsmedizin überführt worden war. 'Er, mit dem er gestern noch eine höchst interessante Diskussion über Anselm von Canterbury und verschiedene Gottesbeweise führte, wo war er jetzt? Unfassbar, dass er ihn nie mehr sehen, nie mehr seine ruhig und behutsam sich einem Thema annähernde Rede hören sollte. Seine Rede, die auf ein Denken schließen ließ, das sich auf zuweilen schwer fassbare Art von dem seiner Mitbrüder unterschieden hatte.'

Domkapitular Anton Bertram, dessen Gesicht von dem unfassbaren Mordfall gezeichnet war, deutete zum Dom. Er wirkte ungewohnt hilflos. „Herr vergilt ihm das Gute, das er getan hat und nimm ihn auf in Dein Reich!"

„Amen", erwiderte Domkapitular Schütz und fügte hinzu: „Wohl dem, der auf den Herrn baut und seinen Weisungen folgt, der über sie nachsinnt bei Tag und bei Nacht."

Domkapitular Schütz bemerkte plötzlich, dass der Vers nicht ganz passend war. Aber was passte jetzt überhaupt? Noch gestern abend hatte er mit Pregnald eine Verabredung für den Domhof getroffen, wohl wissend, dass dieser sich nicht darum drängte, dort ein Bier trinken zu gehen. Aber so war er, Willibert Pregnald, immer bereit, auf andere einzugehen. Und nun? Was blieb von ihren Gesprächen über Anselm von Canterbury und von Pregnald selbst?

Domkapitular Anselm Schütz spürte, wie sich sein Denken heillos mit seinem von tiefem Schmerz erschüttertem Empfinden vermischte.

Domkapitular Anton Bertram atmete schwer und deutete an, dass ihm die Worte fehlten. Eigentlich sollte er planmässig um 12 Uhr die Messe in St. Ludwig halten. Was war zu tun? Absagen?

'Liebe Schwestern und Brüder, wir denken heute in unserer Messfeier ganz besonders an unseren lieben, ermordeten Mitbruder Willibert Pregnald?'

Domkapitular Anton Bertram begann um den Mitbruder, den er seit Jahrzehnten gekannt hatte, zu weinen. Ein stummer, großer Schmerz bemächtigte sich seiner, ein Schmerz, der ihn beugte und ihn sich am Zaungitter festhalten ließ. Domkapitular Schütz legte ihm den Arm über die Schulter und zog ihn scheu wieder zurück. Dann überließen sich beide ihrer Trauer und Bestürzung.

13. Kapitel

Oberkommissar Wagner verließ gerade sein Dienstzimmer, als Kommissar Rehles, mit allen Anzeichen innerer Erschütterung, eintraf. Der Kommissar folgte dem Oberkommissar in dessen Zimmer. Er warf seinen Mantel über einen Stuhl.

„Ich habe es im Autoradio gehört."

Für eine Weile schwiegen beide.

„Was schlagen Sie vor, Rehles?"

Der Oberkommissar schien nicht ernsthaft auf die Antwort zu warten, denn er selbst nahm den Faden wieder auf, wobei er mehr wie zu sich selbst sprach:

„Natürlich können wir jetzt nicht jedem Geistlichen Tag und Nacht einen Wachmann zur Seite stellen. Ein Polizeiaufgebot in und um den Dom, vor den Dienstwohnungen der Domkapitulare und Prälate? So etwas verbietet sich natürlich von selbst. Befragung der Gottesdienstbesucher, stichprobenartige Verhöre nach dem Motto: Reine Routinesache, kein Grund zur Beunruhigung?"

Wagner strich sich über seinen schwarzen Schnurrbart.

„Sagen Sie mal, Rehles, was schätzen Sie, wieviele Leute besuchen die Gottesdienste im Schnitt im Dom, in St. Bernhard, in der Afrakapelle?"

Mit dieser Frage hatte Kommissar Rehles nicht gerechnet. Er sah erstaunt auf. „Im Dom? Schwer zu sagen. Bei hohen Feiertagen natürlich bedeutend mehr."

„Schon klar. Ich sagte: Im Schnitt."

„Ein paar Hundert werden es schon sein. In St. Bernhard weniger."

„Ach! Und in der Afrakapelle?"

„Zwanzig? Nur eine grobe Schätzung."

Wagner dachte nach.

Kommissar Rehles kannte die Afrakapelle. Natürlich hatte er Oksana aus Lemberg in der Ukraine, mit der er seit nunmehr drei Jahren verheiratet war, gleich nach ihrem Einzug in Speyer die Stadt gezeigt oder vielmehr zeigen lassen. Der Stadtführer war damals mit ihnen auch in die Afrakapelle gegangen. Kommissar Rehles erinnerte sich noch an seine weitschweifigen Erklärungen über einen Kaiser oder König, dessen Sarkophag zur Strafe dort aufgebahrt worden war. Er erinnerte sich an Oksanas Kommentar: „Sehr schöne Kapelle".

„Sagen Sie mal, Rehles…" Kommissar Rehles kannte die Formulierung, er ahnte nichts Gutes. Wenn sein Chef so begann, schlossen sich meist seltsame Ideen an.

„Ich will Ihnen wahrlich nicht zu nahe treten, aber, waren Sie schon mal in der Afrakapelle?"

„Ja, mit Oksana, als ich…"

„Ich meinte, ob Sie dort schon mal in der Messe waren. Wie ich weiß, sind Sie katholisch."

„Ob ich?" Die Frage ging nun aber doch zu weit.

„Verstehen Sie mich bitte nicht falsch. Ich bin wahrlich nicht befugt, mich in Ihr Privatleben einzumischen. Aber, es könnte sinnvoll sein, wenn wir uns die Gottesdienstbesucher dort – ich sage bewusst könnte – ein wenig näher ansehen."

Da war es wieder. Wagner schüttelte eine Idee aus dem Ärmel, die man nicht ansatzweise begriff. Die Gottesdienstbesucher näher ansehen?!

„Sie meinen doch nicht, dass jemand?"

„Ich meine gar nichts."

Sollte einer diesen Wagner verstehen. Er konnte es jedenfalls nicht.

„Wissen Sie, wann dort Messe ist?"

„Soviel ich weiß Freitag und…"

„Bringen Sie es bitte in Erfahrung und…"

„Und?"

„Reservieren Sie sich einen Abend, wenn es möglich ist."

„Einen Abend reservieren?"

„Genau. Für den Gottesdienstbesuch in der Afrakapelle."

Wagner verließ sein Dienstzimmer. Er ließ einen verblüfften Kommissar zurück.

Als Wagner am nächsten Morgen über den Flur schritt, der zu seinem Dienstzimmer führte, klingelte sein Telefon. Er eilte ins Zimmer und ergriff den Hörer.

„Wagner."

„Und hier Schomalka."

„Herr Dr. Schomalka, guten Morgen."

„Ob der Morgen gut ist, wird sich erst noch herausstellen. Ich fürchte nein."

„Überlastet?"

„Das können Sie laut sagen. Wir hatten gestern einen schrecklichen Fall: Verdacht auf vorsätzliche Vergiftung. Bei aller Routine, manche Fälle gehen einem doch ganz schön unter die Haut."

„Haben Sie schon Ergebnisse im Fall Pregnald?"

„Deshalb rufe ich Sie an. Folgendes..." Am anderen Ende hörte man, wie Papiere raschelten. „Ich weiß nicht, ob Sie Latein verstehen?"

Wagner gab keine Antwort. Die Frage hätte er sich wirklich sparen können.

Dr. Schomalka begann von Neuem: „Die Untersuchungsergebnisse bekommen Sie ja auf jeden Fall noch zugeschickt. Das Opfer des Mordanschlages litt schon vor dem Verbrechen an stark angeschlagener Gesundheit. So führten die Schläge, die ein gesunder, kräftiger Mensch überlebt hätte, in Verbindung mit den Verletzungen infolge des Sturzes, zum Tode.

Mit der Liste der Krankheitsbefunde, die wir entdeckt haben, möchte ich Sie jetzt nicht aufhalten. Wir gehen davon aus, dass der Tod gegen 4 Uhr morgens eintrat. Plus, minus eine halbe Stunde.

Ich sag es mal auf Deutsch: Schwere, klaffende Wunde am Kopf. Durch Sturz zugezogen. Im Halsbereich schwere Verletzungen und Einschnitte durch noch unbekannte Tatwaffe. Erheblicher Blutverlust, der letztlich zum Tode führte."

„Haben Sie eine Vermutung bezüglich der Tatwaffe?"

„Schnitte, aber nicht, wie sie bei einem Messer üblich sind. Die Schnitttiefe und der, nennen wir es einmal, Einschnittwinkel, das lässt eher an Schnittwaffen größeren Kalibers denken."

„Sie meinen…?"

„Das ist jetzt noch verfrüht. Die Spezialisten begutachten die vergrößerten Aufnahmen."

„Verstehe."

„Gut, Herr Oberkommissar – Ich stürze mich dann mal auf den nächsten Fall. Sie werden vermutlich auch zu tun haben. Sie hören bzw. lesen von uns. Schönen Tag noch."

Der Gerichtsmediziner legte auf.

14. Kapitel

Herr Tremmel versuchte vergeblich, der Flut an Bettelbriefen Herr zu werden, die sich in den letzten Wochen und Monaten ansammelten. Hier baten in Kerala tätige Franziskaner – Vergelt's Gott! – um eine großherzige Spende, hier Kirche in Not, das Werk von Pater Werenfried. Darunter lag der neueste Prospekt des Leprahilfswerkes. Die Legionäre Christi schilderten in einer anderen Beilage Notlagen in der Ausbildung von Nachwuchspriestern. Die Zahlkarte der Stimme Pater Pios harrte ebenso unausgefüllt seiner wie ein Hilfeaufruf eines Antonius-Werkes.

Wo sollte man da anfangen? Vielleicht doch erst bei den Jesuitenpadres, die in der Ukraine Schulkinder-Suppenküchen-Speisung betrieben? Oder sollte er sich erst einmal jener Familie in Bangladesh annehmen, auf deren schlimmes Schicksal in einem *Herz voran* betitelten Blatt verdienstvoller Missionare mit rührend bewegten Worten hingewiesen wurde?

Die Überweisung an Missio war noch nicht ausgefüllt und was war eigentlich mit seinem Dauerauftrag an Misereor? Herr Tremmel beschied die Bettelbriefe mit einer Geste der Hilflosigkeit. Das würde er sich morgen nochmals in Ruhe ansehen. Nun galt es erst einmal des verstorbenen – er scheute sich, das Wort des *ermordeten* in den Mund zu nehmen – Domkapitulars Willibert Pregnald zu gedenken und ihm mit Gebeten zu Hilfe zu eilen. In den Himmel, dies stand bei aller Diskretion fest, die keine Mutmaßungen über den Lebenswandel Verstorbener anstellen wollte, kam man nicht so leicht, wie viele leichtsinnige Zeitgenossen sich dies vorstellten.

Sollte er den Barmherzigkeits-Rosenkranz nach Schwester Faustine beten? Herr Tremmel überlegte. Er konnte sich der Bedenken nicht erwehren. Zwar waren mit diesem Gebet besondere Verheißungen verbunden, wenn man ihn für Sterbende betete. Domkapitular Willibert Pregnald war aber doch bereits...

Herr Tremmel grübelte. Nach stillem Erwägen kam er zu dem Schluss, dass doch einiges dafür sprach anzunehmen, dass die Zeitrechnung im Jenseits – wenn es dort überhaupt eine gab – doch eine andere war. Vielleicht hatte man dort längst vorausgesehen, dass er jetzt für Domkapitular Pregnald diesen Rosenkranz darbringen würde und der Himmel verlegte dies einfach in die Vergangenheit, so als habe er sie bei dessen Ableben...?

Herr Tremmel schloss sich dieser Auffassung an. Er zündete eine Kerze an und stellte das Bild des Barmherzigen Jesus auf. Und schon begannen seine Finger über die Perlen des Rosenkranzes zu gleiten.

„Oberkommissar Wagner?"

„Am Apparat. Ah, Sie sind es, Schwester Adelis. Ja ich höre... Zu Dr. Weihrauh?

„Der Herr Bischof hat keine Zeit. Gut, ich verstehe. Was sagten Sie?"

„Heute abend, 18 Uhr 45. Vielen Dank."

Um 17 Uhr 40 verließ Kommissar Rehles seine Wohnung. Er lief zu Fuß in Richtung Afrakapelle.

Bei der Vorstellung, dass er trotz Zivilkleidung vielleicht erkannt werden könnte, war ihm nicht ganz wohl. Auffallen würde er bestimmt. In solche Kapellen kamen erfahrungsgemäß fast immer dieselben Leute. Er hoffte, dass unter den Gottesdienstbesuchern niemand sein würde, der sich noch an sein Bild in der Zeitung erinnern konnte. Seine ukrainische Frau Oksana war damals im Rathaus mit anderen Neu-Speyerern zusammen feierlich begrüßt worden. Da Oksana beim Gedanken an ihren öffentlichen Auftritt etwas nervös war, war er mitgekommen. Ein Fotoreporter hatte ihn erkannt und es sich natürlich nicht nehmen lassen, den „Herrn Kommissar mit seiner Ukrainerin" zusammen abzulichten.

Das Ganze war dann, auf Umwegen, auch in der ungleich auflagenstärkeren *Rheinpfalz* gelandet. Kommissar Rehles erinnerte sich noch mit Unbehagen an so manchen Kommentar in seiner Polizeidienststelle. Die Fotografie war, von Oksana einmal abgesehen, wahrlich nicht glücklich ausgefallen: Er mit forscher Locke und etwas feierlich-steifer Haltung. Nun, denn.

Er öffnete das schwere Eingangsportal der Afrakapelle, schob den weinroten Vorhang zurück und trat ein. Er nahm Weihwasser und überlegte, wo er am besten Platz nehmen sollte. Es galt ja – wie Wagner ihm nochmals eingeschärft hatte – trotz Teilnahme am liturgischem Geschehen unauffällig den einen oder anderen Besucher rein dienstlich in Augenschein zu nehmen. Er sollte seinen kriminalistisch geschulten Blick ungesehen schweifen lassen und eventuell Verdächtigen im Verborgenen auf der Spur sein. Irgendwelche seltsamen Gestalten oder Verhaltensweisen, die annehmen ließen, dass der Täter sich mitten unter den Gläubigen aufhielt? So unwahrscheinlich es war, manchmal ergaben sich Spuren an Orten, wo man es nicht vermutete.

Natürlich war ihm auch die kriminalpsychologisch bekannte Tatsache geläufig, dass es Mörder oft an den Ort ihres Verbrechens zog. Gewiss, der Tatort lag ein ganzes Ende weiter rechts, aber eine gewisse örtliche Nähe zur Tat war gegeben.

Kommissar Rehles, der inzwischen auf halber Höhe der Bänke Platz genommen hatte, stand wieder auf. Er brauchte ja noch ein *Gotteslob*. In Nähe des kleinen Schränkchens angekommen, in dem die Gebet- und Gesangbücher aufbewahrt wurden, kam ihm eine Frau zuvor. Sie fischte ein Buch heraus und reichte es ihm zu. Er betrachtete sie unauffällig und bedankte sich. Nein, die wirkte wirklich völlig normal.

Er nahm wieder Platz. Vor ihm kniete eine ältere, hagere Dame in starrer Haltung. Immer wieder kramte sie ihr Buch hervor, suchte mit einer Lupe eine Lied- oder Seitennummer und legte es wieder weg. Rechts von ihm las ein Herr im Gotteslob. Er hörte, wie die Tür am hinteren Eingang erst geöffnet und dann geschlossen wurde und sich die Bänke weiter füllten. Er drehte sich unauffällig um und sah einen Mann rechts neben den Treppen im Eingangsbereich stehen. Der Mann schaute ernst und starr nach vorne. Kommissar Rehles konnte nicht erkennen, dass er etwa die Hände gefaltet hielt. Aber die Andacht zeigt sich ja nicht immer in Gesten. Sicher nicht ausreichend, um ihm nachher auf den Fersen zu sein. *Wozu hat Wagner mich überhaupt hierher geschickt?*

Ein Aushilfspfarrer mit slawischem Akzent ließ nun unter dem Hinweis, dass es wohl nicht sehr geläufig sei, ein Lied anstimmen. Kommissar Rehles hörte hinter ihm unsicheren, zitternd-schrillen Gesang. Aber dies alleine war wohl kaum ein Grund, jemand als Verdächtigen zu observieren. Wenn er da an seinen eigenen Gesang dachte... Das Einüben des Liedes gab zu Hoffnungen Anlass. Der Aushilfspfarrer verließ die Kapelle noch einmal durch den Seiteneingang. Kommissar Rehles lauschte nach hinten und vernahm Getuschel.

„Sie haben es wohl auch schon gehört? Pregnald, ja – der Domkapitular. Wie fürchterlich! Wie alt? Nein, das weiß ich nicht. Schon hinfällig? Nein, kann man nicht sagen. Halt abgerackert, wie viele nach jahrzehntelangem Dienst. Schrecklich, ja, Sie sagen es. Wer könnte so etwas..., unfassbar. So eine Tat auf dem Gewissen haben, wenn man vor den ewigen Richter treten muss. Wie, wie ich das weiß,... also unerhört! Was wollen Sie damit sagen? Natürlich. Meinen Sie vielleicht der stirbt einfach so in der Sakristei?!"

Zischlaute aus den hinteren Bänken brachten den Dialog zum Erliegen. Kommissar Rehles war hellwach. Er bückte sich nach seinem *Gotteslob*. Er hatte es absichtlich fallen lassen. Als er es wieder in den Griff bekam, blickte er kurz unauffällig nach oben. Ein Herr, der hinter ihm saß, blickte ihm fragend und voll ins Gesicht. Er bückte sich, so als wolle er ihm noch schnell helfen, das Buch aufzuheben. Dabei flüsterte er ihm zu: „Warum haben Sie ihr Buch fallen gelassen?"

Generalvikar Dr. Weihrauh reichte Oberkommissar Wagner die Hand. „Der Herr Bischof bat mich, ihn zu vertreten. Er mußte, trotz des Todesfalles, einige Termine annehmen, die kaum zu verschieben waren. Kommen Sie." Dr. Weihrauh führte ihn in sein Wohnzimmer und fragte, ob er einen Tee anbieten könne. Er deutete einladend auf seinen Wohnzimmersessel. Dr. Weihrauh, dessen Gesicht die Erschütterung über den schrecklichen Mordfall abzulesen war, holte eine Kanne Tee aus der Küche und schenkte ein.

Wagner unterrichtete Dr. Weihrauch über sein Telefonat mit dem Rechtsmediziner. Nebenbei erwähnte er kurz seine Anweisung an Kommissar Rehles, in der Afrakapelle während einer Messfeier Beobachtungen anzustellen. Dann hielt er inne, da sich sein Gegenüber unter entschuldigender Gestik ins andere Zimmer begab, wo das Telefon klingelte.

Der Oberkommissar konnte der Versuchung nicht widerstehen, das überfüllte Bücherregal von Dr. Weihrauch in Augenschein zu nehmen. Dabei sah er immer wieder nach links, um zu vermeiden, dass Dr. Weihrauch dies mitbekommen würde. Er hatte das dumpfe Gefühl, dass dieser sich nicht gerne in die Karten schauen lassen würde. *'Das Leben des seligen Raimundus Lullus; Reihe: Jüdische Gelehrte des Mittelalters – Rabbi Moses Maimonides; Platon: Gesammelte Werke; Thomas von Aquin und Aristoteles. Eine Einführung;* Raimundus Lullus? Da muss ich doch nachher mal in der Buchhandlung Oelbermann.'

Er drehte den Kopf zur Seite und nippte demonstrativ am Tee. Dr. Weihrauch war zurückgekommen.

„Herr Generalvikar", begann Wagner aufs Neue, „wir haben zwar noch keine Hinweise bekommen, die uns weiterführen könnten, dafür aber dies hier."

Er entnahm seiner Aktentasche eine Klarsichthülle, aus der er nun einen Brief zog. Generalvikar Dr. Weihrauch verdrehte für einen Moment – auch das noch! – die Augen. Dann nahm er den Brief entgegen, den sein Besucher als Kopie bezeichnete.

„Kam diesmal per Post. Wir hatten einen Wachdienst postiert, der den Zugang zum Briefkasten am Bischofspalais beobachtete. Der Täter oder die Täterin ist wieder geschickt vorgegangen. DNA-Spuren? Fehlanzeige. Wobei sie heutzutage natürlich in jedem Kaufhof diese nützlichen Hilfsmittel kaufen können, die ihnen das Nässen der Briefmarke mit der Zunge ersparen. Keinerlei Spuren, kein Fingerabdruck, kein Härchen, rein gar nichts, außer leichten Wachsspuren. Wachs einer typischen Haushaltskerze, was darauf schließen lassen dürfte, dass die Person bei Kerzenlicht geschrieben hat. Ich denke, es leuchtet ein, dass uns das auch nicht weiterhilft. Geschrieben hat die Person wohl mit einem handelsüblichen Füller und schwarzer Tinte. Dürfte allerdings normalerweise anders schreiben."

Wagner dachte flüchtig an den Graphologen Bartók und seinen Hinweis auf Maniriertheit.

Generalvikar Dr. Weihrauh las den Brief leise vor, während Wagner die Teetasse zum Mund führte: „Hochwürdigster Herr Bischof."

Wagner bat Dr. Weihrauh mit einer ausfahrenden Handbewegung, kurz zu unterbrechen. „Entschuldigen Sie, Dr. Weihrauh, aber, bevor ich es vergesse – sagen Sie einmal: Diese Anrede, dieses ständige *Hochwürdigster Herr*: Bei allem Respekt, ist das heute noch üblich?"

Dr. Weihrauh besann sich: „Nun, ob es heute noch üblich ist, das kann man so generell nicht sagen. Sicherlich, ein Jugendlicher oder eher noch junger Mensch würde sich vermutlich so nicht ausdrücken. Die Generation mittleren Alters oder Ältere vielleicht schon eher, obgleich es dafür keine Regel gibt. Aber ich verstehe, worauf Sie hinauswollen."

Wagner war angetan von Dr. Weihrauh, dessen unkomplizierte, zurückhaltend-schlichte und kluge Art ihm angenehm war.

„Ich dachte für einen Moment, ob sich daraus vielleicht Rückschlüsse auf das Alter des Täters ziehen lassen. Aber, wie Sie schon sagten, dürften wir uns da nur im Bereich von Wahrscheinlichkeiten bewegen."

Dr. Weihrauh stimmte zu und las weiter:

„Wie schnell findet sich doch zuweilen ein Mensch unvermutet im Jenseits wieder und muss feststellen, dass es kein Zurück gibt. Was hilft dann noch ein hätte ich doch, könnte ich doch nochmals – vergeblich.

Wirket, so lange es Tag ist, denn es kommt die Nacht, wo keiner mehr wirken kann.

Ach, wenn man dies nur beherzigt hätte! Aber man will ja nicht hören. Ich hatte doch klar und deutlich angekündigt, dass der Schnitter schon Hand angelegt hat und die Schalen des Zorns bereitet sind! Nun nimmt alles seinen Lauf und ist nicht aufzuhalten. Sie, als Oberhirte, hätten entschieden eingreifen müssen mit aller Autorität, die Ihnen gegeben ist. Aber wer will heute noch etwas von Autorität hören? Welch ein Verfall! Sie lassen zu, dass einige Ihrer Priester in rein weltlicher Kleidung durch die Stadt laufen, so als schämten sie sich ihrer erhabenen Berufung. Bei einem, den ich dieser Tage sah, hätte man denken können, er sei ein Laufbursche.

Im Dom lässt man jeden zur Heiligen Kommunion zu und verschweigt – sträflichste Unterlassung! – dass man dafür im Stand der Gnade sein muss. Würden Sie einmal eine Befragung durchführen unter all denen, die zur Kommunion gehen, Sie würden entsetzt sein über die Antworten. Vielen ist über-

haupt nicht mehr bewusst, dass sie den Herrn in Person in sich aufnehmen. Ach, wie viele gehen nach vorn und denken, sie nehmen an einer symbolischen Handlung teil. Stattdessen begehen sie ein Sakrileg. Folge so vieler verschwommener Predigten von Priestern, die warnen, belehren und mahnen müssten. Stattdessen verteilen sie nach allen Seiten unbesehen herzliche Einladungen.

Einmal habe ich sogar beim Empfang des Allerheiligsten Sakramentes meine Zunge übertrieben weit herausgestreckt, um ein Zeichen gegen den Mangel an Ehrfurcht zu setzen.

Oh, welche Greuel muss ich sehen, im Hause des Herrn!

Gleichviel. Die Posaunenstöße sind längst erschallt.

Der Schnitter ist bereit und die nächste Schale wird sich ergießen: Über Ihn, der sich in Sicherheit wähnt.

PS: Einen Wachdienst aufstellen, der den Briefkasten am Bischofspalais im Auge hat: Wie originell."

Dr. Weihrauh faltete den Brief zusammen und reichte ihn Oberkommissar Wagner zurück. Dieser stellte seine Teetasse auf den Tisch. „Sie werden verstehen, Herr Generalvikar, dass wir ziemlich im Dunkeln tappen. Zuweilen stelle ich mir dann erst einmal Fragen, die nicht besonders einfallsreich sind, die aber manchmal dazu dienen, dass man überhaupt in die Gänge kommt."

Dr. Weihrauh konnte dies nachvollziehen. „Es dürfte unschwer zu erkennen sein, dass der Täter ein reges Interesse an der Kirche zu erkennen gibt. Also wird er sich öfter in Kirchen aufhalten, an Gottesdiensten teilnehmen – Wohnsitz in Speyer wäre gut denkbar. Andererseits können wir jetzt natürlich nicht alle Katholiken – ich gehe mal davon aus, dass die Person katholisch ist – in Speyer verhören. Kirchgänger dürften ja ganz normale Menschen sein. Ich meine, unter den Gottesdienstbesuchern, fällt einem da manchmal etwas auf, was vielleicht zur Besorgnis Anlass geben könnte?"

Dr. Weihrauh dachte laut nach: „Sicher ist es so, dass die weit überwiegende Mehrzahl der Gottesdienstbesucher sich ganz unauffällig und normal verhält. Sie feiern mit, singen, beten – alles im Rahmen. Hin und wieder freilich wird man schon mal, gerade auch in der Seelsorge, mit Menschen konfrontiert, die etwas eigen sind. Ohne dass dies freilich zu Befürchtungen Anlass gäbe."

Wagner erwiderte: „Wie ich auch schon dem Herrn Bischof mitgeteilt habe, werden wir nun verstärkt wachsam sein und dazu Leute in Dienstkleidung, aber auch in Zivil einsetzen."

Dr. Weihrauh sprach seinen Dank aus. Beide erhoben sich.

Manuel Buchmann, Leiter der Bischöflichen Presseabteilung, legte entnervt auf. Wieder versuchte so ein wendiger Reporter, mit allen Mitteln ein Interview mit dem Herrn Bischof zu bekommen, um mit diesem über den Mordfall Pregnald zu sprechen. Irgendwo war auch für einen Katholiken Schluss mit übertriebener Höflichkeit. „Nein, es gibt keine Interviews. Zumindest vorerst nicht. Weder schriftlich, noch live ins Radio geschaltet und schon gar nicht im TV."

Der Übertragungswagen, der ohne Vorankündigung und Absprache vorgefahren war, um Live-Aufnahmen im

Umkreis des Tatortes zu machen, sorgte für genug Ärger. Der Reporter eines kleinen Blattes aus dem Badischen erdreistete sich sogar, einen Domkapitular, der ihm über den Weg gelaufen war, mit Fragen zu bombardieren. Gut, dass der im letzten Moment noch die Kurve bekam und das Ganze gleich kategorisch abblies. Der Leiter der Pressestelle bewegte sich zur Kaffeemaschine, als es schon wieder klingelte.

„Ob das Bistum daran denke, eine Sonderbeilage über den Verstorbenen herauszugeben? Man habe schon viel Material zusammengetragen, da Domkapitular Willibert Pregnald ja nicht aus dem Bistum Speyer, sondern ursprünglich, aus der Nähe des Ortes... ganz aus der Nähe der Redaktion..., man könne also auf bereits vorhandenes Material zurückgreifen und da wolle man einfach einmal anfragen, ob man...“

„Danke. Keine Sonderbeilagen, gar keine Beilagen. Wenn Sie mich jetzt bitte entschuldigen, schönen Tag noch.“

Oberkommissar Wagner überflog die Einträge im *Örtlichen*, bis sein Finger bei Diplom-Graphologe Edgard Bartók ankam.

„Bartók.“

„Guten Morgen, Herr Bartók. Wagner, mein Name.“

„Wagner? Ach, ja, richtig. Natürlich, ich erinnere mich.“

„Herr Bartók, ich hoffe, ich nehme Ihre Zeit nicht über Gebühr in Anspruch, aber mir brennt noch eine Frage unter den Nägeln.“

„Ja, bitte. Um was geht es?“

„Ihre Schriftanalyse hatte ich damals mit großem Interesse und Gewinn gelesen. Nur stellt sich mir im Nachhinein noch eine Frage."

„Ja?"

„Gestern abend habe ich mir Ihre Ausführungen noch einmal genau durchgelesen und mir fiel auf, dass Sie ganz allgemein von 'der Schreiber' sprechen. Ist es Ihnen möglich, dies zu konkretisieren? Mann oder Frau? Und wenn es nicht zweifelsfrei möglich ist, liegt vielleicht eine Wahrscheinlichkeit vor?"

„Wäre der Brief in natürlicher Handschrift abgefasst worden, könnte ich Ihnen Ihre Frage mit einigermaßen hoher Wahrscheinlichkeit klar beantworten. Einmal vorausgesetzt, dass die fragliche Person ihn selbst geschrieben und nicht diktiert hat. Ich kann ja immer nur die Schrift beurteilen, die mir vorliegt. Denkbar, dass die Schrift gar nicht vom Täter stammt. Aber hiervon einmal abgesehen: Bei einem solch manirierten Schriftbild, hinter dem ein ausgesprochener Willensakt erkennbar ist: Ich fürchte, da muss ich passen. Bei irgendeiner Vermutung würde ich mich zu sehr im Bereich von Spekulationen bewegen. Tut mir leid, das steht offen."

„Vielen Dank, Herr Bartók. Selbstverständlich können Sie den Zeitaufwand in Rechnung stellen. Nur diesmal bitte an meine Privatadresse."

„Service des Hauses, Herr Wagner. Wenn Sie mal wieder Post bekommen… Sie wissen, wo ich zu finden bin."

Bischof Dr. Güterschild, dessen Gesicht vom tragischen Tod von Domkapitular Pregnald und den Aufregungen der letzten Zeit gezeichnet war, atmete tief durch. Dann schritt er in Nähe des offenen Grabes, wobei sein Zeremonienmeister Melzer ihm mit höchster Aufmerksamkeit dicht auf den Fersen war. Der schlichte Holzsarg, der die sterblichen Überreste von Domkapitular Willibert Pregnald barg, sank, von Bestattungshelfern vorsichtig an Seilen hinabgelassen, immer tiefer in das Erdreich des Kapitelsfriedhofs bei der St. Bernhard Kirche hinab. Als er gegen den Boden stieß, wurde er langsam abgesetzt. Die Männer bargen die Seile und zogen sich zurück.

Der Bischof, dem Kaplan Melzer ein mit geweihtem Wasser gefülltes Gefäß reichte, entnahm diesem den Wedel. Nach gewohntem Ritus besprengte er den Sarg dreimal. Danach schaute er stillschweigend hinab und trat wieder einige Schritte zurück.

Der Oberhirte des Bistums Speyer schloss halb die Augen. Er zog sich in den innersten Kern seiner Person zurück, um Pregnald in stillem Gebet zu gedenken und zugleich aus dieser verborgenen Quelle im Innern neue Kraft zu schöpfen. Zutiefst erschüttert, ergriff er das Wort. Er ließ seine kräftige Stimme vernehmen, deren Klangfärbung und persönlicher Rhythmus den Gläubigen Speyers bereits vertraut waren.

„Liebe Angehörige, liebe Trauergemeine, liebe Mitbrüder im priesterlichen Dienst,

Nachdem wir eben in unserer St. Bernhards Kirche von unserem lieben Bruder und Freund, von Domkapitular Willibert Pregnald" – die Stimme des Bischofs kam kurz ins Stocken – „schon Abschied genommen und ihn in unseren Gebeten dem Herrn empfohlen haben, darf ich vielleicht noch einige persönliche Worte sagen. Mit dem Namen Willibert Pregnald verbindet sich – aber das ist gleichsam nur ein Aspekt aus seinem vielgestaltigen, kaum überschaubaren Wirken – seine langjährige, nimmermüde Tätigkeit in der Seelsorge.

Wie vielen Menschen hat er sich hingebungsvoll gewidmet, hat für ihre Sorgen und Nöte ein offenes Ohr gehabt und Ihnen mit Rat und Tat beigestanden. Domkapitular Pregnald liebte die leisen Auftritte, das ruhige, aus der Tiefe der Glaubensüberzeugung gesprochene Wort, die unaufdringliche, von Herzen kommende Geste.

Domkapitular Willibert Pregnald war nie ein Mensch, der mit seinen Kräften haushielt, wenn es darauf ankam, für andere da zu sein. Dann gab er alles und wusste auf feinfühlige Art mit sicherem Gespür, auch einmal stillschweigend anderen beizustehen. Schließen möchte ich, bei aller Trauer und allem Schmerz, der uns erfüllt, mit Worten der Zuversicht, einer Zuversicht, die Domkapitular Willibert Pregnald immer vermittelte, kommt sie doch letztlich aus der Kraft des Glaubens, aus der Kraft des Glaubens, dessen Zeuge er war."

Bischof Dr. Güterschild hielt kurz inne, sammelte sich und fügte mit nunmehr wieder kräftiger Stimme hinzu:

„Mögen sich diese ergreifenden Zeilen aus dem *Benedictus* an uns allen erfüllen:

Durch die barmherzige Liebe unseres Gottes wird uns besuchen das aufstrahlende Licht aus der Höhe, um allen zu leuchten, die in Finsternis sitzen und im Schatten des Todes und unsere Schritte zu lenken auf den Weg des Friedens."

Er fügte dem noch ein leiser gesprochenes: „Pacem dona nobis, Domine" hinzu und schloss: „Amen."

Die Trauergemeinde erwiderte das Amen.

Nun hörte man, wie Erde um Erde ins Grab hinein und auf den Sarg fiel, bis der Sarg ganz mit Erde bedeckt war. Die ersten Trauergäste bewegten sich zum Ausgang.

Trauer und Fassungslosigkeit lag über der Stadt Speyer. Immer wieder sah man, wie jemand, allein oder in kleiner Gruppe, zur Bernardskirche hinaufging, um dann zur Rechten das nur angelehnte Tor vollends zu öffnen und in stiller Betroffenheit und Trauer des Toten zu gedenken. Viele Blumen wurden abgelegt. Es trat klar zutage, dass das Andenken an den Geistlichen lange erhalten bleiben würde, dass sehr viele Menschen aus Stadt und Umkreis sich dankbar an den rührigen Seelsorger erinnerten und seiner gedachten.

Niemand unter den Besuchern dürfte sich etwas dabei gedacht haben, dass ein Mann mittleren Alters am Grabe stand, bei Eintreffen neuer Besucher diskret etwas zur Seite trat.

Wieder so eine Idee von Wagner, dachte Kommissar Rehles. Da stand er hier stundenlang, um Unauffälligkeit bemüht, nur weil Wagner sich zu der Vermutung verstieg, den Täter könnte es, von Reue geplagt, zum Grab treiben. An den Tatort ging ja schlecht. Was sollte der in der Sakristei? Erstens kam man da nicht ohne weiteres rein und außerdem würde es natürlich auffallen. Ganz schön scharfsinnig, dieser Wagner! Und wer zahlte ihm die Überstunden? Es war schließlich Sonntag!!!

Oksana war davon keineswegs begeistert. Statt Ausflug nach Schwetzingen und Spaziergang im Schlosspark – „oh, schau mal, diese Blumen, machst Du mir Foto?" – stand er hier und hatte noch nicht mal einen Schirm dabei, wenn es regnete. Und wenn es der Zufall wollte, kam jemand nach vier Stunden nochmals, weil er die Handtasche vergessen hatte und er, Rehles, würde immer noch dastehen und natürlich Verdacht erregen. Am Ende vielleicht selbst als Tatverdächtiger gelten, den es zum Friedhof ans Grab seines Opfers zog. Anonyme Anzeige... Manchmal passierten die unglaublichsten Dinge. Und wie sollte er das dann Oksana vermitteln?'

Mit Kommissar Rehles ging nun seine sonst nicht übermässig ausgeprägte Phantasie durch:

'Zu einer überraschenden Wende kam es in den Ermittlungen der Kriminalpolizei im Mordfall Pregnald. Dem Hinweis eines aufmerksamen Friedhofsbesuchers ist es zu verdanken, dass ein Verdachtsfall besteht, der, sollte er sich erhärten, eine spektakuläre Wende darstellen würde. Wie festzustehen scheint, hielt sich Kommissar Rehles von der Polizeiinspektion Speyer, an diesem Sonntag über viele Stunden am Grabe Pregnalds auf, was viele Personen bezeugen können.'

Er erschrak. Nun, so weit würde es schon nicht kommen.

Eine halbe Stunde später öffnete sich das Tor erneut. Ein Mann gedrungenen Körperbaus und verstohlenen Blicks trat ein. Der Mann sah sich immer wieder rasch um und schritt kurzen Schrittes zu den Gräbern.

Kommissar Rehles wich schnell zur Seite und tat so, als stünde er betend vor dem Nachbargrab.

Der Mann mit graumeliertem, etwas wirr frisiertem Haar und tief liegenden dunklen Augen war fündig geworden und stand nun vor dem Grabe Pregnalds. Dort schüttelte er immer wieder den Kopf und begann mit unsicher wirkender, zuweilen wie gepresst klingender Stimme ein Gebet zu murmeln, dem Rehles trotz größter Anstrengungen nur ein De profundis entnehmen konnte. De profundis? Das klang nach Latein. Kommissar Rehles trat unauffällig einen Schritt näher und lauschte.

„Erlöse uns von dem Bösen, erlöse mich von dem Bösen, de profundis..., vor Deinem Blick kann ich mich nicht verbergen... und meine Missetat klagt mich an, meine Missetat."

Der Mann sah sich rasch nach rechts und links um. Auf einmal erspähte er den Kommissar. Er schaute ihn längere Zeit an, bis er plötzlich auffallend rasch davontrippelte, das Tor hinter sich unnötig heftig schloss und davoneilte.

'Wer sagt es denn...?'

Kommissar Rehles leistete seinem Vorgesetzten insgeheim Abbitte. Er ging schnell zum Tor und schaute nach draußen. Der Mann lief in Richtung Bahnhofstraße. Kommissar Rehles folgte ihm unauffällig in Sichtweite. Auf Höhe des Adenauerparkes sah er, wie der Mann den Weg nach links einschlug. Kommissar Rehles sah sich um, ob Autos nahten und überquerte die Straße. Der Mann ging immer noch rasch, sah sich zuweilen nach rechts und links um und hatte schon fast die Villa Ecarius erreicht.

Rehles verhielt den Schritt, lief dann wieder schneller und behielt ihn im Auge. An der nächsten Querstraße links machte der Mann plötzlich eine Wendung. Der Kommissar folgte ihm und sah nach einigen Metern, dass dieser sich wieder nach links wendete und den Weg einschlug, der über hinabführende Treppenstufen zu der Straße führte, die dem Adenauerpark gegenüber lag. Täuschungsmanöver! Kommissar Rehles ließ sich nicht abschütteln. Er verbarg sich kurz hinter einem Mauervorsprung und verlor den Mann doch nie aus den Augen. Er eilte die Treppen hinab. Unten angekommen sah er, wie der unbekannte Mann sich immer wieder umdrehte, die Straße hinabeilte und dann einen Weg nahm, der zum Eselsdamm führte. Der entscheidende Zugriff durch ihn. Oksana würde Augen machen.

Am Eselsdamm angekommen, bewegte der Mann sich eilends auf ein Haus zu, dessen Hausnummer sich der Kommissar auf einem Notizblock notierte. Zur Sicherheit prägte er sich weitere Details ein, wie Anstrich und Aussehen der Häuser nebenan. Das war es! Weitere Beobachtungen auf dem Friedhof konnte er sich sparen. Vielleicht konnte er ja Oksana, die sich auf den Ausflug nach Schwetzingen so gefreut hatte, mit einem Abendessen im *Poseidon* versöhnen.

15. Kapitel

Am nächsten Morgen sprach Kommissar Rehles pünktlich um 8 Uhr 30 bei seinem Chef vor. Er gab diesem einen ausführlichen Bericht über das mehr als merkwürdige Gebaren des Mannes. Als Krönung gab er zum Besten, wie er die Verfolgung unverzüglich aufgenommen und den Tatverdächtigen bis zu dessen Anwesen verfolgt habe. Danach gab er eine präzise Beschreibung des Hauses, in das der Tatverdächtige sich geflüchtet hatte, samt Angabe der Hausnummer. Der Rest dürfte wohl ein Kinderspiel sein. Oberkommissar Wagner machte sich Notizen und sagte zunächst gar nichts. Aber das kannte er schon. Sicher, der war erst mal beeindruckt und wusste, dass im Falle des Zugriffs das Licht auf ihn fallen würde. Ihm war er aufgefallen, er hatte ihn verfolgt, sein rasches Handeln war entscheidend. Er stemmte die Hände in die Hüften und runzelte die Stirn.

„Gut, Rehles. Sie können gehen. Wir sprechen uns später, ich muss gleich los."

Kommissar Rehles drehte sich auf dem Absatz um.

„Gut, Rehles". Immerhin. Er hatte „Gut" gesagt.

Um 19 Uhr 30 betrat ein sichtlich gut gelaunter Kommissar-außer-Dienst zusammen mit seiner Gattin Oksana das griechische Restaurant *Poseidon*. Ein zuvorkommender Herr geleitete sie an einen freien Tisch. Dort zündete eine freundlich lächelnde Dame mit ruhiger Hand eine Kerze an und gab der glänzenden Tischdecke mit einer Handbewegung den letzten Schliff.

Oksana sah sich glücklich um und vernahm mit Genugtuung die beruhigend-schöne griechische Musik. Aus dem Ausflug in den Schwetzinger Schlossgarten war zwar nichts geworden, aber die Alternative Abendessen im *Poseidon* stellte sie zufrieden. Ihr Mann bestellte für beide gegrilltes Lamm und griechischen Salat. Die Wahl des griechischen Rotweines überließ er dem fachkundigen Chefkellner, der mit Kennermiene einen Fingerzeig auf die in der Speisekarte aufgelisteten Getränke gab. Oksana schloss sich blind vertrauend seiner Empfehlung an.

Als sie allein waren, fragte eine stets um die immense Arbeitslast ihres Mannes besorgte Oksana, wie der Einsatz auf dem Friedhof verlaufen sei. Darauf hatte er gewartet.

Er ließ bewusst einige Sekunden verstreichen, in denen sie ihre Hand annäherte und auf seine legte. Sie sah ihn gespannt und mit höchster Aufmerksamkeit an. Von diesem Blick könnte Wagner sich mal eine Scheibe abschneiden.

„Auf dem Friedhof musste ich natürlich erst mal geduldig warten. Sobald jemand reinkam, unverzüglich reagieren und mich so unauffällig wie möglich verhalten."

„Und hast Du hinbekommen, Schatz?"

Er nickte fachmännisch. „Weißt Du, Oksana, solche Dinge lernt man einfach in seiner Ausbildung."

Sie hörte es voller Respekt. Ihr Mann hatte aber auch alle ermittlungstechnischen Tricks drauf. Ihre Arbeit war da schon etwas anspruchsloser: Bedienung im Eiscafé De Vico. Aber deshalb nicht weniger interessant und schön.

„Und dann?"

Er zog seine Hand zurück und ließ die Bedienung den Rotwein auftischen. Dann nahm er den Faden der Erzählung seines durchaus nicht ungefährlichen Einsatzes wieder auf.

„Ich stehe also stundenlang auf dem Friedhof und…"

„Oh, da warst Du bestimmt nach einiger Zeit müde", unterbrach sie ihn. „Dein Chef lässt Dich viel zu viel ar-

beiten, das ist nicht gerecht!" Oksana bewegte einen Zeigefinger hin und her.

Er seufzte auf und machte eine entsprechende Geste,
die seine Frau sich in 'oh, ja, aber so ist das Leben eines
Kommissars' übersetzte. „Die Besucher, die in den ersten
Stunden auf den Friedhof kamen, waren harmlos."

Sie schlug ihre dunklen Augen groß auf.

„Harmlos? Aber wie weißt Du?"

Sie hatte ihre Hand wieder auf seine gelegt und zog sie
nur kurz zurück, um das mit Rotwein gefüllte Glas zum
Mund zu führen. Kerzenlicht und griechische Musik,
roter Wein… Oh, das Leben hatte es gut mit ihr gemeint
und dazu noch Gattin eines Kommissars.

„Weißt Du, Oksana", begann ihr Gatte und strich sich
nachdenklich über das Kinn, „dafür hat man mit der Zeit
einfach einen Blick, das macht die Erfahrung."

Sie nickte bewundernd, gab ein, „Ahaaa" von sich und
hing an seinen Lippen. 'Ich serviere farbenfrohe Eisbäll-
chen und er verfolgt gemeingefährliche Straftäter. Da habe ich aber einen verwegenen Mann abbekommen. Das
hätte ich gar nicht gedacht, damals, als er mir in Lviv
über den Weg lief und verzweifelt nach der Adresse seines
versteckt in einem Hinterhof liegenden Hotels suchte.
Wie orientierungslos er wirkte. Und sein erstaunter Blick,
als er merkte, dass ich schon recht gut Deutsch konnte.'

Inzwischen wurde der Salat serviert. Kommissar Rehles
wartete, bis die Bedienung sich wieder entfernte. Dann
faltete er die Serviette auseinander, postierte sie und sagte: „Aber als der auf den Friedhof kam, da hatte ich gleich
so ein eigenartiges Gefühl."

„Gefühl?"

„Ja, wie einen Instinkt, der dir sagt: Mit dem stimmt was nicht!"

Sie schlug wieder die Augen auf und schob den Salatteller etwas zur Seite: „Und hast Du kein Angst. Ich meine, könnte gefährliche Mensch sein."

„Nein, nein", entgegnete er mit aufgeworfenen Lippen, „in meiner Ausbildung habe ich ja auch Selbtsverteidigung gelernt."

Oksana sah erstaunt auf: „Ahaa, wußte ich gar nicht. Und dann?"

„Ich stelle mich also unauffällig in die Nähe, tue so, als ob ich für die Person bete, die im Nachbargrab liegt, und spitze die Ohren."

Sie entkernte zwei Oliven und widmete sich nun dem Salat. „Weiter!"

„Ich höre also, wie er anfängt, wirres Zeug zu reden und sich seiner Missetaten anzuklagen. Dann bemerkt er mich plötzlich, sieht mich an und flüchtet aus dem Friedhof. Ich hinterher."

Oksana hatte sich verschluckt. Sie prustete und hing ihrem Mann an den Lippen.

„Weiter!"

„Der versucht mich zu narren, hetzt von einer Gasse in die andere, nimmt Abkürzungen, aber so schnell lässt sich ein Rehles nicht abschütteln."

Sie hatte daran überhaupt keinen Zweifel. „Und?"

„Ich, ihm nachgejagt, um die Ecken und in vollem Tempo die Treppen runter. Er versucht mich abzuhängen und ab über die Kreuzung zum Eselsdamm runter."

„Ahaa."

„Dort sieht er sich nervös um und hetzt in ein Haus rein."

Oksana führte eine Hand zur Brust. Die Geschichte hatte sie jetzt aber aufgeregt. Sie trank etwas Rotwein, entkernte die nächste Olive: „Und dann?"

„Die Fakten habe ich Wagner geliefert. Den Zugriff können die übernehmen."

Sie grübelte kurz – Zugriff? – bis ihr ein Licht aufging.

„Ahaa, Festnahme, so sagt man, ja?"

Kommissar Rehles, der auf ihre raschen Fortschritte in der deutschen Sprache stolz war, sagte: „Genau."

'Also muss mein Mann sich mit so was gar nicht abgeben. Gefährliche Verbrecher festnehmen, die niedere Handarbeit, sozusagen, das machen andere. Interessant. In was für Umfeld der arbeitet! Und ich bin ganz sicher in meine Eiscafé in Altpörtel-Nähe.' Sie wiegte den Kopf.

Nun wurde auch gegrilltes Lamm mit Beilagen aufgetischt.

Was für eine gute Idee war es doch damals, dachte Kommissar Rehles, diese Reise nach Lemberg oder Lviv, wie man in der Ukraine sagte. Wagner gegenüber hatte er sie als eine Art Fortbildung deklariert – Austausch mit Polizeifachkräften der Ukraine. Wie sollte er ihm auch vermitteln, dass er dort auf Brautschau war? Wagner war schließlich alleinstehend. Das wäre eher peinlich gewesen.

Einen Tag später bestellte Wagner seinen engsten Mitarbeiter zu sich in sein Büro. Der Oberkommissar deutete auf den Stuhl.

„Nehmen Sie Platz."

Kommissar Rehles, der nun vielleicht schon erste Früchte seines Einsatzes zu ernten hoffte, setzte sich beschwingt und war ganz Ohr.

„Wie Sie wissen, ist Speyer eine kleine Stadt."

Was soll das jetzt?, dachte der Kommissar. Das ist doch jetzt wirklich bekannt. Aber, das kannte er ja schon. Wagner bildete öfter merkwürdige Sätze.

„Und in einer kleinen Stadt spricht sich vieles herum."

„Das leuchtet ein", sagte Kommissar Rehles. Schließlich hatte er in der Eifel auch mal in einer Kleinstadt gewohnt.

„Der Mann, den Sie so erfolgreich verfolgt haben…"

Kommissar Rehles atmete auf. „Nun, wir konnten relativ schnell ermitteln, um wen es sich handelt."

Donnerwetter. Jetzt kommt bestimmt ein fester Händedruck.

„Aufgrund Ihrer detaillierten Beschreibung…"

'Ha! Wer sagt es denn. Den hatte ich mir aber auch eingeprägt.'

„…und aufgrund der präzisen Angabe der Hausnummer kamen wir schnell zu der Information, dass die fragliche Person sich in neurologischer Behandlung befindet. Mit anderen Worten: Ein Fall von schwerer Persönlichkeitsstörung. Sie werden entschuldigen, dass ich den medizinischen Fachbegriff nicht parat habe. Ein Fall von Psychopharmaka. Ansonsten ist er völlig harmlos und wird von Dr. Breuch in der Bahnhofsstraße behandelt."

Am nächsten Tag um Punkt 11 Uhr 30 legte Wagner eine vorverlegte Mittagspause ein. Er verließ sein Dienstzimmer und lief die Maximilianstraße entlang in Richtung *Altpörtel*, zum *Eiscafé De Vico*. Gewiss, die Auszubildende bemühte sich und brühte ihm morgens immer einen schwarzen Kaffee auf. Aber ein Capuccino, auf original italienische Art, das war doch etwas anderes.

In diesem Moment trat Oksana, die sich am anderen Ende an einem Tisch aufgehalten hatte, zu ihm. Sie begrüßte ihn strahlend.

„Guten Morgen, Herr Oberkommissar Wagner, nehmen wir heute einen Capuccino?"

Wagner signalisierte Zustimmung. Dann gab er ihr ein Zeichen, ihr Ohr zu nähern.

„Sagen Sie Herr Wagner, Oksana, die Leute müssen nicht wissen, dass ich..."

Oksana führte die Hand zum Mund. Sie gab ein „oh, natürlich!" von sich und versprach Besserung. Oksana ging der Bestellung nach.

Wagner ließ die typischen Geräusche italienischer Eiscafés auf sich wirken, die auf ihn beruhigend wirkten. Hier zischte ein heißer Wasserstrahl auf, da lief die Espressomaschine, Kaffee tropfte in Tassen.

„So, bitte sehr, Herr Ko..., Herr Wagner."

Oksana, die sich schon mit Entschuldigung heischender Geste so-viele-Leute-heute auf dem Absatz umdrehte, näherte sich erneut. Sie flüsterte mit augenzwinkernder Verschwörermiene: „Mein Mann hat mir schon erzählt!"

„Ach, ja?"

Wagner war bemüht, sich nichts anmerken zu lassen. Er signalisierte ihr Verständnis dafür, dass sie sich nun um andere Gäste kümmern müsse. Während er mit dem

Teelöffel umrührte, sah er ihr unauffällig nach, wie sie sich entfernte. Wie schön ihr gelocktes, schwarzes Haar auf die Schulter fällt. Und wie groß sie immer ihre Augen aufschlägt.

Dann widmete er sich seinem Capuccino.

16. Kapitel

Altbischof Dr. Josef Thaisfels – eine würdig-ernste Erscheinung mit schlohweisem Haar – verließ die St. Ludwig Kirche. Er schritt die leichte Böschung hinab, passierte das Eingangstor und begab sich, von der Korngasse aus, in Richtung Dom.

Heute hatte er in der Heiligen Messe wieder besonders des ermordeten Domkapitulars Willibert Pregnald gedacht und in stillem Gebet um Erbarmen für ihn gebeten. Ein Wort dieses, das er, seiner Herkunft getreu, stets mit rollendem „r" zu sprechen pflegte.

Er erfreute sich an zwei Palmen, die eine Kneipe säumten, grüßte einen Herrn, der ihm etwas zurief, und las über dem Eingang der Kneipe *Kardinal 2*. Darüber war eine Kardinalsfigur, ein von einem Kardinalshut bedeckter Kopf samt Büste im Kardinalsgewand, zu sehen.

Dr. Thaisfels räusperte sich und dachte, dass ein solcher Name für eine Kneipe wohl kaum angemessen sei. Dann beschloss er, im Hinblick auf den Humor des leutseligen Menschenschlages, ein Auge zuzudrücken. Ideen hatten die.

Der Vorgänger von Dr. Güterschild passierte den Eingang zum *Klosterstübchen* und die *Alte Münze*, bis vor seinem immer noch recht scharfen Auge die Kathedrale auftauchte, die er stets gerne als unser *Kaiser- und Mariendom* zu titulieren pflegte. Über Jahrzehnte hatte er dort auf dem Bischofsstuhl Platz genommen und der Versammlung vorgestanden. Am geistigen Auge des Altbischofs zogen Bilder aus seiner Amtszeit vorbei. Vorübergehend schien ihm, dass er sich selbst wieder sprechen höre, mit seiner kräftigen, urwüchsigen Stimme, den Bischofsstab aufgestützt und fest in der Hand. Seine Gedanken kehrten zu Willibert Pregnald zurück. Wie viele Wegbegleiter stellte das Leben oder besser – die Vorsehung – einem zur Seite, dachte der Altbischof und wie viele raffte ein verfrühter Tod unversehens hinweg: Den früheren Generalvikar Beinschöll, den versierten Kirchenrechtler Althaus und Prälat Wengert, der unmittelbar nach einer Sitzung des Geistlichen Rates zusammengebrochen war.

Wie sollte man damals nicht angefochten worden sein im Anblick des Toten, der eben noch lebhaft am Gespräch teilgenommen, Vorschläge eingebracht und Klugheit in heiklen Fragen bewiesen und der eine Stunde später schon ein im Tode seltsam verändertes Antlitz zeigte?

Am Samstagabend saß Wagner auf der Terrasse seiner Eigentumswohnung. Er blickte hinaus auf die Bäume, die in einiger Entfernung dicht zusammenstanden. Gegenüber ragte ein Turm der St. Josef Kirche auf, die von einem Haus verdeckt war. Vom Dom waren in der Ferne gerade noch die Spitzen der Türme zu erkennen.

Er erinnerte sich an seine Anfangszeit, als er, nach einem Umzug aus Kaiserslautern, das auf einen unerfahrenen Beobachter idyllisch wirkende Speyer noch für eine harmlose Wohlfühlstadt hielt.

Er stand auf und begab sich ins Wohnzimmer. Der Bildschirm seines Computers zeigte die Website von Mayra León. Er klickte auf Lied Nummer 14 und drehte die Lautstärke etwas auf. Schon erfüllte der wohltuende Klang ihrer Stimme, begleitet von beruhigenden Rhythmen den Raum und drang bis nach draußen. Er nahm an der Lautstärke eine Feinjustierung vor und ging wieder auf die Terrasse. Auf einem Tisch neben ihm stand eine Flasche *Havana Club Añejo 3 Años*.

Der Titel war, wie er mit Verdruss bemerkte, schon wieder zu Ende. Als Nächstes musste er sich eine CD von Mayra kaufen. Er wählte das Lied *Vereda Tropical* aus und dachte nach.

Aus den Ausführungen des Rechtsmediziners, die dieser per Eilbote aus Ludwigshafen vorbeibringen ließ, war er nicht besonders schlau geworden. Jede Menge hochtrabender Ausdrücke, lateinisch klingende, geschraubte Einschübe. Dr. Schomalka hätte wenigstens ein Glossar mitliefern können. Auch die Ausführungen über die Tatwaffe blieben, so klang es zumindest für einen mit der rechtsmedizinischen Terminologie nur bedingt vertrauten Mann wie ihn, merkwürdig unklar.

Er ließ das Aroma des Rums auf sich wirken und entschied sich, als das Lied ausgeklungen war, für eines seiner Lieblingslieder: *Lagrimas negras*. *Lagrimas* hieß Tränen, dies hatte ihm ein Weinkenner verraten, da es wohl eine ähnlich lautende Weinsorte gab. Die Bedeutung von *negras* ließ sich mit ziemlicher Sicherheit vermuten. Schwarze Tränen? Das passte irgendwie.

Siento el dolor profundo de tu partida... tiene lagrimas negras como mi vida...

Er roch zerstreut am Rum, der sein Glas bis zur Hälfte füllte und blickte hinaus, weit hinaus zu den Baumreihen, hinter denen sich der Dom befand. Der Dom, in dem Domkapitular Willibert Pregnald...

Se quedó dormida y no apagó la candela...

Während der Himmel über der Domstadt sich zusehends bewölkte, dachte er unruhig nach. Er rief sich die Szene in Erinnerung, als er die Kopie des Briefes entdeckt und ihn an Ort und Stelle gelesen hatte. Vor seinem inneren Auge tauchte auch Dr. Weihrauh auf, und er hörte diesen wieder kommentieren. Die Briefe...

Die Lektüre verschiedener Kapitel des Buches von Roda Wieser *Der Verbrecher und seine Handschrift* hatte ihn nicht wirklich weitergebracht. Graphologe wurde man eben nicht übers Wochenende oder nach einer mit graphologischen Studien verbrachten Nachtschicht.

Wagner, der infolge der nächtlichen Lektüre müde war, kniff die Augen zusammen. In seinem Geist sah er die – wie hatte Bartók noch gesagt? – manirierte Schrift vor sich, die unnatürlich starren, großgeformten Buchstaben, die keiner Schulvorlage ähnlich sahen. Zumindest keiner aus diesem oder dem letzten Jahrhundert. Eine Person mit starkem Hang zur Vergangenheit? Welches Jahrhundert? Gab es noch andere Schriftexperten als Graphologen? Sicherlich... Graphiker? Aber was nutzte es, wenn man vielleicht herausfand, dass die Schrift dieser oder jener Schriftart am ähnlichsten war? Ausbildung als Graphiker? Von einer Vorlage abgeschrieben? Wo gab es solche Schriften? Alter Kodex?

Er ließ sich den Rum auf der Zunge zergehen und schaute reglos geradeaus, so als könne sein Blick bis zum Dom und in dessen Inneres dringen. Wie hatte die Person noch geschrieben? Ja, natürlich!: *Wen der Schnitter nicht bereit findet, den wird er umhauen. Wen der Schnitter nicht bereit findet..., der Schnitter...* In seiner Vorstellungskraft tauchte immer deutlicher eine Sichel auf.

„Dr. Schomalka."

„Hier Wagner. Ich muss mit Ihnen sprechen."

„So?"

Da war sie wieder, die leicht überheblich wirkende Skepsis, die Schomalka gerne an den Tag legte, aber was interessierte ihn das.

„Hören Sie..."

„Ich höre."

„Die Tatwaffe. Ich glaube, ich habe die Tatwaffe gefunden."

„Sie haben die Tatwaffe gefunden? Interessant! Waren sie etwa nochmal im Dom und haben sich auf die Suche gemacht?"

Der spöttische Unterton war nun unverkennbar.

„So weit musste ich mich gar nicht bemühen, Schomalka," Wagner hatte mit Absicht den Dr. weggelassen, irgendwo war Schluss, was glaubte der „während Sie und Ihr Team ja durchaus am Tatort und in der Nähe alles abgesucht und nichts gefunden haben."

„Nichts gefunden ist übertrieben. Sagen wir: Nichts bisher Verwertbares. Wissen Sie, das gehört zu unserem Berufsalltag. Straftäter, Mörder, das sind zuweilen durchaus clevere Leute. Oft mit höherem Bildungsabschluss. Wie schon angedeutet, ist es ja keinesfalls so, dass wir rein gar nichts gefunden hätten. Wie Ihnen nicht entgangen sein dürfte – falls Sie den Bericht gelesen haben – haben wir kleinere Holzstücke gefunden, die abgesplittert sein müssen. Dem Alter nach vermutlich nicht neulich im Baumarkt gekauft. Die Materialexperten arbeiten noch."

„Die Tatwaffe war eine Sichel."

„Hört, hört – Ich hoffe, Sie haben keine Fingerabdrücke hinterlassen? Kann man das gute Stück vielleicht besichtigen?"

„Nein, kann man nicht."

„Ach. Haben Sie sie unter Verwahrung genommen?"

„Nein."

„Sondern?"

„Ich habe sie gesehen."

„In Ihrer Vorstellung nehme ich an. Neigen Sie zu Visionen? Vielleicht öfters in der Verwandtschaft vorgekommen?"

Dr. Schomalka, der spürte, dass er den Bogen deutlich überspannt hatte, gab nach. „Hören Sie, Wagner, eine interessante Hypothese, wenn auch nicht unbedingt auf üblichem Wege zustande gekommen. Aber das kennen wir ja schon von Ihnen. Ich werde Ihre Spekulation mal weitergeben und mit meinen Spezialisten erörtern. Sie hören von mir. Schönen Abend noch."

Montag früh um 8 Uhr 45 ieß Wagner seine rechte Hand, Kommissar Rehles, zu sich rufen. Dieser trat mit verzogenem Gesicht ein und gab an, dass ihn Kopfschmerzen plagten. Wagner führte diese darauf zurück, dass Rehles am Wochenende seiner Vorliebe für ein Bitburger in der Mehrzahl gefrönt haben musste. Er bot ihm eine Tasse Kaffee an. Dann kam er gleich zur Sache:

„Sagen Sie mal, Sie waren doch, wenn mich nicht alles täuscht, einmal Außendienstler bei einem Landwirtschaftsbetrieb?"

Kommissar Rehles war mehr als erstaunt. Was dieser Wagner alles speicherte. Ein Gedächtnis hatte der. Aber was wollte der jetzt damit?

„Ja, schon, aber das ist eine Weile her."

„Da sind Sie bestimmt auch mit Sicheln in Berührung gekommen?"

„Mit Sicheln?"

„Sie haben richtig gehört."

'Worauf will der wieder hinaus? Also, alles was recht ist. Ich bin hier bei der Polizei beschäftigt und nicht in der Landwirtschaft. Vorbei ist vorbei.'

„Das mag sein. Warum?"

„Weil Domkapitular Pregnald mit einer Sichel attackiert wurde. Die Wunden haben schließlich zusammen mit der schlimmen Kopfwunde, die durch den Sturz auf den Boden verursacht wurde, zum Tode geführt."

Das sagt dieser Wagner einfach mal so. Und wo hatten sie die Sichel gefunden? Warum hatte er davon nichts mitbekommen?

„Man hat eine Sichel gefunden?"

„Ich möchte, dass Sie in Erfahrung bringen, wer hier in Speyer und Umkreis Sicheln herstellt und oder verkauft."

Kommissar Rehles, der herzlich wenig verstand, notierte sich den Auftrag.

17. Kapitel

Frau Demmler hämmerte mit beiden Händen gegen das massive Holztor. Es verschloss den Eingang zum Innenhof, über den Herr Tremmel immer seine kleine, schon von seinen Großeltern bewohnte Wohnung betrat.

'Wo steckte er nur, um diese Uhrzeit? Ans Telefon war er nicht gegangen, aber das konnte eine Finte sein.' Diesbezüglich verdächtigte sie Herrn Tremmel schon lange. 'Predigten über Nächstenliebe anhören und dann den Hörer auf die Seite legen.'

Frau Demmler versuchte, Einblick ins Wohnzimmer zu bekommen, doch schwere und – wie sie nun bemerkte – schon eine ganze Weile nicht mehr gewaschene Vorhänge, behinderten die Sicht. Kein Wunder, dachte sie, mit Blick auf die Vorhänge. Alleinstehender Herr. Es war ja durchaus nicht so, dass man sich nicht angeboten hätte. Da wollte man selbstlos dienen... Sie trommelte erneut mit noch mehr Kraft und Wucht gegen das Tor. Da sah sie deutlich, wie ein Vorhang um einige Zentimeter zurückgezogen wurde. Er war also in der Wohnung.

„Herr Tremmel, machen Sie auf. Ich weiß genau, dass sie in Ihrer Wohnung sind!"

Herr Tremmel ließ nun ein „Ich kumm gleich" hören. Darauf folgten Schritte über die Stufen, das Tor wurde aufgeschlossen.

Frau Demmler blickte Herrn Tremmel vorwurfsvoll an.

„Entschuldigen Sie, Frau Demmler, ich war graad in de Küch', als…"

„Bemühen Sie sich nicht, Herr Tremmel. Ich weiß genau, dass Sie mein Klopfen gehört haben. Da pocht man in seiner Not an die Türen und wird abgewiesen."

Frau Demmler ließ nun ein Schluchzen vernehmen, mit dem Herr Tremmel überhaupt nicht gerechnet hatte.

„Um Himmels Willen, Frau Demmler. Was ist los?"

Frau Demmler blickte Herrn Tremmel starr ins Gesicht. Sie zog die Augenbrauen in die Höhe und schob Herrn Tremmel vor sich her, bis sie ihn in sein Wohnzimmer gedrückt hatte.

„Iss was passiert?"

Frau Demmler schluchzte laut auf.

„Ich habe verzweifelt versucht, Sie telefonisch zu erreichen und was machen Sie? Legen den Hörer neben dran und tun so, als wären Sie nicht da. Welch eine Unaufrichtigkeit!"

Herr Tremmel versuchte hilflos zu dementieren und zu beschwichtigen, doch er kam nicht zu Wort.

„Mein Mann, Herr Tremmel. Ach, es ist ein solches Kreuz. Heute Nacht ist er für immer von uns gegangen."

Frau Demmler schluchzte nicht mehr. Sie blickte Herrn Tremmel ins Gesicht, so als erwarte sie von ihm eine klare Aussage. „Mein herzlichstes Beileid, Frau Demmler. Ich hab grad gestern noch…"

„Beileid? Ach, Herr Tremmel, seien Sie mir nicht böse, aber Sie wissen doch gar nicht, was Sie da sagen. Beileid? Wer sagt Ihnen denn, dass ich leide?"

Herr Tremmel war nun doch verunsichert. 'Was hatte die gerade gesagt? Das musste die allgemeine Verwirrung sein, die, so sagte man, so kurz nach einem Todesfall, sich vieler Personen bemächtigt. Als sein eigener Vater gestorben war, war es allerdings anders. Trauer hatte er empfunden, tiefe Trauer, aber verwirrt? Nein.'

Frau Demmler lachte hell und schrill auf und löste damit in Herrn Tremmel lebhaftes Entsetzen aus, das er nur halbwegs bändigen konnte.

„Nein, Herr Tremmel, im Ernst. Leiden, das war vorher. Oh, wenn Sie ihn gesehen hätten, wie er aussah, wenn er nachts im Tiefschlaf lag und ich mir sein Gesicht ansah. Dabei hatte er früher einmal gut ausgesehen. Was für ein Verfall. Es macht ja gar keinen Sinn, sich da etwas vorzumachen, Herr Tremmel. Er sah schon furchtbar aus, unter uns gesagt. Ganz im Gegensatz zu Ihnen, Herr Tremmel, neige ich dazu, die Dinge beim Namen zu nennen."

Herr Tremmel war nun empfindlich getroffen. Frau Demmler übersah dies geflissentlich und fuhr fort: „Ja, Herr Tremmel, solch ein Elend geht an Ihnen natürlich vorbei. Sie haben den besseren Teil erwählt: Verkriechen sich in Kapellen, in ihrer Wohnung und auf Friedhöfen. Wenn wir schon von Friedhöfen reden..., ich möchte Sie bitten, dass Sie zur Beerdigung kommen."

„Aber natürlich, Frau Demmler."

„Und bitte kein Wort von unseren Unterredungen, ja? Sie wissen ja, wie gesprächig die Leute hier sind. In meiner Nachbarschaft haben sich einige schon gewundert, wie plötzlich mein Mann verstorben ist, wenn Sie wissen, was ich meine?"

Herr Tremmel war nun vollends irritiert und versicherte: „Natürlich, Frau Demmler, ich schweige wie…"

„Wie ein Grab?"

Frau Demmler blickte ihm starr ins Gesicht.

„Ja, da können Sie ganz sicher sein und wir wollen mal ganz fest im Gebet…"

„Herr Tremmel, beten Sie nicht so viel. Öffnen Sie besser, wenn jemand an Ihre Tür klopft und nehmen Sie den Hörer ab, wenn jemand anruft. Und wie gesagt: Kein Wort über unsere Unterhaltungen!"

Frau Demmler fixierte Herrn Tremmel mit ihren Augen, mit einem ernsten, schwer zu deutendem Blick und legte ihm ihre Hand auf die Schulter.

Herr Tremmel wurde nun erst so richtig bewusst, dass sie ein ganzes Stück größer war als er. Auch wunderte er sich, wie schwer ihre Hand war.

Am kommenden Dienstag um 9 Uhr betrat ein zufriedener Kommissar Rehles das Büro von Oberkommissar Wagner. Sein Vorgesetzter saß, in seinem Chefsessel zurückgelehnt, mit übereinandergeschlagenen Beinen und zusammengelegten Fingerspitzen und dachte nach. Dann wandte er sich ihm plötzlich zu und fragte:

„Haben Ihre Ermittlungen schon etwas ergeben?"

Darauf hatte er gewartet.

„Sieht ganz danach aus. Ich habe gestern überall herumtelefoniert, Hersteller von Schleifmaschinen und landwirtschaftlichen Geräten usw. angerufen, bis ich bei meinen Recherchen auf eine interessante Kleinanzeige stieß."

Er hatte die Hände in die Hosentasche gesteckt und lief einige Schritte im Raum auf und ab.

„Und?"

Kommissar Rehles schaute kurz aus dem Fenster und wandte sich dann entschlossen um: „Sichel zu verkaufen, von privat!"

Den Satz hatte er wie ein Ass aus dem Ärmel gezogen und seinem Chef auf den Tisch geknallt.

„Ach."

„Nicht mal unter Chiffre. Die Telefonnummer war angegeben. Und raten Sie mal, in welchem Ort?"

Wagner signalisierte ihm, dass er fortfahren solle.

„Speyer!"

Kommissar Rehles strich sich eine Locke aus der Stirn und warf ihm einen Was-sagen-Sie-dazu-Blick zu.

„Und?"

„Ich natürlich gleich zum Hörer gegriffen und den Mann angerufen. Nach Dienstschluss, versteht sich, und in Zivil. Mich als Siegbert Scherer ausgegeben."

„Scherer? In diesem Zusammenhang? Nun gut und dann?"

„Ihm Interesse an der Sichel vermittelt und, was meinen Sie: Der fragt mich, wozu ich eine Sichel brauche. Was sagen Sie dazu?"

„Weiter."

„Habe ihm erzählt, dass wir ein kleines Feld geerbt haben, nah bei Speyer, dass sich der Einsatz von Maschinen da natürlich nicht lohnt und wir die Arbeit mit der

Sichel auch als Ausgleich von der Büroarbeit ansehen. Klang überzeugend."

„Ich wusste gar nicht, dass sie ein solches Improvisationstalent haben. Also haben Sie den Mann getroffen."

„Ja. Ich fuhr gleich abends los. Habe mich etwas rustikaler angezogen. So wie jemand, der nach Feierabend gerne im Schrebergarten arbeitet oder in freiem Feld zu tun hat. Dazu habe ich noch die hell getönte Sonnenbrille aufgesetzt."

„Gut, und dann?"

„Kleines Appartment am Asternweg. Kommt ein kräftiger Mann raus, ein Hüne. Mit dem möchte ich keinen Streit haben. Kneift die Augen zusammen und lässt mich meinen Namen wiederholen.

'Sie sind also der Herr Scherer?'

Dann bittet er mich wortlos, ihm zu folgen und dirigiert mich in seinen Garten. Vor dem Gartenhäuschen lässt er mich draußen warten. Hatte das Gefühl: Der will nicht, dass du mit reingehst. Als er vor mir steht und ich die Sichel mal in die Hand nehmen und mir näher ansehen will, hält er sie plötzlich zurück und fragt mich: 'Warum kaufen Sie sich eigentlich keine neue Sichel?' Können Sie sich das vorstellen?"

„Kann ich. Asternweg, sagten Sie? Welche Nummer?"

„Die genaue Anschrift habe ich notiert. Bekommen Sie nachher schriftlich. Also, habe ich mir etwas aus den Fingern gesaugt, von wegen, dass ich a) nicht wüsste, wo man so was hier in Speyer kriegt und b) dass eine neue Sichel vielleicht erst viel benutzt werden muss, bis sie so richtig schneidet wie eine alte. Der Mann sah mich an und für einen Moment dachte ich, der traut dir vielleicht nicht ganz über den Weg."

Wagner gab ihm ein Zeichen, mit seinem Bericht fortzufahren.

„Fixiert mich mit seinen Augen und meint: Man sieht, dass Sie keine Erfahrung haben. Vermutlich noch nie eine Sichel bedient... Ich habe ihm also was erzählt, von wegen Erbe und Verpflichtung gegenüber dem Anwesen, bis der Mann mich fragte, wo genau es denn sei, unser Feld. Ich sage Ihnen, der wurde mir langsam unheimlich. Habe ihm dann unweit Dudenhofen aufgetischt und er hakte nicht mehr nach. Für die Sichel – in Rundform, wie er bemerkte – wollte er 20 Euro. Ich habe sie gleich aus der Tasche gezogen und mich verabschiedet. Als ich wegfahre, sehe ich im Rückspiegel, wie er an der Hausecke steht und mir nachsieht. Ich hatte gleich das Gefühl: Irgendwas stimmt da nicht".

„Und wie hieß der Mann?"

„Brachfeld."

„Rehles, veranlassen Sie bitte, dass die Spurensicherung sich die Sichel mal näher ansieht und mit Ludwigshafen Verbindung aufnimmt. Sie wissen, was ich meine."

„Geht in Ordnung."

„Und berufen Sie sich wegen der Erstattung der 20 Euro notfalls auf mich."

„Mache ich."

Nach der Schlappe mit dem Mann auf dem Friedhof war er hier auf einer ganz heißen Spur. Wagner war sicher beeindruckt. Auch wenn er es nicht direkt äußerte. Ihn konnte er nicht täuschen.

Herr Tremmel stellte mit Unmut fest, dass sich sein schwarzer, schon etwas verblichener Anzug an einer Stelle nicht richtig schließen ließ. Was tun? Einen neuen Anzug kaufen? Unmöglich. Wenn er an all die Zahlkarten dachte, die er letzte Woche wieder ausgefüllt hatte. Das mit dem Anzug musste auch so gehen. Schließlich war sowieso alles vergänglich. Was würde von einem neuen Anzug bleiben? Irgendwann: Nichts. Für einige Jahrzehnte bestenfalls war man Statist auf der Bühne und näherte sich mit jedem Schritt unweigerlich, wie von einem gewaltigen Strudel an Zeit erfasst, dem Ende. Dem Ende, von dem sein Glaube ihm freilich sagte, dass es der Anfang ist. Doch an der Schnittstelle – schon das Wort war furchterregend: Schnitt-Stelle – wartete das Gericht.

Das Gericht, an dem keiner vorbeikam. Was würde ihm da ein neuer Anzug nutzen? Wie hatte sein Vater immer gesagt? Oh schneide, brenne in der Zeit und schone meiner in der Ewigkeit? Schaurig...

Er strich sein weises Hemd glatt, bog mit einiger Anstrengung den Hemdkragen zurecht und zwang ihn unter den oberen Anzugkragen. Danach warf er einen prüfenden Blick auf die Schuhe. Passte die Farbe zum Anzug? Sicher nicht. Die Schuhe waren auch zu eng, seit ihn diese Hammerzehen plagten. Neue Schuhe? Gar nicht dran zu denken. Zur Not wird es auch so gehen. Am liebsten würde er ja gar nicht zur Beerdigung gehen und des Verstorbenen von seinem Wohnzimmer aus gedenken, die kleine Ikonostase aufbauen und Herrn Demmler im Jenseits mit Litaneien unterstützen. Aber, wie sollte er dies Frau Demmler klarmachen, wie gegen sie ankommen?

Die schnappte sich ihn gleich am Kragen und drückte ihn in die Enge, bis ihm die Luft weg blieb. Oder sie ließ eine ganze Serie von Anrufen los. Da war es doch einfacher, man beugte sich und bewies Demut. 'Nehmt euer Kreuz auf euch. Oh ja, sie ist mein Kreuz. Ein weiteres Kreuz, eines unter vielen.' Er überprüfte noch einmal, ob er überall abgeschlossen hatte. Dann verließ er seine Wohnung und machte sich auf den Weg zum Hauptfriedhof.

Herr Tremmel, der sich in der Menge der Trauergäste etwas verloren vorkam, schritt nach vorn. Er drückte der Witwe die Hand: „Mein herzliches Beileid nochmals, Frau Demmler."

Er registrierte überrascht den ungemein starken Händedruck von Frau Demmler. Traf er sie auf der Straße, zog er immer nur den Hut und versuchte, einen gewissen Sicherheitsabstand zu wahren. Dann zog er sich gleich wieder zurück, bevor Frau Demmler noch etwas erwidern konnte. Schon stand eine andere Frau bei ihr.

„Sicher ein schwerer Schlag für Sie, Frau Demmler. Und so plötzlich! Wir hatten doch alle damit gerechnet, dass Ihr Mann alt werden würde. So gut, wie er sich in letzter Zeit erholt hatte." Die Dame verzog das Gesicht, ganz so, als wolle sie mit ihrer Miene ausdrücken, dass sie sich darauf gar keinen Reim machen könne.

„Ein schwerer Schlag? Frau Minscheid, lassen wir doch die Heuchelei. Eine Erlösung und nicht nur für ihn. So ähnlich muss es ja damals auch gewesen sein, als Ihr Gatte das Zeitliche segnete, oder?"

Frau Demmler ließ Frau Minscheid stehen. Herr Tremmel wusste nun nicht recht, wohin er seine Schritte lenken sollte. Eine kleine Gruppe von Trauergästen stand beisammen. Herr Tremmel stellte sich stumm hinzu. Er trat von einem Fuß auf den anderen und hörte, wie sie sich austauschten: „Der in diesem Glauben und für diesen Glauben gelebt hat? Also, da habe ich schon meine Bedenken. Hat man schon einmal einen solchen Unfug gehört? Dabei wusste doch jeder, dass Herr Demmler eine schwere Glaubenskrise durchgemacht hat, seit er so krank war. Eine Kirche hatte der doch schon seit 10 Jahren nicht mehr von innen gesehen."

„Jetzt seien Sie aber nicht ungerecht! Wie sollte der auch, so hinfällig wie er war. Sie setzen sich einfach ins Auto und fahren vor. Aber die hatten ja gar keines, bei der kleinen Rente von Herrn Demmler."

„Ach, eine ergreifende Ansprache. Und dieser Hinweis: 'Wirket so lange noch Tag ist, denn es kommt die Nacht, wo keiner mehr wirken kann.' Genau so ist es. So wird es für viele sein. Noch wirken wollen, aber nicht mehr können. Wie grässlich. Und dann wird es kein Zurück mehr geben, verstehen Sie, kein Zurück!"

„Natürlich verstehe ich das. Ich weiß überhaupt nicht, was Sie mit der Frage meinten. Und über Wirken brauche ich wahrlich keine Belehrung, bei all den Vereinen, in denen ich aktiv bin. Überlegen Sie sich doch viel eher mal, ob Sie nicht auch ehrenamtlich aktiv werden wollen in unserer Kranken- und Sterbebegleitung. Oh, ja, das geht zuweilen schon ganz schön unter die Haut... Wie bitte? Nein, was Sie nicht sagen! Sind Sie sich sicher?"

„Wenn ich es Ihnen sage. Wobei man mit solch einer Vorverurteilung natürlich vorsichtig sein sollte."

18. Kapitel

Am selben Abend fuhr Wagner am Asternweg vor. Er parkte sein Auto unweit der von Rehles angegebenen Hausnummer und stieg aus. Eine Anwohnerin fegte mit ihrem Besen über die Straße. Sie begutachtete das Resultat ihrer Anstrengungen mit unzufriedener Miene und nahm einen neuen Anlauf. Er näherte sich ihr unauffällig und sprach sie an.

„Guten Abend. Entschuldigen Sie, eine Frage."

„Ja?"

„Wie ich sehe, sind Sie von hier."

Die Dame stieß zur Bestätigung mit dem Besen auf.

„Ich habe vorher versucht, bei Herrn Brachfeld..."

„Beim Herrn Brachfeld? Unn der war net doo?"

„Kennen Sie ihn zufällig?"

„Zufällig?" Die Dame lachte. „Und ob ich den kenn!"

Sie zog ihre Schürze aus und hängte sie über den Besen. Darauf hin trat sie einen Schritt näher: „Mir wohnen ja jetzt bald schon dreißig Johr quasi Haus an Haus. Und den Herrn Brachfeld hann ich schon in meiner Jugendzeit gekennt, wie's mir noch gedenkt."

Sie winkte ihn mit vertraulichem Blick noch näher heran. Dann fügte sie, wobei sie sich bemühte, Hochdeutsch zu sprechen, hinzu: „Weil, wissen Sie, ich weiß ja nicht, ob Sie von Speyer sind, aber hier kennt ja ohnehin fast jeder jeden. Und wenn man mal so lang wie ich hier ansässig ist, da bekommt man schon vieles mit. Sind gute Leute, die Brachfelds, ja, ja. Also, wobei man natürlich sagen muss, dass seit dem schrecklichen Unfall sellemohls... Ach, Sie wissen davon gar nichts? Ach, das war ja ganz schlimm und der Mann hat sich bis heute nicht davon erholt."

Sie sprach nun mit leicht vorgehaltener Hand und gab ihm zu verstehen, dass sie dergleichen keinesfalls jedem X-beliebigen erzähle, aber ihm – dafür habe sie einen Blick – könne sie es bestimmt anvertrauen.

„Ach, ich sag' Ihne, schlimm, ganz schlimm. Der Vater von dem Herrn Brachfeld, die haben ja immer Landwirtschaft gehabt, schon seit Generationen, und eines Tages ist es dann passiert, durch Unaufmerksamkeit von dem Herrn Brachfeld, dass sein eigener Sohn... Ach, besser ich erspare Ihnen die Details. Es war einfach nur furchtbar. Seitdem ist er etwas seltsam und misstrauisch. Aber gute Leute, da können Sie jeden fragen.

Und sie kommen wegen der Sichel? Das dachte ich mir. Das hat er mir erzählt, dass er die in die Zeitung setzt. Nach all den Jahren will er sich jetzt von allem trennen, was ihn noch daran erinnern kann. Verstehen Sie?

Was manche Leute mitmachen müssen! Aber immer hilfsbereit, ja, ja, da gibt's nix. Ich kann ja jetzt auch nicht mehr so wie früher und wenn irgendwas iss" – sie hielt einen Moment inne, um dann den Kopf hin und her zu bewegen – „auf den Herrn Brachfeld und seine Frau kann ich mich immer verlassen. Aah, joo! Dabei war doch die Landwirtschaft dem sein Ein und Alles. Und seitdem hat er ja nie mehr so richtig Fuß gefasst. Fährt ja jetzt noch Essen aus, ehrenamtlich, bei einem Sozialdienst. Ist mir eigentlich schleierhaft, von was die leben. Gell, aber dass sie ihm nichts erzählen, wenn sie mit ihm sprechen. Man will ja nur gut. Hänn Sie noch emohl ge-klingelt?"

Als Wagner am nächsten Tag um 12 Uhr zum mexikani-schen Restaurant *Zapata* aufbrechen wollte, lief ihm Reh-les über den Weg. Der Oberkommissar gab ihm ein Zei-chen und zog ihn mit sich in eine ruhige Ecke.

„Guten Tag, Rehles. Bevor ich es vergesse: Ihr Herr Brachfeld ist ehrenamtlich für einen Sozialdienst tätig, fährt Essen aus. Die Spurensicherung wird für alle Fälle noch die Fingerabdrücke auf der Sichel mit der Daten-bank abgleichen, ich rechne aber nicht damit, dass der irgendwo registriert ist. Außerdem hat er den geplanten Sichelverkauf vorher publik gemacht. Eher unwahr-scheinlich für jemanden, der sich einer Mordwaffe entle-digen will. Meinen Sie nicht?

Die Information mit dem Sozialdienst, die ich gestern abend vor Ort mündlich bekam, habe ich telefonisch nachgeprüft. Stimmt einwandfrei. Also, um es kurz zu machen: Jemand, der alten Leuten freiwillig Essen bringt, dürfte kaum unser Mann sein.

Wie sagt man so schön: Der Wille war da. Bis später."

Frau Demmler schlug die Zeitung auf und las, dass der Dombauverein und das Dombauamt am Sonntag in acht Tagen, zum Tag des offenes Denkmals, zu einem Spezial-Rundgang durch den Dom einladen.

Ein ganz außergewöhnliches Erlebnis verspricht Dombau-meister Werner Klinker im Hinblick auf den Dom-Rundgang, der aufgrund spezieller Sicherungsmaßnahmen an diesem Tag auch in Bereichen der Kathedrale möglich gemacht wird, die im Vorjahr noch unzugänglich waren. Die Führungen werden zwischen 9 Uhr 30 und 17 Uhr von Mitgliedern des Vorstandes des Dombauvereins sowie weiteren ehrenamtlichen Domführern angeboten, die wochenlang eigens auf diese Aufgabe vorbereitet wurden.

Führungen zugesagt hat auch Dompfarrer Galanthin, der als ausgewiesener Kenner des Domes und seiner Geschichte gilt.

Treffpunkt ist die Domvorhalle, wo der Dombauverein über seine Aktivitäten informieren wird und Spezialisten die aktuellen Restaurierungsmaßnahmen erläutern werden. Von der Vorhalle des Gotteshauses geht es in den südlichen Westturm bis auf die Höhe der Zwerggalerie.

Nach Auskunft von Dombaumeister Klinker wird an diesem Tag die ganze südliche, eigens durch Spezialnetze gesicherte Zwerggalerie bis zum südlichen Ostturm begehbar sein. Der Rundgang führt dann über die Apsisgalerie in den nördlichen Ostturm hinauf in eine Höhe von rund 60 Metern.

Von dort, so Dombaumeister Klinker, habe man einen unvergleichlichen Rundblick bis über die Rheinebene. Letzte Station der Führung wird das nördliche Querhaus sein. Dort können sich die Besucher einen Eindruck von den Fortschritten der Innen-Restaurierung verschaffen.

Im Anschluss an die Führungen besteht für Interessierte die Möglichkeit, der Stiftung Kaiserdom beizutreten. Domkapitel und Dombauamt weisen darauf hin, dass die Zahl von Wort- und Bild-Journalisten begrenzt werden muss. Sie bitten darum um baldige Kontaktaufnahme. Über die Akkreditierung entscheidet ein hierzu eigens gebildeter Ausschuss. Für Kinder wird eine Malecke eingerichtet; auch für Getränke und Brezeln ist gesorgt.

Sie griff zum Hörer, wählte die Nummer von Herrn Tremmel und wartete. Wieder und wieder klingelte es, bis er endlich abnahm: „Tremmel!"

„Nicht gleich so ungehalten, Herr Tremmel. Ich wollte Ihnen ja nur etwas vorschlagen. Wie ich gerade lese, bietet der Dombauverein am Sonntag in acht Tagen eine außergewöhnliche Führung an.

Wie bitte? Ja, richtig, Domführung, bis hoch in den Ostturm, oder wie der heißt.

Wie? Schwindlig? Herr Tremmel, keine Ausreden! Das wird Ihnen sicher gut tun. Man kann sich ja nicht ewig in Kapellen, Grüften oder auf Friedhöfen aufhalten. Auch mal hinauf in die Höhe! Außerdem: Wie Sie genau wissen, kann ich eine Stütze brauchen. Jetzt wo mein Mann nicht mehr da ist und ich beim Gehen oft eine Pause einlegen muss. Schön, dass Sie sich da bereit...

Wie? Noch nichts gesagt? Herr Tremmel! Ich kenne Sie doch. Nicht immer so zurückhaltend. Ach, noch was, Herr Tremmel. Nehmen Sie es mir nicht übel, aber ich muss es einfach einmal loswerden: Mir fällt seit Jahr und Tag auf, dass Sie in der Afrakapelle, wenn wir im Antwortgesang mit Amen antworten, stets als Erster losprechen und dem Amen immer ein N vorausschicken: So etwa: N-A-a-men! Immer dieses N! Das macht mich ganz rasend! Können Sie nicht einfach A-a-men singen?!

Nehmen Sie es nicht persönlich. Bestimmt haben Sie damit schon bei anderen Anstoß erregt. Also, ich warte dann auf Ihren Anruf. Auf Wiederhören."

19. Kapitel

Cäcilia Zinser richtete einen kritischen Blick auf Ihren Neffen, einen Blick, von dem sie wusste, dass er seine Wirkung auf ihn nicht verfehlen würde.

„Hannes, es ist von größter Wichtigkeit, dass wir uns im Gehorsam üben. Hörst Du? Leider muss ich in letzter Zeit bemerken, dass Du manchmal einen Eigensinn an den Tag legst, der Dir nicht bekommt und mit dem niemandem gedient ist."

Ihr Neffe, ein ausgesprochen kräftiger junger Mann mit kurz geschorenem dunkelblondem Haar, biss sich auf die Lippen. Dabei verdrehte er die Augen, wie er dies immer zu tun pflegte, wenn sein Gewissen sich rührte.

Nach schweren Jahren, die er in einem Kinder- und Jugendheim durchlitten hatte, nahm sich Cäcilia Zinser seiner an. Sie sah sich berufen, ihm etwas von jener Erziehung zu vermitteln, die seine Eltern ihm durch sträflichen Leichtsinn oder Unvermögen schuldig geblieben waren. Vor einigen Jahren riss ein Verkehrsunfall sie aus seinem Leben und Hannes, der in einer Behindertenwerkstätte einfache Holzarbeiten verrichtete, blieb auf sich allein gestellt. Zuweilen half ihm seine Schwester Irma. Frau Zinser war sich allerdings bewusst, dass diese Hilfe sehr begrenzt und rein praktischer Art war, teilte Irma doch seine geistige Behinderung, obgleich in geringerem Ausmaß.

Wo ein Wille ist, da ist auch ein Weg! Frau Zinser wiederholte sich diesen Leitspruch und beschloss, Hannes etwas härter anzufassen.

Seit einem Jahr bestellte sie ihn strikt zweimal in der Woche zu sich, wobei sie die mit ihm verbrachte Zeit in Lektüre erbaulicher Bücher, in Unterweisungen und in Gebete einzuteilen pflegte.

Sie sah Hannes wie ein brachliegendes Feld an, aus dem man bei konsequent und strikt durchgeführter Bearbeitung gute Früchte zutage fördern konnte. Im Wissen darum, dass alles Elend letztlich auf ungeordnete Eigenliebe zurückzuführen war, bestand sie in ihren Unterweisungen mit besonderem Nachdruck auf diesem Punkt, den sie durch Zitate großer Heiliger und eigene Formulierungen untermauerte.

So sehr, dass Hannes immer seltener widerspenstig war und geradezu Freude zu verspüren schien, wenn sie Gehorsam forderte, wusste er doch, dass er bei Erfüllung ihrer Vorgaben mit einer, wenn auch etwas spröden Liebkosung rechnen konnte. Dann fuhr sie ihm durch das Haar und bestärkte ihn in seinem Vorsatz, seinen Willen dem ihrigen vollkommen anzugleichen. Ihre lebhafte Schilderung heroischen Gehorsams herausragender Gestalten beeindruckte ihn. Sie lehrte ihn eine ganz neue, überraschende Sichtweise, obgleich sich ihm ihre Mahnungen und Erklärungen immer erst nach mit zäher Geduld vorgebrachter Wiederholung erschlossen. Irgendwann schien ihm dann, dass er den Sinn ihrer Aussagen gleichsam an der Wurzel zu fassen bekam. Dann versuchte er sich alles tief und fest, wie mit einem Meißel, in sein Gedächtnis einzuprägen. Zerrann ihm doch zuweilen, trotz größter Mühe, so mancher Satz wie zwischen den Fingern.

Cäcilia Zinser war mit seiner Entwicklung außerordentlich zufrieden und erklärte ihm, wie auch die Apostel ihr Kreuz ohne zu murren auf sich genommen hätten. Um wieviel leichter hatte er es, der immer mit ihrer Hilfe und Weisung rechnen durfte. Im Gegensatz dazu waren die Apostel auf ihren Reisen doch oft genug einsam und ganz auf sich alleine gestellt.

'Ganz allein? Oh, nein!' Hannes schauderte bei dem Gedanken, doch sie beruhigte ihn gleich mit dem Hinweis, er solle sich der Vorsehung anvertrauen, die sie beide zusammengeführt habe. Sie lehrte ihn, die Sicherheit zu entdecken, die im Gehorsam lag: Auf diese Weise blieb man von der Last eigenen Grübelns und Entscheidens befreit und fand zu einem Einklang der Seele, von dem widerspenstige, eigensinnige Personen nicht die leiseste Vorstellung hatten.

An manchen Tagen zog sie mit ihm zu Spaziergängen los, ließ sich von ihm am Arm führen und bestand auch und gerade bei einsetzendem Regenfall, Gewitter und anderen Unbilden der Witterung darauf, den Spaziergang fortzusetzen. Dabei unterwies sie ihn unterwegs, wie wertvoll solch kleine Opfer seien und wie es darauf ankomme, dabei von jeglichen Unmutsäußerungen abzusehen. Sie ging gerade dann besonders langsam, so dass sie ganz durchnässt nach Hause kamen.

Mit Genugtuung bemerkte sie mit der Zeit, wie diese Übungen ihre Wirkung nicht verfehlten, wie Hannes zusehends lernte, sich zu fügen, zu schweigen und zu dulden. Manchmal schien es ihr fast, als schlage alles ins Gegenteil um. Wenn sie dann bei heftigem Regen umdrehen und nach Hause gehen wollte, bestand er in großer Sturheit und nahezu wild darauf, den Weg fortzusetzen.

Nun aber trug sie ihm in ergreifender Schilderung alles vor, was sie über die Leiden in der anderen Welt wusste. Sie ermahnte ihn, beim Beten der Litanei für die Verstorbenen und zum Trost der armen Seelen ganz konzentriert zu sein. Ertappte sie ihn bei einer Unaufmerksamkeit, begann sie von neuem. Sie bemerkte zufrieden, dass er nunmehr das *Bitte für uns* ohne Verzug und höchst konzentriert von sich gab, wie ihr auch schien, dass von diesen Litaneien eine beruhigende und ihn stabilisierende Wirkung ausgehe.

Kommissar Rehles hängte seine Anzugsjacke über den Bügel und erspähte Oksana, die seine Schritte nicht gehört hatte. Sie war ganz in die Vorbereitung des Abendessens versunken.

Wie geschickt und tüchtig sie war!

Mit leichter Hand räumte sie hier etwas zur Seite, griff dort zielgerecht nach den passenden Gläsern und überblickte jederzeit den Bratvorgang des Fleischgerichtes. Nebenbei deckte sie mit viel Geschmack und Sinn für Anordnung den Tisch.

„Hallo, Schatz. Bist Du schon zurück? Habe ich nicht kommen gehört. Essen ist gleich fertig."

Oksana strahlte. Sie zündete Kerzen an, die sie in Tischmitte postierte und schaltete das Hauptlicht aus. Nur eine kleine, schwache Lampe sorgte nun neben den Kerzen für gedämpftes Licht. Sie zog einen Stuhl zurück und gab ihrem Mann ein Zeichen, sich zu setzen.

„Hast Du heute viel gearbeitet?"

Ihr Mann zog die Stirn bedeutungsvoll in Falten – kann man so sehen – und rieb sich die Hände.

„Wie immer."

Er fügte hinzu: „Ist noch ein Bitburger da?"

„Ja, ist im Kühlschrank."

„Trinkst Du auch eins?"

„Ja, ein Bier geht. Aber mehr vertrage ich nicht."

Er zog zwei Flaschen aus dem Kühlschrank, schnappte sich den Flaschenöffner und öffnete fachmännisch.

„Kannst Du in Ruhe Schuhe ausziehen. Ich mache den Rest."

Er begab sich zur Garderobe, während sie für den letzten Schliff sorgte, bis der Tisch, ganz ihren Vorstellungen entsprechend, gedeckt war.

„Ach, weißt Du..., übrigens habe ich neulich Wagner getroffen."

Ihr Mann zuckte kurz zusammen.

„Ach, ja?"

„Ja, ganz vergessen, Dir zu sagen. Im Eiscafé."

Er schaute seine Frau an und war einmal mehr entzückt von ihrem lang herabfallenden, gelockten Haar, ihre großen Augen, ihrem offenen, warmen Blick. Dann nahm er Platz. Er strich zerstreut durch sein Haar, bis ihm einfiel, die Gläser zu füllen.

„Muss stolz sein auf Dich. Habe ich ihm angesehen, als ich ihm sagte, dass Du mir von dem Mann erzählt hast, den Du verfolgt hast. Hat nicht viel gesagt, nur gelächelt. Ist mir klar. Wahrscheinlich hätte gern selber lieber die Mann erwischt. Aber so ist Leben."

Ihr Mann zog die Luft ein, schritt zum Lichtschalter und schaltete die kleine Lampe aus.

Oksana lachte. „Ei, was machst Du?! Haben wir nur Kerzenlicht jetzt. Bist Du heute abend so romantisch oder was?" Sie kicherte und kniff ihren Mann in die Seite.

„Hat er Dir große Kompliment gemacht, nehme ich an. Oder wird Dich sogar befördern?"

Er wand sich auf dem Stuhl hin und her, nippte am Bier und begann, die Gerichte auf den Tellern zu verteilen. „Das kann man so nicht sagen, Oksana, das ist manchmal nicht so einfach, wie man sich das so vorstellt. Ich meine, die Abläufe in einer Polizeiinspektion, die Ermittlungen und all das, das kann ganz schön dauern."

Oksana nahm neben ihm Platz. Sie fuhr ihm mit der Hand über den Kopf. „Oh, Schatz. Das ist eine Welt, von der ich gar kein Vorstellung habe. Bestimmt kompliziert bei Euch. Weißt Du, im Eiscafé ist viel einfacher. Kunde sagt vier Bällchen Eis und Sorten und Sahne und fertig."

Sie stieß mit ihm an und fügte hinzu: „Jetzt ruhe Dich erst mal aus. War bestimmt große Aufregung, alleine verfolgen so gefährliche Mann. Bestimmt müssen sie erst alles auswerten und ihm dann Prozess machen. Aber ohne Dich hätten ihn nie gekriegt. Herr Wagner ist gute Mann, bestimmt wird nicht vergessen!"

Ihr Mann räusperte sich.

„Wenn Du wirst befördern, kommen wir vielleicht wieder in Zeitung beide?" Sie stieß ihn schelmisch in die Seite und lachte herzhaft. Er betrachtete ihre leuchtenden Augen, ihr strahlendes Gesicht. Einmal mehr fragte er sich, womit er diese Frau verdient hatte.

„Ich glaube eher nicht, Oksana. Das wird, wenn überhaupt, dann doch eher intern... Die Polizei hat auch nicht mehr so viel Geld und...“

„Oh, das wäre ungerecht!“ Sie zog einen Schmollmund und legte ihm einen Finger auf die Lippen.

„Sag nicht so was. Die müssen das honorieren, sonst gehe ich selber zu Wagner oder bediene ihn nicht mehr, wenn er kommt. Darauf kannst Du Dir verlassen!“

20. Kapitel

„Kommen Sie, Herr Tremmel, kommen Sie.“ Frau Demmler zog Herrn Tremmel hinter sich her, am Domnapf vorbei und zum Eingang der Kathedrale. Auf der rechten Seite war zum Tag des offenen Denkmals ein kleiner Stand aufgebaut, hinter dem auskunftsbereite Damen Eintrittskarten zum Preis von drei Euro verkauften. Die Führung – so kündigte es ein Hinweisschild an – ginge über eine Wendeltreppe und insgesamt 280 Treppenstufen bis hoch zum Ostturm der Kathedrale.

Frau Demmler kämpfte sich durch die Menge, vorbei an wartenden Menschen, die in einer langen Reihe standen und bewegte sich zu einer der Kassen.

„Herr Tremmel, haben Sie eigentlich Geld dabei?“

Frau Demmler griff den Geldschein, den Herr Tremmel unter einem bestürzten Ausruf „Ach, dess koscht was?!“ hervorzog und erwarb die Eintrittskarten. Dann zog sie Herrn Tremmel hinter sich her und bewegte sich grimmig ans Ende der Schlange. „Es ist schon unglaublich, Herr Tremmel, dass man als älterer, leidgeprüfter Mensch hier noch lange anstehen muss, während jüngere Leute weit vor einem stehen."

Die letzten Worte hatte sie betont laut von sich gegeben, sodass sich, ganz nach Plan, einige Köpfe nach ihr umdrehten. Herr Tremmel zog den Kopf ein.

„Herr Tremmel, ich gehe davon aus, dass Sie mir nachher behilflich sein werden. 280 Treppenstufen, für jemanden wie mich, ist das natürlich eine ungemeine Herausforderung. Ein Glück, dass ich Sie dabei habe, der Sie noch so gut zu Fuß sind."

Herr Tremmel, der gerade etwas entgegnen wollte, fühlte, wie sein Widerspruch im Keim erstickt wurde.

„Sagen Sie nichts, Herr Tremmel. Nehmen Sie es einfach einmal stillschweigend und dankbar an, dass Ihnen jemand die Augen öffnet. Oft merken wir ja gar nicht, wie gut wir es haben. Kommen Sie!"

Frau Demmler zog Herrn Tremmel, nun da die Warteschlange etwas aufrückte, ein Stück mit sich nach vorne.

Cäcilia Zinser sah ihren Neffen eindringlich an. „Hannes, versprich mir", begann sie forsch, „dass Du heute alles – alles sage ich! –, was ich Dir auftrage, unbedingt befolgen wirst. Hörst Du? Alles! Stillschweigend, ohne Murren und unnötige Fragen. Es ist unendlich – hörst Du? – unendlich wichtig, dass wir lernen, uns selbst abzusterben und dass wir den Gehorsam gleichsam umarmen. Oh, welche Kraft liegt darin, wenn wir das Opfer unseres Gehorsams darbringen."

Hannes sah sie an, blickte dumpf vor sich hin und nickte mehrmals. Schwerfällig, doch entschieden. Aus Erfahrung wusste er, dass sie solche umgehend vorgebrachte Bereitschaft außerordentlich schätzte. Schon fühlte er, wie ihre etwas kalte Hand über sein Haar strich.

„Gehorsam, was auch immer geschehen möge. Nun, da Du mich ja gleichsam zur Seelenführerin erwählt oder besser gesagt, ich Dir zugeteilt wurde... Ein Gehorsam, der vor nichts, vor rein gar nichts zurückschreckt. Aber dass Du darüber keine Worte verlierst, an niemanden, hörst Du? Sie würden es nicht verstehen. Nicht den Gehorsam und nicht die besondere Beziehung, die uns verbindet. Oh, was für ein Kreuz kann es sein, wenn man nicht verstanden wird."

Sie sah ihn eindrücklich und prüfend an und wiederholte ihre Worte, bis er, durch aus der Tiefe aufsteigende Laute und mehrmaliges heftiges Kopfnicken zu erkennen gab, dass er alles verinnerlichte und befolgen würde.

„Ich bin sehr zufrieden, Hannes. Du hast außerordentliche Fortschritte gemacht."

Sie fuhr ihm erneut über den Kopf und hieß ihn – bevor sie aufbrachen – noch gemeinsam ein Gebet für die Sterbenden zu verrichten. Dabei schärfte sie ihm ein, sich immer wieder daran zu erinnern, wieviele Leute unvorbereitet starben, jeden Tag und jede Nacht.

„Wieviele, Hannes, die jetzt unbekümmert ihren Beschäftigungen nachgehen, werden – noch heute! noch heute, hörst Du? – vor ihrem ewigen Richter erscheinen müssen. Wir alle müssen bereit sein. Denn der Tod kommt wie ein Dieb in der Nacht.

Vergiss das nie! Miserere, Domine. Komm, Hannes, wir gehen. Nein, warte…"

Sie ging zurück in die Küche und griff nach einer größeren Handtasche. Dann verstaute sie den Inhalt der kleinen Handtasche darin und bemerkte mit Genugtuung, dass die Tasche sich nunmehr gut schließen ließ.

Als sie unterwegs waren und sich langsam der Kathedrale näherten, sagte sie: „Einen Tag des offenen Denkmals habe ich letztes Jahr schon mitgemacht."

Hannes sah sie fragend an.

„Natürlich nicht aus profanen Gründen. Die meisten betrachten solche Tage ja als Anlass zu rein weltlicher Zerstreuung. Das natürlich nicht. Aber die Stufen, Hannes, die Stufen! Bei den Schmerzen, die mich immer plagen. Was für eine Gelegenheit zur Selbstüberwindung, zum Kreuztragen und Aufopfern.

Was für eine Qual war das manchmal! Aber wie gering und armselig ist das, verglichen mit der ewigen Pein. Stütze mich nur, wenn ich Dir ausdrücklich ein Zeichen gebe. Ich werde mich, soweit es geht, allein hinaufquälen. Halte Dich immer dicht bei mir. Aber mit dem Arm unterstützt Du mich nur, wenn ich es dir eigens auftrage!"

Hannes nickte mit dumpfem Blick.

Frau Zinser deutete ein Lächeln an, ausdruckslos und mit herabhängenden Mundwinkeln. Dann raffte sie sich auf. Sie fühlte, wie eine große Entschlossenheit sie erfasste und sie neue, ungeahnte Kraft durchdrang.

„Immer Gruppen von fünfundzwanzig." Die Anweisung galt seiner Kollegin, die ihn nachher ablösen würde. Am

Aufgang zur Treppe stand ein in einen dunkelblauen Anzug gekleideter Herr, den ein beschriftetes Band um den Hals als Domführer auswies. Er wartete, bis einige Zeit nach dem Aufstieg der letzten Gruppe verstrichen war. Dann beschied er die eilends abgezählte nächste Gruppe zu sich und bat sie, ihm folgend, die Treppen zu erklimmen.

„So, meine Damen und Herren! Seien Sie herzlich willkommen im Dom zu Speyer. Ich lade Sie ein, gemeinsam zunächst die Orgelempore zu betreten."

Der Führer gab ein Zeichen. Er wollte eine Besuchergruppe erst hinausgehen lassen. Dann schritt er voraus. Oben angekommen, ließ er die Gruppe vorangehen. Einige raunende Ausrufe der Bewunderung über die Aussicht aus der Höhe verstummten, als der Führer mit seinen Erklärungen begann:

„Wenn Sie Ihre Blicke das Mittelschiff entlang schweifen lassen, wird Ihnen zunächst einmal das Aussmaß auffallen: 134 Meter!

Der ein oder andere von Ihnen wird sicher schon im Petersdom gewesen sein. Dort können Sie an der Markierung, die auf den Speyerer Dom hinweist, eine Vorstellung von der Größe bekommen. Wir reden hier" – bemerkte er nicht ohne Stolz und von leichtem Wippen der Füße begleitet – „von der zweitgrößten Kathedrale nördlich der Alpen: Nach dem Kölner Dom.

Nun, damals hat man natürlich nicht das Metermaß gezückt" – vereinzelt hörte man schmunzelndes Lachen – „sondern in Fuß gemessen: Die Länge wurde mit Absicht auf 444 Fuß bemessen: Dreimal die Zahl vier. Das ist natürlich symbolisch. Drei, wie die heiligste Dreifaltigkeit und vier, wie die vier Himmelsrichtungen."

„Kardinaltugenden, wie die vier Kardinaltugenden", warf ein älterer, schmalgesichtiger Herr ein.

„Richtig! Drei mal vier ergibt dann zwölf. Und woran denken wir bei der 12?"

Ein Kind streckte den Finger und sagte: „Apostel! An die zwölf Apostel."

„Ausgezeichnet!"

Der Führer deutete nun zu den Bildern an der Wand über ihnen und auf beiden Seiten längs des Mittelschiffes. „Dies sind die sogenannten Schraudolph-Bilder. Früher waren viel mehr seiner Werke zu sehen. Später schloss man einen Kompromiss: Ein Teil der Bilder – bis auf die im Mittelschiff oben – wurde abgenommen und aufbewahrt. Zum Teil hängen sie im Museum. Andere sollen wieder appliziert werden und zwar im Kaisersaal, zu dem wir gleich kommen. Ich bitte um Nachsicht, wenn ich Ihnen keine auf umfassenden Kenntnissen beruhende Führung bieten kann: Ich stand vorher noch an der Kasse."

Wieder hörte man vereinzelt heiteres Lachen. Der Kommentar hatte Anklang gefunden.

„Der Baustil? Nun, Sie haben es sicher schon bemerkt, dass es sich hier um Romanik handelt. Der Eindruck ist hell, lichtdurchflutet, ganz anders" – er machte eine beschwichtigende Geste – „als etwa im Dom zu Worms, was keinesfalls wertend gemeint ist. Sie erkennen hier unschwer als Grundriss das Kreuz und weiter hinten die Vierungskuppel. Kommen Sie."

Der Führer schritt voran in Richtung Kaisersaal und wartete wieder, bis eine Gruppe herauskam und den Weg freimachte. Zwischenzeitlich übernahm nun ein anderer Herr die Führung und erwähnte fast 1000 Jahre Baugeschichte, die natürlich ihre Spuren hinterlassen hatte.

„Ein Dom wird ja nicht auf einmal gebaut und ist dann fertig. Im Laufe der Zeit wird manches erneuert, anderes ausgebessert und verändert. Die Marienstatue links von uns, stammt zum Beispiel aus dem 18. Jahrhundert."

Eine Reihe von Besuchern drehte interessiert die Köpfe um. Nun übernahm wieder der erste Führer und geleitete die Gruppe weiter nach rechts und durch die Gänge. Er wies gleich darauf hin, dass der Glockenturm zu seinem Bedauern nicht betreten werden könne.

„Der Aufgang hier ist baufällig, das wäre zu gewagt. Nun, wenn mich mein Gedächtnis nicht trügt, haben wir hier insgesamt neun Glocken, die mit Aufzügen hochgezogen wurden."

Staunende Blicke richteten sich nach oben. Man hörte Mutmaßungen über das Gewicht der Glocken, bis der Führer die Gruppe, von Gesten begleitet, nach sich zog.

„Hier auf dem Dachboden sehen Sie eine Feuerschutzwand. Die wurde eingerichtet, damit im Falle eines Feuers der Brand nicht um sich greift. Ich war ja" – schloss er nun vertraulich an – „früher, so wie es sich gehört, auch mal Messdiener. In den Pausen bis zur Wandlung schlichen wir uns manchmal die Treppen hoch auf den Dachboden und blickten durch diese kleinen" – er wies auf sie – „Löcher für die Luftzufuhr. Weit unten sahen wir dann lauter kleine Menschen. Daran denke ich heute noch gerne."

Der Führer ließ der Gruppe nun Zeit zum Schmunzeln und ging wieder voran.

„Ach, Herr Tremmel", flüsterte Frau Demmler ihm ins Ohr, „seien Sie froh, dass Sie noch unverbraucht sind. Das Treppensteigen hat mich jetzt aber doch angestrengt. Kommen Sie."

Ehe Herr Tremmel noch etwas sagen konnte, hängte sie sich bei ihm ein. Herr Tremmel sah wehrlos zur Seite. Zur gleichen Zeit kämpfte sich Frau Cäcilia Zinser, bei ihrem Neffen untergehakt, die Treppenstufen empor. Sie hielt kurz an, als Dompfarrer Galanthin einige baugeschichtliche Erläuterungen einfließen ließ.

Der Domführer bekam unterdessen seine Gruppe nun wieder in den Griff, nachdem eine sehbehinderte Touristin mit Stock wieder Anschluss gefunden hatte.

„An dieser Stelle vielleicht eine Anekdote: Als Heinrich IV., von seinem Sohn Heinrich V. abgesetzt, im Exil starb, soll die große Kaiserglocke plötzlich von selbst geläutet haben, sodass das Volk fragte: Wo ist unser Kaiser gestorben? Als dann später der abtrünnige Sohn auf dem Sterbebett lag, soll das Armesünderglöcklein geläutet haben."

Nun stellte sich herzerfrischende Heiterkeit ein.

„Das Armesünderglöcklein!", wiederholte ein Besucher einer Dame, die die Pointe nicht mitbekommen hatte. Das dezente Lachen der Gruppe verhallte. Der Domführer hielt nun einen kleinen historischen Rückblick für geboten: „In der Eile habe ich leider ganz vergessen, Ihnen zur historischen Einordnung ein paar Zahlen mit an die Hand zu geben: Wir schreiben das Jahr 1024, als Konrad II., ein Salier, zum deutschen König gewählt wird. 1027 wird er vom Papst in Rom zum Kaiser gekrönt. Zurückgekehrt, plant er in seinem Stammland, im Speyergau, eine große Kathedrale bauen zu lassen.

In deren Größe sollte die Würde des Kaisertums – das ja damals noch ganz sakral-religiös, als unmittelbar von Gott kommend gedachte wurde – zum Ausdruck kommen. Vorhin auf der Orgelempore sind Ihnen vielleicht auch die unterschiedlichen Farben der Gewölbesteine aufgefallen. Einmal rot, einmal rot-weiß. Nun, im Jahre 1689 haben die Franzosen im Zusammenhang mit dem Erbfolgekrieg schrecklich gewütet und die Stadt in Schutt und Asche gelegt. Teile des Domes stürzten ein oder brannten ganz ab." Er schüttelte entsetzt den Kopf.

Weiter unten erging sich Dompfarrer Galanthin in kunstgeschichtlich bedeutsamen Ausführungen. Er streute mit leichter Hand architektonische Fachbegriffe ein und bemerkte, dass ja viele Besucher auch von weither kämen, um Gottesdienste mitzufeiern. Während die Kathedrale früher die Macht des Kaisertums und auch der Kirche repräsentiert habe, so verstehe Kirche sich heute anders. Sie müsse eine liebende, eine einladende Kirche sein, eine Kirche, in der sich die Güte ihres Herrn widerspiegele.

Dies erntete lebhafte Zustimmung in der Gruppe. Nur eine ältere Dame, die bei einem jungen Mann eingehakt war, schüttelte energisch den Kopf und stieß dreimal mit ihrem Stock auf den Boden. Doch in dem allgemeinen Trubel – die meisten waren schon weitergeschritten – schien es kaum jemand zu bemerken.

„Sie reden nur noch von Liebe", flüsterte sie Hannes zu, „von seiner Gerechtigkeit, seinem Gericht reden sie nicht mehr. Dabei ist es so nahe. Oh, wenn sie nur wüssten, wie nah es ist!"

Die Gruppe näherte sich inzwischen dem Ostturm. Der Führer wies sie darauf hin, dass sie natürlich gerne fotografieren könnten. Von oben habe man eine herrliche Aussicht: „Bis auf den Odenwald. Bei gutem Wetter sieht man sogar das Kraftwerk in Mannheim".

Der Scherz wurde gut aufgenommen.

Der Führer wies auf weitere Gruppen hin, die ihn unten erwarteten. Er bedankte und verabschiedete sich und bewegte sich flotten Schrittes nach unten.

„Ach, Herr Tremmel, ich weiß nicht, ob ich es bis ganz oben noch schaffe. Hören Sie eigentlich, wie schwer ich atme? Ich frage mich wirklich, ob Sie einen Sinn für solche Dinge haben, Sie, der Sie doch praktisch schon mit einem Bein im Jenseits leben. Verzeihen Sie, wenn ich so deutlich werde, aber manchmal muss ich Sie einfach wieder zurückrufen. Nehmen Sie es als heilsame Demütigung. Demut, daran fehlt es heutzutage. Kommen Sie."

Frau Demmler hakte sich noch fester unter und dirigierte Herrn Tremmel über schon stark abgewetzte Stufen nach unten.

„Legen wir eine kleine Pause ein. Abseits der Besucherströme. Vielleicht schöpfe ich dann wieder neue Kräfte, und wir können den Aufstieg doch noch wagen. Ach, wenn ich nur halb so zäh und ausdauernd wäre wie Sie!"

Cäcilia Zinser mobilisierte erneut alle Kräfte und stieg weiter empor. Sie hatte sich aus dem Arm ihres Neffen gelöst und passierte nun eine kleine Besuchergruppe, die bereits wieder hinabstieg.

Oben auf dem Ostturm hörte man die beschwingte Stimme Dompfarrer Galanthins. Er erläuterte einer Gruppe gewandt den Ausblick, verwies bald auf Rheinebene, bald auf Odenwald und betonte bei Angabe der Turmhöhe, dass seine Angabe von sechzig Metern ohne Gewähr zu verstehen sei. Der Panoramablick sei aber auf jeden Fall großartig. Die Gruppe sah staunend in die Weite. Ein Vater griff seinem übermütigen Sohn, der sich über die nicht allzu hohe Absperrung lehnte, beherzt an den Kragen und zog ihn zurück.

Nun wurden Kameras gezückt und von allen Seiten Fotos geschossen. Weit unten sah man am Rhein den Biergarten *Alter Hammer.* Auf einem Sportplatz verloren sich Jugendliche beim Fußballspiel. Auf dem Rhein tuckerte ein Schiff entlang. Die Gruppe bewegte sich nun dem Abstieg entgegen, als die Domglocken schlugen und Frau Zinser mit ihrem Neffen oben angelangt war.

Die Gruppe begab sich nun, da die Zeit für die Domführungen bereits vorbei war, über die Treppenstufen nach unten. Weiter unten erreichten andere schon das Mittelschiff oder passierten bereits die schweren Tore zum Ausgang.

Dompfarrer Galanthin, der vom vielen Sprechen während der Führungen etwas ermüdet war, verweilte noch kurze Zeit oben und schaute nochmals in die Weite. Er wollte sich gerade zu den nach unten führenden Treppen begeben, als Frau Zinser ihm entgegentrat.

Der Dompfarrer grüßte die vermeintlich nicht ortskundige Dame und ihren Neffen freundlich und fragte: „Sind Sie zum ersten Mal hier oben? Da können wir froh sein, dass wir heute so schönes Wetter haben. Bei Wind und Regen wäre es jetzt eher ungemütlich."

„Zum ersten Mal hier oben? Nein. Aber was tut das zur Sache?"

Dompfarrer Galanthin stutzte, bewahrte aber ein unverändert freundliches Wesen, während der Neffe die Absperrung in Augenschein nahm, die den Aufstieg nach ganz oben verhinderte.

„Ja, hier mussten wir leider absperren. Die Treppen sind renovierungsbedürftig. Aber auch so sind wir schon hoch genug. Es fehlen nur die allerletzten Meter bis zur Spitze." Dompfarrer Galanthin stützte sich auf das Geländer der Absperrung und blickte noch einmal weit hinaus.

„Der für die Domführungen eingeplante Zeitrahmen ist auch schon wieder abgelaufen. Ich fürchte, ich muss jetzt auch langsam den Rückweg antreten."

Frau Zinser unterbrach ihn. „Und das hier da drüben?"

Dompfarrer Galanthin drehte sich um und wandte seinen Blick nach links unten.

„Das ist das sogenannte *Heidentürmchen*", gab er bereitwillig Auskunft und setzte hinzu: „In Speyer standen einmal 68 Türme! Das *Heidentürmchen*, um 1281 erbaut, gehört mit dem *Altpörtel* zu den einzig erhaltenen Türmen von ehemals über 20, die in der Innenstadt verteilt waren. Die Franzosen haben ja damals, 1689, einen Großteil der alten Stadtbefestigung niedergemacht."

Dompfarrer Galanthin wiegte nachdenklich den Kopf, seufzte kurz und sah dann wieder entschlossen zum *Heidentürmchen* hin. Dabei überlegte er, wie er jetzt die Kurve zum Abschied einschlagen sollte.

„Das ist ja jetzt auch schon über 300 Jahre her. Heute haben wir, Gott sei Lob und Dank, ja Frieden mit Frankreich. Da können wir beruhigt…"

„Beruhigt? Das hat etwas ungemein Tröstliches nicht wahr?!?"

Frau Zinser griff – während Dompfarrer Galanthin ihr kurz den Rücken zuwandte – in ihre Tasche. Sie zog einen Gegenstand hervor und holte mit aller Kraft aus.

Der Schlag traf ihn mit Wucht gegen den Schädel, unmittelbar von einem zweiten Schlag gefolgt, der nicht minder schwer war. Dompfarrer Galanthin, ins Straucheln gekommen, war stark benommen. Er blickte Frau Zinser entsetzt an. „Sie kenne ich doch… Ja, natürlich – wie konnte ich nur…"

„Judas Iskariot", schrie Frau Zinser aus allen Kräften, während sie zum dritten Schlag ausholte, der den nur mit seinen Händen geschützten Dompfarrer an der Halsseite traf. „Warum wohl habe ich Sie nach dem *Heidentürmchen* gefragt?"

Sie wandte sich an ihren Neffen und schrie: „Hannes!"

Hannes, der in der Ecke lauerte, stürzte herbei.

Er stieß den Dompfarrer, der versuchte, sich wieder zu erheben, gegen die Wand und presste seinen Hals aus allen Kräften.

„Hannes!"

Frau Zinser deutete auf Füße und Beine des Dompfarrers und begleitete dies mit weiteren Gesten.

Hannes verstand, zögerte, blickte Frau Zinser an, die ihn nun ganz eindringlich-befehlend ansah. Dann wandte sie sich wieder Dompfarrer Galanthin zu.

„Sie haben die Gemeinde in falscher Sicherheit gewiegt! Wieviele werden in den Abgrund versinken und es wird nichts Tröstliches und schon gar nichts Beruhigendes haben. In das unauslöschliche Feuer, wo der Wurm nicht stirbt. Durch ihre Schuld!"

Hannes hatte den Dompfarrer an seinen Füßen gepackt, den Griff auf die unteren Beine ausgeweitet und hielt ihn eisern fest. Als er ihn höher und höher schob, bis auf das kleine Geländer hin, gab Hannes dumpfe, immer stärker herausgeschleuderte Laute von sich, die sich ihm, wie aus Tiefen, entrangen. Der Dompfarrer war kaum noch bei Bewusstsein.

Frau Zinser gab den Befehl, die Tat zu vollenden. Hannes hob und drückte und stieß mit unbändiger Kraft, der der Geistliche nichts entgegenzusetzen hatte, bis Dompfarrer Galanthin über die Absperrung hinab in die Tiefe stürzte.

Im Domgarten, an der Seite der Kathedrale, waren zu gleicher Zeit die Bänke gut besetzt. Ein Xylophonspieler gab Kostproben seiner Kunst, beruhigende, wunderbar harmonische Klänge, die den Zuschauern lebhaften Beifall entlockten. Er nahm diesen regunglos entgegen und hob nun zu einer rührend-schönen Interpretation des *Ave Maria* an. Tische und Stühle vor den Straßencafés in der Maximilianstraße waren überfüllt. Gäste, die gelassen den freien Nachmittag genossen, löffelten an ihrem Eis, nippten an ihren Cafés oder ließen sich Liköre über der Zunge zergehen.

Cäcilia Zinser zog ihren Neffen hinter sich her, stieß ihn voran und beschleunigte ihre Schritte. Unten im

Mittelschiff angekommen, streifte ihr Blick die zahlreichen Besucher, die durch Bänke strichen, sich von einer Seite des Domes zur anderen bewegten, bald in die Höhe blickten, bald eine Kerze anzündeten.

„Lasset die Toten ihre Toten begraben", murmelte Frau Zinser und fügte, während sie mit ihrem Neffen zusammen das schwere Portal aufzog, hinzu: „Lass dieses Opfer nicht vergeblich sein, ... Rex tremendae."

Gut zehn Minuten später lief ein kleines Mädchen ihrem Hund hinterher und verfolgte ihn hinter der Ostseite des Domes. Als sie ihn einholte, machte sie eine furchtbare Entdeckung. Ein gellender, wenn auch nicht allzu lauter Schrei durchdrang die Stille, in der unweit auf den Bänken die Zuhörer dem Xylophonspieler lauschten.

Dieser spielte gerade, an hellichtem Tag, Mozarts *Kleine Nachtmusik*. Kurze Zeit später betrachtete eine entsetzte Menschenmenge, in mehr oder minder großer Entfernung, den leblosen, zerschmetterten Körper eines Geistlichen.

21. Kapitel

Der Dom war auch auf der Ostseite weiträumig abgesperrt. Eine seltsame Schwere schien sich über die Stadt gelegt zu haben, deren Bewohner über die Nachricht vom Todesfall des Dompfarrers zutiefst erschüttert waren. Eine ganze Reihe von Polizeiwagen verliehen dem sonst so beschaulichen Domvorplatz eine bedrückende Atmosphäre.

Spezialisten der Spurensicherung und der vom LKA in Mainz angeforderte Gerichtsmediziner mit seinen Leuten gingen ihrem Handwerk nach.

Bischof Dr. Güterschild und seine engsten Mitarbeiter im Domkapitel weilten mit versteinertem Gesicht in der Klosterkirche St. Magdalena und verharrten dort, auf Weisung des Bischofs, zusammen mit einigen Ordensschwestern in stillem Gebet für den Verstorbenen und die Stadt.

Der Fall, der bundesweit und darüber hinaus großes Echo in der Medienlandschaft auslöste, zog Journalisten nach sich. Diese machten sich um den Dom und auf der Hauptstraße auf die Suche nach Leuten, die bereit waren, ihr Entsetzen in Worte zu fassen oder Fragen zu beantworten. An die Pressestelle des Bischöflichen Ordinariates war strikte Anweisung ergangen, keinerlei Anfragen zu beantworten.

„Rehles, bringen Sie in Erfahrung, wer gestern die Führungen im Dom übernommen hat und führen Sie die Befragungen durch: Hat irgend jemand etwas Merkwürdiges, Verdächtiges beobachtet? Irgendwelche seltsamen Verhaltensweisen, Verdachtsmomente? Ich gehe davon aus, dass Sie mich umgehend unterrichten werden."

„Alles klar."

„Warten Sie… Haben Sie so einen Tag des offenes Denkmals schon mal mitgemacht?"

Kommissar Rehles griff sich ans Kinn, besann sich kurz nach und sagte: „Ja, damals, als Oksana noch ganz neu in Speyer war."

„Und?"

„Sie hatte Höhenangst. Wir sind nicht bis ganz nach oben gekommen."

Wagner verdrehte für einen Moment die Augen und runzelte die Stirn. Mehr zu sich als zu seinem Gesprächspartner sagte er leise: „Darauf wollte ich eigentlich nicht hinaus". Dann fügte er klar vernehmlich hinzu: „Verstehe. Wie groß war der Andrang?"

„Erheblich. Den ganzen Tag. Ging, glaube ich, von 12 bis 17 Uhr. Ein kaum zu überschauendes Gedränge. Lange Schlange, Anstehen bis zum Aufgang. Alles in Gruppen eingeteilt, circa 30 Leute jeweils. Kostete Eintritt."

„Und die Gruppen? Die meisten wohl von außerhalb Speyers?"

„Vermutlich. Wobei es hier natürlich auch viele gibt, die Teile des Doms noch nie gesehen haben."

„Das leuchtet ein."

Kommissar Rehles verabschiedete sich und schlug den Weg zum Bischöflichen Bauamt ein, um Erkundigungen über die Domführer einzuholen. Wagner sah ihm nach. Er spürte, dass er ihm doch tiefer verbunden war, als es zuweilen schien.

Als Wagner sich dem Ostturm der Kathedrale näherte, stieß er auf Gerichtsmediziner Dr. Schomalka.

„Guten Morgen, Herr Wagner. Obgleich man hier wahrlich nicht von einem guten Morgen sprechen kann."

Der Oberkommissar blickte nach oben zum Turm, wo er kleine, in weiße Kluft gehüllte Gestalten ausmachte, die sich schnell treppauf und treppab bewegten.

„Ihre Leute?"

Dr. Schomalka nickte.

„Über die Todesursache brauche ich Sie diesmal wohl kaum aufzuklären. Sturz aus 60 Meter Höhe. Schwere Kopfverletzungen und Verletzung am Halsbereich – um es mal laiengerecht auszudrücken – die aber nicht zum Tode geführt haben. Tatwaffe vermutlich mit der vom Fall Pregnald identisch. Näheres ermitteln wir noch."

Wagner hielt eine Hand vor die Augen und blickte in die Höhe. „60 Meter..."

„Fallgeschwindigkeit. Die Formel haben Sie ja wohl noch parat? Wie war das noch gleich? $S = \frac{1}{2} g t^2$, wobei $g = 9{,}81 \ m/s^2$? Lässt sich ja notfalls nachschlagen."

Wagner überhörte die Anspielung, steckte seine Hände tief in die Manteltaschen und dachte nach.

„Oben schon irgendwelche Spuren gefunden?"

„Blutspuren. Vermutlich vom Opfer. Ob auch von anderer Person, wird sich zeigen. Wir werden natürlich auch den ganzen Rückweg vom Turm bis ins Mittelschiff und zu den Ausgängen in Augenschein nehmen. Nicht auszuschließen ist, dass sich Blutspuren des Opfers auf den Täter übertrugen und dieser beim Rückweg derartige Spuren hinterließ."

„Davon abgesehen?"

Dr. Schomalka deutete nach oben: „Wir bemühen uns."

Wagner überließ Dr. Schomalka einem Mitarbeiter seines Teams, der herabgestiegen war und den Gerichtsmediziner in ein Gespräch verwickelte.

„Sie hören von mir", rief Dr. Schomalka dem Oberkommissar nach.

Eine halbe Stunde später, als er sich gerade mit einem Mitarbeiter der Spurensicherung besprach, ließ ihn ein

Klingeln tief in die Manteltasche greifen. „Ach Sie sind es, Rehles."

„Also, im Dombauamt nannte man mir bereits einige Namen. Den vollen Überblick scheint man momentan aber noch nicht zu haben. Verständlich bei der Aufregung. Immerhin wissen wir jetzt, dass die Führungen – nebem dem Opfer – von einigen Ehrenamtlichen, teils Mitglieder des Dombauvereins, teils mehr oder weniger kundige Laien, durchgeführt wurden. Ein Rentner zum Beispiel. Früher Messdiener. Der kennt seinen Dom. Bau- und kunstgeschichtlich, wie auch historisch gut beschlagen. Zahlreiche Kontakte zu kirchlichem Umfeld. Gibt schon kompetente Leute."

„Und?"

„Ja?"

„Namen und Kontaktdaten haben Sie notiert? Haben Sie schon mit einem gesprochen?"

„Ich versuche es nachher erst mal telefonisch. Der frühere Messdiener müsste gut zu erreichen sein. Nicht mehr berufstätig."

„Gut. Ich höre von Ihnen. Warten Sie. Sagen Sie ihm, er möge mich in der Polizeiinspektion anrufen. Ich gehe nachher kurz ins Büro."

Domkaplan und Bischofssekretär Melzer, dessen Gesicht die Erschütterung über den Mordfall abzulesen war, überflog die Post, die trotz allem zu beantworten war. Dann stärkte er sich mit einer weiteren halben Tasse Kaffee. Zahlreiche bewegte Bürger hatten spontan ihrer Trauer Ausdruck verliehen und Kondolenzschreiben eingeworfen, deren Inhalt die Hilflosigkeit angesichts solcher Taten widerspiegelte und die doch, oft in rührender Weise, Anteilnahme ausdrückten. Wie darauf antworten? Sicher nicht persönlich. Vielleicht im Rahmen einer Predigt oder mittels einer Anzeige im *Pilger*?

Domkaplan Melzer verfasste eine für den Herrn Bischof bestimmte Notiz und heftete sie, gut sichtbar, an das oberste der Kondolenzschreiben. Der Bischofssekretär öffnete ein weiteres Schreiben und stutzte, als eine monumentale, maniriert wirkende Schrift in sein Blickfeld geriet.

Hochwürdigster Herr Bischof,

glauben Sie nicht, dass ich all das so gewollt habe.

Wie heißt es doch in der Heiligen Schrift: Die auf den Herrn harren, bekommen neue Kraft, auf dass sie auffahren wie Adler. Wohlgemerkt, dies gilt für die, die auf Ihn hoffen und nicht für die, die seine Worte verdrehen und sich weltlicher Weisheit ergeben haben.

Dass sie auffahren.

Was mit denen geschieht, die sich widersetzen, konnte man sehen.

Auffahren? Hier muss man wohl eher von Sturz sprechen.

Oh, dies habe ich gegen Dich, dass Du Deine erste Liebe verraten hast. Spruch des Herrn.

Ich hoffe und bete, dass Ihre Kleriker jetzt wach werden und Busse tun. Besonders auch jener eine, über dessen Haupt schon eine weitere Schale des Zorns schwebt. Wird man die Zeichen verstehen und in sich gehen? Der Schnitter ist schon bereit.

22. Kapitel

„Wagner."

„Guten Tag, Herr Oberkommissar. Mein Name ist Brandner. Ihr Kommissar Rehles sagte mir, ich solle mich mit Ihnen in Verbindung setzen."

„Ach, ja, richtig. Sie sind oder waren einer der Domführer. Wäre es Ihnen möglich, bei mir vorbeizukommen? Sehr gut. Bis später."

Wagner schloss für einen Moment die Augen. Als Dompfarrer Galanthin gefunden wurde, war der Tag des offenen Denkmals seit zwanzig Minuten vorbei und die Besucher hatten sich bereits verlaufen.

Befragungen einzelner Personen, die sich im Umkreis der Kathedrale aufhielten, hatten auch nicht weitergeführt. Einen Aufruf starten: Die Polizeiinspektion bittet alle Besucher des Tag des offenen Denkmals – das mussten Tausende sein! – sich um 9 Uhr vor dem Dom zu versammeln. Die Befragungen finden in geeigneten Räumen statt? Absurd. Da müsste man erst einmal das Personal aufstocken.

Sein Vorschlag, in der Presse einen kleinen Text zu veröffentlichen – die Polizeiinspektion Speyer bittet alle Besucher des Tages des offenen Denkmals, die irgend etwas Merkwürdiges beobachtet haben, das zur Aufklärung des Mordes an Dompfarrer Galanthin beitragen kann, sich unter folgender Telefonnummer in Verbindung zu setzen – war am Widerstand seines Vorgesetzten, Hauptkommissar Puhrmann, gescheitert, der erst einmal genauere Ermittlungsergebnisse abwarten wollte.

Die Tür öffnete sich. Sandra Schneebel, die Auszubildende, geleitete einen Herrn in sein Büro.

„Herr Brandner, gut, dass Sie gekommen sind. Bitte, nehmen Sie Platz."

Herr Brandner, eine beschwingt auftretende, kräftige Person in blauem Anzug, setzte sich. Dann hängte er seine Anzugsjacke über den nächsten Stuhl.

„Herr Brandner, mein Herr Rehles sagte mir, dass Sie zwischen 12 und 17 Uhr vor Ort waren, wobei Sie eine Zeitlang an der Kasse Dienst taten und zwischendrin immer wieder – von kurzen Pausen unterbrochen – Führungen übernahmen. Führungen, auch bis hoch hinauf auf den Ostturm."

„Das ist richtig. Ich habe zunächst an der Kasse ausgeholfen und mich dann zusehends auf die Führungen konzentriert. Insbesondere, nachdem einer unser Domführer durch Unpässlichkeit ausfiel."

„Unpässlich?"

„Ja, aber nichts Ernstes. Irgendwelche Kreislaufprobleme. Auf jeden Fall ist es natürlich auch so, dass – wobei das hier jetzt nicht unbescheiden klingen soll – nicht jeder die Führungen übernehmen kann. Bei einem so geschichtsträchtigen Weltkulturerbe-Bau, muss man schon einiges wissen. Der große Experte bin ich auch nicht, aber für Führungen reicht es."

„Sie fühlen sich dem Dom also sehr verbunden."

„Das kann man sagen. Auch als praktizierender Katholik. War früher als Messdiener aktiv. Später auch im Kirchenchor. Allerdings", über Herrn Branders Gesichtszüge schien sich ein Schatten zu legen, „allerdings konnte ich nach einigen Jahren nicht mehr mitsingen. Eine dumme Halsgeschichte. Stimmbänder, Sie verstehen."

„Verstehe."

„Ja, und was die Führungen betrifft: Der Dom als Bauwerk hat mich immer schon fasziniert. Später habe ich dann selbst an Führungen teilgenommen, viel gelesen, Standardwerke, Historisches, auch aus der Zeit des Franzoseneinfalls 1689. Haben ja fürchterlich gewütet hier, die Franzmänner."

Herr Brandner schüttelte missbilligend den Kopf.

„Aber, Gott sei Dank, ist das vorbei."

„Tja", nahm Herr Brandner den Faden wieder auf, „wie gesagt, später dann im Kirchenchor. Altstimme, wenn Sie mit dem Begriff etwas anfangen können. Allerdings war ich nie einer der besten Sänger im Chor. Eher Mittelmaß. Aber, nun denn. Und wenn man eher gedämpft im Hintergrund singt…"

„Messdiener, Sänger im Kirchenchor, Domführer… Da ist der Dom fast schon eine Art zweites Zuhause für Sie. Ach, entschuldigen Sie, Herr Brandner: Eine Tasse Kaffee?"

„Das wäre prima!", entgegnete Herr Brandner mit kräftiger Stimme.

Wagner griff zum Hörer und rief die Auszubildende an: „Eine Kanne Kaffee, zwei Tassen, Milch und Zucker, wäre das möglich? Vielen Dank, Frau Schneebel. Wusste ich doch, dass Sie das hinbekommen."

Am anderen Ende hörte man Gekicher. Er legte auf und war wieder ganz Ohr. Kurze Zeit später klopfte es schon an der Tür. Er bat die Auszubildende herein. Sie trug ein Tablett vor sich und wies auf einen freien Tisch.

„Danke sehr, Frau Schneebel... Mit Milch und Zucker?"

Herr Brandner nickte, nahm die Tasse entgegen und wollte gerade nahtlos anknüpfen, als sein Gegenüber fortfuhr: „Dem Dom sehr verbunden... und dem Domkapitel? Ich meine, kennen Sie die Geistlichen gut?"

„Einige kenne ich etwas näher, wobei ich nicht sagen kann, dass ich da über umfassende Kenntnisse verfüge. Hier und da ergibt sich oder ergab sich, auch im Rahmen der Chorauftritte, schon mal Gelegenheit zu einem kurzen Gespräch. Einige kennen mich auch vom Sehen. Man grüßt und geht weiter. Die sind ja auch vielbeschäftigt."

„Und während der Führungen? Ist Ihnen da etwas aufgefallen? Vielleicht irgendwelche Besucher, die sich seltsam verhalten haben?"

Herr Brandner nippte am Kaffee, stellte die Tasse wieder ab und besann sich.

„Nein..., nicht dass ich..., obwohl... Warten Sie mal."

Herr Brandner bemühte seine Erinnerung, bis er plötzlich, mit wieder kräftigerer Stimme anhub: „Als wir schon weit oben waren, vor dem Aufstieg zum Turm, fiel mir ein Paar auf. Aber ich weiß wirklich nicht, ob es Bedeutung hat."

„Ein Paar?"

„Irgendwie kam die Dame mir bekannt vor, wobei ich mir nicht ganz sicher bin. Ich kam kaum dazu, sie mir genau anzusehen, da mich jemand in der Gruppe um eine Erklärung bat. Auf jeden Fall hing sie bei einem älteren Herrn im Arm. Aber, verstehen Sie, nicht so, wie man sich normalerweise einhängt. Die hatte ihn richtig im Griff, wenn Sie verstehen, was ich meine. Ein merkwürdiges Paar. Er, eher schwächlich und zurückhaltend und nebendran sie, die ihn fast wie im Schraubstock hielt und dirigierte. Als ich dann die Treppen hochsteigen will, sehe ich sie zufällig aus dem Augenwinkel, wie sie ihre Hand auf seiner Schulter hat und ihn anfaucht. Ihr Gesichtsausdruck... Es war eine seltsame Szene. Eine Wucht und Wut in der Stimme und eine kräftige Hand, ja, eine kräftige Hand, das ist mir gleich aufgefallen."

„Angefaucht? Haben Sie etwas gehört? Worte, an die Sie sich erinnern können?"

Herr Brandner trank seinen Kaffee zu Ende und besann sich. „Warten Sie, ich kann es nicht beschwören, aber..."

„Aber?" Wagner war nach vorne gerückt und hörte hoch konzentriert zu.

„Ich war sozusagen mit einem Bein auf der Treppe, als ich sie fauchen hörte. Mir scheint, als sagte sie etwas wie: 'Wird noch einer hinabstürzen!' Ich hörte nur Bruchstücke. Und mir fiel ihr Blick auf. Wie, wenn sie ihn immer mehr in die Enge drückte. Aber, wie gesagt, ich bin nicht zweifelsfrei sicher."

„'Wird noch einer hinabstürzen?' Und da melden Sie sich nicht freiwillig bei der Polizei, nachdem später genau das passiert ist? Ein Dompfarrer wurde hinabgestürzt, Herr Brandner!"

Herr Brandner wirkte für einen Moment erschrocken.

„Aber, Herr Kriminalkommissar, Sie werden doch nicht etwa allen Ernstes...?!"

„Sie sagten, sie kam Ihnen bekannt vor?"

„Ja, der Mann auch, den habe ich bestimmt schon oft in der Kirche gesehen. Ich weiß aber nicht, wie er heißt."

„In der Kirche? In welcher?"

„Also, da möchte ich mich nicht festlegen. Dom, St. Bernard, St. Josef? Muss ein alter Speyerer sein. Aber die Frau... Es könnte sein, dass die mal im Kirchenchor war. Ich könnte fast darauf wetten."

„Haben Sie einen Namen für mich?"

„Wenn sie es war, dann könnte sie Adele Demmler heißen. Mit Irrtumsvorbehalt."

Wagner notierte sich den Namen und kam Herrn Brandner zuvor: „Keine Sorge. Wir werden Ihre Angaben mit höchster Diskretion behandeln."

Herr Brandner stand auf und bedankte sich.

„Ich habe zu danken."

„Wagner. Ah, Herr Generalvikar. Ja, ich höre...Wie bitte? Einen neuen Brief? Wenn es Ihnen recht ist, komme ich gleich vorbei."

Als er sich der Dienstwohnung von Dr. Weihrauh näherte, ging leichter Regen nieder. Er beschleunigte seine Schritte. Am Eingangsportal kam ihm ein sichtlich gezeichneter Generalvikar Dr. Weihrauh bereits entgegen und geleitete ihn in sein Wohnzimmer.

„Hier haben wir den neuesten Brief."

„Wurde er wieder eingeworfen?"

„Ja. Der Umschlag enthielt keine Briefmarke."

Wagner erspähte nun auch den Umschlag, der am Ende der Klarsichthülle zu sehen war.

„Wer schreibt heute noch mit so einer Schrift?", warf

er ein und fügte hinzu: „Sieht fast aus, wie ein Schriftbild aus älteren Handschriften."

Wagner sah Dr. Weihrauh fragend an.

„Datieren könnte ich es auch nicht. Auf jeden Fall eigenwillig, oder sollte ich eigensinnig sagen?"

Wagner murmelte: „Vielleicht sollte man statt einem Graphologen mal einen Schriftsachverständigen beschäftigen."

Dr. Weihrauh versicherte dem Oberkommissar, dass er für weitere Fragen gerne zur Verfügung stehe. Dann entschuldigte er sich unter Hinweis auf Verpflichtungen im Heinrich-Pesch-Haus.

Wagner war gerade erst in sein Büro zurückgekehrt, als sein Telefon klingelte.

„Hier Wagner."

„Spreche ich mit der Polizeiinspektion?"

„Ja, das ist richtig. Oberkommissar Wagner am Apparat."

„Mein Name ist Dissinger."

„Frau Dissinger, ich höre."

„Ich wusste erst nicht, ob ich Sie anrufen soll, aber ich hab vorhin nochmal mit meinem Mann gesprochen und der meinte dann auch, dass…"

„Ja?"

„Also, ich weiß nicht, ob der Hinweis für Sie wichtig ist, aber der meinte dann auch, ich solle unbedingt anrufen, weil nämlich, es iss so, dass…"

Wagner hielt den Hörer für einen kurzen Moment zur Seite. Er seufzte: „Ich nehme an, Sie rufen wegen dem Mordfall an Dompfarrer Galanthin an?"

„Genau! Mein Mann und ich, wir waren ja beide furchtbar erschüttert und…"

„Ja?"

„Nur war es so, dass…, also wir waren vorgestern eingeladen, bei einem Verwandten, runder Geburtstag, Sie verstehen. Eigentlich war einem gar nicht nach Feiern danach zumute. Wir haben ja den Dompfarrer auch, obwohl eigentlich nur flüchtig, gekannt, seit dem dass meine Schwägerin wieder in die Kirche…, nun gut, das hat ja damals der Dompfarrer gestaltet, die ganze feierliche Aufnahme und schon die Vorbereitung, wunderbar gestaltet, muss ich sagen, wir kommen also – ich weiß nicht, ob ich's schon erwähnt hab, wir wohnen ja ganz in der Nähe, in der Webergasse – also, wir kommen, manchmal wird's ja wirklich spät, nachts um Punkt 3 Uhr, früh am Morgen, sollte ich besser sagen, wie wir also von der Feier nach Haus laufen, zu Fuß natürlich, wenn man ein bisschen getrunken hat, und der wohnt ja auch in der Nähe, am Eselsdamm, gleich dort beim *Grünen Winkel*, wenn Ihne dess ein Begriff iss, mir kommen also, und ich weiß, dass es Punkt 3 Uhr war, weil die Uhr geschlagen hat, und ich sag noch zu meinem Mann, dess war aber jetzt pünktlich, mer macht halt manchmal so sei Sprüch, nun gut, also wie wir da grad in die Kleine Pfaffegasse gehen wollen, mir waren aber noch ein Stück entfernt, da seh ich, wie ein junger Mann sich dem Bischofspalais nähert und ich denk noch, komisch, was willen der Nachts um drei, klingelt der jetzt die Bischofsschwester raus oder was?!

Also ich seh, wie der zum Briefkasten geht und was einwirft, ganz bestimmt, ich denk noch, dess iss aber seltsam, um die Uhrzeit?!, und wie wir dann zu Haus waren, sag ich noch zu meinem Mann: Du, nachts um 3 Uhr, am Bischofspalais, was in den Briefkasten einwerfen? Und auf einmal dämmert mir, oder besser ihm, denn er iss als erschter druff kumme, das ist doch seltsam, sagt der, jetzt nach dem dass doch der Dompfarrer...

Irgendwie hatten mir so ein ungutes Gefühl, dass da was net stimmt, Sie verstehen? Und da dachte ich mir, ich sage Ihnen das mal, sonst nachher macht mer sich noch Vorwürfe, wenn..."

Wagner holte Luft: „Frau Dissinger – können Sie den jungen Mann näher beschreiben?"

Am anderen Ende der Leitung trat kurze Stille ein.

„Ehrlich gesagt, das wäre jetzt aber schwer. Es war ja dunkel und mir waren noch ein ganzes Stück entfernt und..."

„Aber trotz der Entfernung konnten Sie klar erkennen, dass es ein junger Mann war?"

„Bestimmt. Da bin ich mir ganz sicher!"

„Und das Alter?"

„Schwer zu sagen, noch jung, also bestimmt unter dreißig. Normale Größe. Kräftig, würde ich sagen, kräftig, da bin ich mir sicher, um die Schultern rum."

„Sie konnten ihn also kaum erkennen, sind sich aber sicher, dass er noch keine dreißig war, ist das richtig?"

„Ja, ich wääs ah net, aber so vom Gefühl her."

„Kleidung, Haarfarbe? Konnten Sie da etwas feststellen?"

„Aufgrund dass es ja dunkel war, weiß ich nicht genau, aber ich glaube, der war dunkel angezogen. Was mir nur aufgefallen ist, die Handschuhe! Da bin ich mir ganz sicher. Der hatte Handschuhe an. Die hab ich gesehen, weil die heller waren als der Mantel, viel heller! Und ich denk noch, Handschuhe? Mir sinn doch noch net im Winter!"

„Das war alles?"

„Ja, mehr kann ich Ihnen leider nicht sagen."

„Das ist schon viel, Frau Dissinger. Wenn Sie mir für alle Fälle vielleicht noch Ihre Telefonnummer hinterlassen. Ja, ich notiere. Vielen Dank."

Wagner legte auf. Er atmete tief durch. In diesem Augenblick ging die Tür auf und Kommissar Rehles trat näher.

„Rehles, kennen Sie eine gewisse Adele Demmler?"

Kommissar Rehles blickte ihn ungläubig an. „Nein, warum? Muss man die kennen?"

Wagner stand auf, schritt zum Fenster und blickte kurz hinaus. Als er sich wieder umwandte, sagte er: „Was anderes: Wie liefen Ihre Ermittlungen?"

„Sie meinen, hinsichtlich der Domführer?"

„Was sonst, Rehles?"

„Also, alles in allem…"

„Ja?"

„Nicht sehr ergiebig."

„Das heißt?"

„Eine Frau Dorn" – Kommissar Rehles warf einen Blick auf sein Notizbuch – „Ingeborg Dorn. Früher mal Kunstgeschichte studiert, in Heidelberg. Seit zwanzig Jahren in Speyer ansässig. Ehrenamtlich tätig, singt auch im Kirchenchor."

„Im Kirchenchor?"

„Ja, warum?"

„Ach, nichts. Weiter!"

„Singt also im Kirchenchor und..."

„Das hatten wir schon."

„Und übernahm zwischen 12 und 14 Uhr einige Führungen. Aufgefallen ist ihr rein gar nichts. Bis auf die Tatsache, dass..." Kommissar Rehles bemühte sich, seine eigene Schrift zu entziffern. „Bis auf die Tatsache, dass dieses Jahr mehr Leute da waren, als früher. Das Interesse an allem, was mit Kirche zu tun hat, steigt."

„Das ist schön, Rehles! Aber ich wollte momentan eigentlich keine Statistiken oder Prozentangaben zum Kirchenbesuch hören. Ist ihr irgend etwas Merkwürdiges aufgefallen, Personen, die sich verdächtig benommen haben?"

„Nein!"

„Und sonst, mit wem haben Sie noch gesprochen?"

„Adalbert Hammerschmidt."

„Hammerschmidt? Ein schöner deutscher Name. Und, was sagte der?"

Kommissar Rehles entzifferte seine Aufzeichnungen: „Frühpensionär. Früher lange in der Reha, muss aber inzwischen gut zu Fuß sein. Immerhin 280 Treppenstufen, die ganze Führung."

„Ich freue mich außerordentlich, dass Herr Hammerschmidt die Reha gut überstanden hat. Aber in diesem Zusammenhang interessiert mich eher, ob er verwertbare Aussagen gemacht hat, die uns in unseren Ermittlungen weiterhelfen können!"

Wagner kniff die Lippen zusammen und ballte seine Hände in den Hosentaschen zu Fäusten.

„Herr Hammerschmidt verwies auf das außerordentlich große Interesse der Besucher. So viel sei er noch nie gefragt worden an einem Nachmittag. Aber alles im Rahmen. Ganz normale Besucher. Eine sehbehinderte Frau, Einzelne, Familien mit Kindern, durchschnittliche Zusammensetzung. Keine besonderen Vorkommnisse."

„Hervorragend. Das dürfte uns entscheidend weiterhelfen." Kaum hatte er es gesagt, bedauerte er auch schon wieder seine sarkastische Bemerkung. „Nehmen Sie es nicht persönlich. Momentan habe ich den Eindruck, dass wir uns im Kreis bewegen. Wie spät ist es eigentlich?"

Kommissar Rehles blickte auf seine große Armbanduhr und kniff ein Auge zusammen: „16 Uhr 10."

Wagner ließ einen unauffälligen Blick über ihn wandern und fragte sich, was er nur ohne Rehles machen würde. „Noch etwas. Notieren Sie sich bitte den Namen Adele Demmler und informieren Sie mich morgen, ob Sie in Speyer unter diesem Namen fündig geworden sind, ja?"

Kommissar Rehles notierte den Namen, nickte bedeutungsschwer und wünschte einen schönen Abend.

„Danke", erwiderte Wagner und fügte zerstreut hinzu: „Heute abend schon was vor?"

„Oksana und ich", begann Rehles und kam, fast verlegen, ins Stocken, wurde ihm doch wieder bewusst, dass Wagner den Abend vermutlich alleine verbringen würde.

„Also, Oksana und ich, wir wollten es heute abend ganz ruhig ausklingen lassen. Etwas viel Unruhe in letzter Zeit."

Wagner, über dessen Gesichtszüge sich – so schien es Kommissar Rehles – ein Anflug von Melancholie gelegt hatte, stimmte zu: „Ja, etwas viel Unruhe... Schönen Abend."

Wagner drehte sich um und hörte noch, wie die Tür ins Schloss fiel.

23. Kapitel

Am nächsten Morgen, um 10 Uhr, griff Wagner zum Hörer. „Ach, Herr Dr. Schomalka, guten Morgen. Schon irgendwelche Ergebnisse?"

„Ihr Fahrer oder was für eine Berufsbezeichnung auch immer, hat uns ja dankenswerter Weise den Brief überbracht. Folgendes, der oder die Täter gehen mit bemerkenswerter Vorsicht vor. Wir haben aber etwas gefunden."

Wagner legte einen Füller zur Seite und war ganz Ohr.

„Am Umschlag und auf dem Brief selbst waren zwar keine Fingerabdrücke – bis auf die, die von den Empfängern stammen. Bischof Dr. Waldmann und seine Leute waren da ja sehr kooperativ. Nein, keine Fingerabdrücke, aber Spuren von Wolle, kleine Fasern, außen am Umschlag."

„Sie meinen von Handschuhen?"

„Scharfsinnig, Herr Wagner! Ins Schwarze getroffen. Dürfte sich um handelsübliche Handschuhe handeln. Dutzendware. Nichts Besonderes".

„Farbe?"

„Seit wann interessieren Sie sich für Farben von Kleidung? Hell, Mischung aus Weiß und Beige, würde ich mal sagen."

„Interessant."

„Interessant? Ich fürchte, ich kann nicht ganz folgen. Aber, nun denn. Ich muss los, Herr Wagner. Nächstes Mal mehr. Schönen Tag noch."

Die Tür flog auf und Kommissar Rehles hielt einen Zettel in die Höhe. Darauf war Adele Demmler und eine Telefonnummer zu lesen.

„Sehr gut."

„Gibt nur eine Person dieses Namens in Speyer."

„Was schlagen Sie vor?"

„Anrufen? Vorbeifahren? Sie oder ich oder gemeinsam?"

„Das sind Fragen, Rehles und keine Vorschläge. Geben Sie mal den Zettel her. Haben Sie herausgefunden, wo sie wohnt?"

„Ja, in der Kleinen Pfaffengasse."

„Kleine Pfaffengasse? Also ganz in der Nähe des Domes."

„Genau."

„Ich gehe nachher mal vorbei. Übrigens, ich habe Ihnen noch gar nicht von dem Telefonanruf berichtet. In der Nacht nach dem Mord soll ein stämmiger junger Mann gesehen worden sein."

Wagner gab den Inhalt des Telefonats in gekürzter Form wieder und fragte: „Wie würden Sie weiter vorgehen? Irgend eine Idee? Wir können ja schließlich kaum alle jungen, stämmigen Männer aus Speyer zum Rapport antreten lassen."

„Schwer durchführbar. Da würden schon die Räumlichkeiten fehlen. Aber Sie sagten doch, die Frau hat ihn gesehen?"

„Ja, sagt sie zumindest. Soweit man in der Dunkelheit überhaupt sehen konnte."

„Man?"

„Ja, sie und ihr.... Halt mal, Sie sind gut! Natürlich, der Mann. Was hat der überhaupt gesehen? Rehles, hier haben Sie – warten Sie, wo hab ich den Zettel hin? Hier ist er! – hier haben Sie Name und Adresse der Anruferin. Vereinbaren Sie bitte einen Termin und befragen Sie, unabhängig von ihr, ihren Mann."

„Geht in Ordnung."

Wagner verließ sein Büro. Auf der Maximilianstraße angekommen, sah er sich unschlüssig um. Dann näherte er sich zielstrebigen Schrittes dem *Eiscafé De Vico*.

„Guten Tag, Kommissar Rehles."

„Ah, Sie kummen bestimmt vum Herr Wagner? Kommen Sie ruhig rein." Frau Dissinger zeigte einen überraschten Gesichtsausdruck. Sie bat den Herrn Kommissar ins Wohnzimmer, wo ihr Mann auf dem Sofa saß und in die neueste Ausgabe des *Kicker Sportmagazins* vertieft war.

Herr Dissinger blickte auf, erhob sich und drückte Herrn Rehles die Hand.

„Das ist der Herr Rehles, Mitarbeiter vom Oberkommissar Wagner, wo ich dir erzählt hab. Wegen dem, was mir beobachtet ham, verstehscht?"

Bei Herrn Dissinger fiel nun, nahezu hörbar, der Groschen. „Ja, ja, richtig. Und da haben Sie noch Fragen? Ä Tässel Kaffee?"

Kommissar Rehles schien mit sich in Dialog zu treten, bis er mit einem entschiedenen „Ja, bitte!" das Angebot dankend annahm. Dann überließ er Frau Dissinger Mantel und Stockschirm und nahm auf einem Sessel Platz.

„Ich geh dann graad in die Küch, Kaffee mache."

Herr Dissinger blickte seiner Gattin nach, legte das *Kicker Sportmagazin* auf einen Stapel, auf dem andere Magazin-Ausgaben abgelegt waren und signalisierte dem Herrn Kommissar, dass er gerne zu Diensten sei.

„Herr Dissinger", begann nun Kommissar Rehles, holte tief Luft und spiegelte in seiner Miene etwas von dem tragischen Ernst des schrecklichen Mordfalles wider. „Oberkommissar Wagner hat mich über die Aussagen ihrer Frau detailliert unterrichtet und mich gebeten, nun noch ergänzend ihre Version zu hören."

„So, do bin ich schunn. Mit Milch und Zucker?"

„Schwarz bitte."

„Gar nix drin? Jo, alla, dann ähbe schwarz."

Frau Dissinger goss ein, stellte die gefüllte Tasse mit ruhiger Hand in Reichweite des Kommissars und sah sich unschlüssig um. Kommissar Rehles erfasste die Situation, wandte sich ihr zu und sagte mit betont ruhiger Stimme, doch nicht minder nachdrücklich. „Frau Dissinger, wenn es Ihnen nichts ausmacht: Ich muss allein mit ihrem Mann sprechen."

Frau Dissinger verstand und war nun doch sichtlich beeindruckt von den strikten Verfahrensweisen solcher

Verhöre, war sie doch mit ihrem Mann seit zwanzig Jahren verheiratet. Da hatte man keine Geheimnisse. Sie trat den Rückzug an und schloss die Tür hinter sich.

„Herr Dissinger, nachdem wir die Schilderung ihrer Frau aufgenommen haben, möchte ich Sie bitten, mir nun mitzuteilen, was Sie beobachtet haben."

Herr Dissinger rückte seine Brille zurecht und begann.

„Wir kommen am Museum, am Historischen Museum der Pfalz vorbei und nähern uns dem, wie sagt man, dem Vorplatz zum Bischofsgebäude. Ich hab ihn erst gar nicht gesehen, was aber auch kein Wunder ist, bei 12 Dioptrien. Meine Frau hat mich dann angestupst und dass es ein Mann, ein junger Mann war, da bin ich mir auch sicher!"

„Woraus schließen Sie das?"

Herr Dissinger blickte nun etwas verständnislos.

„Ja, so was, dess sieht mer doch. Also kräftig und jung, vielleicht 25? Das sieht man ja, wie sich jemand bewegt, ob der noch ein junger Springer ist oder nicht."

„Handschuhe? Ihre Frau erwähnte helle Handschuhe. Seine Haarfarbe? Irgend eine Besonderheit?"

„Besonderheit? Nein, also, der hat sich ganz normal bewegt. Etwas rasch, hatte ich den Eindruck, so wie jemand, der schnell wieder weg will."

„Sich mehrmals umgesehen?"

„Das wüsst ich jetzt net, also, wissen Sie, das ging ja alles so schnell und mir sind dann auch weiter."

„Um welche Uhrzeit war es?"

Kommissar Rehles zückte erneut den Kugelschreiber, bereit, seinen Notizblock mit weiteren Aufzeichnungen zu füllen.

„Drei! Punkt 3 Uhr nachts."

„Das haben Sie gesehen, zweifelsfrei, trotz 12 Dioptrien?"

Herr Dissinger schüttelte nun den Kopf.

„Gehört, Herr Kommissar, gehört."

„Konnten Sie vielleicht noch beobachten, welche Richtung der junge Mann danach eingeschlagen hat?"

Herr Dissinger dementierte.

Kommissar Rehles erhob sich und dankte.

„Ich muss dann weiter. Falls Ihnen noch etwas einfällt..."

Er steckte Herrn Dissinger seine Visitenkarte zu. Dieser nahm sie entgegen und geleitete den Besucher mit weitausholender Gestik in den Flur und zum Ausgang.

„Guten Tag, Herr Wagner." Oksana strahlte. Sie huschte an den Nachbartisch, nahm Bestellungen auf, eilte zurück, servierte und stand schon wieder vor ihm. „Das ist aber schön, Sie mal wieder zu sehen. Das übliche?"

Wagner bestätigte Ihre Mutmaßung.

„Und meine Mann geht es gut?"

„Ja, ist gerade im Außendienst."

„Doch hoffentlich nichts Gefährliches?"

Sie sah ihn besorgt an.

„Nein, nein, Oksana, kein Grund zur Aufregung. Muss ein gesprächiges Ehepaar befragen."

Sie kicherte erleichtert und entfernte sich, wobei sie zur Entschuldigung auf neu einströmende Gäste hinwies.

„Können Sie Geld wieder einfach auf Tisch legen. Ich stecke es dann ein."

Wagner näherte sich, vom Marktplatz kommend, der Kleinen Pfaffengasse. Er griff in seine Sackotasche und überprüfte noch einmal die angegebene Hausnummer. Als er vor dem Gebäude stand und suchend in die Höhe blickte, erspähte er eine Gestalt am Fenster, die er mit der gesuchten Person in Verbindung brachte. Er klingelte, drückte gegen das Portal und schon flog die Tür auf.

Er betrat den Innenhof, lauschte einer Stimme, die ihm von oben entgegenschallte und betrat den Aufgang zur Treppe.

„Erster Stock!"

Oben angekommen, musterte ihn Frau Demmler mit zusammengekniffenen Augen und mürrischem Gesichtsausdruck. „Glauben Sie ja nicht, dass ich jedem so einfach aufmache! Wer sind Sie überhaupt? Der Austräger der Kirchenzeitung? Der Betrag wird abgebucht."

Adele Demmler wollte gerade in ihrer Wohnung verschwinden und die Tür hinter sich zuschlagen.

Wagner kam ihr zuvorkam.

„Nein, ich bin nicht von der Kirchenzeitung, Frau Demmler."

„Sondern?"

Sie sah ihn, mit gewissem Sicherheitsabstand, an. Noch trennten sie acht Treppenstufen. Notfalls war sie drin und Tür zu.

„Oberkommissar Wagner, Polizeiinspektion Speyer."

Adele Demmler war nun höchst überrascht. „Und da sammeln Sie für bessere Ausstattung der Polizei oder was? Ist es schon so weit gekommen? Von mir bekommen Sie nichts."

„Frau Demmler, ich möchte Sie nur bitten, mit mir ein paar Worte zu wechseln. Wir haben erfahren, dass Sie am Tag des offenen Denkmals den Dom besichtigt haben und wie Sie der Presse sicher entnehmen konnten…"

„Zählt das seit neuestem als Straftat: 'Den Dom besichtigen?… Der Presse entnehmen konnten?' Ja, glauben Sie allen Ernstes, dass ich eine Zeitung beziehe? Sie vielleicht, mit ihrem sicheren Einkommen. Ich als alleinstehende Rentnerin… Davon abgesehen führe ich ein geistliches Leben und ergehe mich nicht in rein weltlicher Lektüre."

„Frau Demmler, natürlich wird niemand strafrechtlich verfolgt, wenn er den Dom besucht. Ich hege auch aufrichtige Wertschätzung für ihr geistliches Leben, aber…"

„Um was geht es denn?"

Frau Demmler fühlte nun doch eine Neugier in sich aufsteigen, die sie nicht bezähmen konnte.

„Wenn ich kurz reinkommen dürfte?"

„Kurz? Das sagt meine Verwandschaft auch immer. Alles Versuche des Gegenspielers, einen vom geistlichen Leben abzuhalten. Aber leicht durchschaubar, wenn man einige Erfahrung hat in diesen Dingen."

„Des Gegenspielers?"

„Ach, Herr Oberkommissar, mit solchen Ausdrücken können Sie, der Sie ganz in weltlichen Dingen aufgehen, natürlich nichts anfangen. Kommen Sie."

„Also, Frau Demmler", begann Wagner, als er auf der Wohnzimmercouch saß, „um direkt zur Sache zu kommen: Jemand hat sie beobachtet, wie Sie mit einem Herrn im Arm oben auf dem Dachgestühl des Doms unterwegs waren. Dabei sollen Sie geäußert haben: Da stürzt noch einer herab, oder so ähnlich. Natürlich stellt das noch keinen Verdachtsmoment dar. Aber vielleicht können Sie uns ja mit eigenen Beobachtungen weiterhelfen."

Er betrachtete Frau Demmler mit höchster Aufmerksamkeit. In ihrem Gesicht waren keinerlei Spuren von Aufregung oder Unruhe zu erkennen.

„Ich bin schon erstaunt, welche Beobachtungen manche Leute anstellen! Haben die nichts anderes zu tun? Ich jedenfalls war mir da oben zu jeder Zeit bewusst, dass ich mich im Haus des Herrn aufhalte – in einem Haus des Herrn. Es ist ja nur eines unter unzähligen.

Was soll ich gesagt haben? Ja, natürlich. Warten Sie mal. Dieser Herr Tremmel... Sie müssen wissen, dass ich mich seiner etwas annehme. Der Mann lebt ja zu zurückgezogen und kommt überhaupt nicht mehr heraus aus seiner Gruft. Also gut, ich war oben und der stolpert mir da dauernd etwas zusammen. Es war fürchterlich. Zumal ich ja wegen meiner vielfältigen Gebrechen bei ihm untergehakt war. Bei den Stufen, müssen Sie sich vorstellen, die sind ja teils unverantwortlich abgewetzt und müssten dringend erneuert werden. Einiges, das sieht auch ein Laie, ist schlichtweg baufällig. Da spendet man regelmäßig, füllt den Klingelbeutel mit Opfergeist und dann so was!

Also da habe ich ihn angefahren, ich scheue mich gar nicht, das zu sagen. Anders dringt man ja manchmal gar nicht durch. Und so eine kleine Demütigung hat noch niemand geschadet. Ich befürchtete, dass ich noch die Treppen hinabstürze, weil er mir ständig in die Quere kam mit seinen Schuhen und dem Stockschirm, den er immer unnötig mit sich rumschleppt.

Ach, es ist manchmal schon ein Kreuz. Da macht man mal etwas anderes an einem Sonntag und wieder gibt es nichts als Unannehmlichkeiten. Passen Sie doch auf, bin ich herausgeplatzt, so wie Sie laufen, da werde ich noch hinabstürzen! Aber wir als Katholiken, wir können ja solche Unbeherrschtheit vertrauensvoll im Sakrament der Versöhnung..."

„Frau Demmler, der Herr, bei dem Sie untergehakt waren..."

„Herr Tremmel – er ist sicher bereit, meine Aussagen zu bestätigen. Er wohnt in der Schwerdstraße. Gehen Sie unbedingt zu ihm. Sie müssen wissen, dass Herr Tremmel sehr unter Einsamkeit leidet. Aber ich kann halt auch nicht immer nach ihm sehen. Grüßen Sie ihn von mir".

Wagner sah sie an. Ihm fielen ihre merkwürdig verzogenen Mundwinkel auf. Er reichte ihr die Hand.

„Danke sehr, Frau Demmler."

„Ich habe zu danken, kann ich ja jetzt nicht sagen. Aber ist schon gut."

Wagner registrierte ihren starken Händedruck und wie sie dabei seine Hand nach unten zog.

„Ich kumm glei!"

Wagner stand am Eingangstor. Nach einiger Zeit hörte er, wie sich Schritte näherten.

Herr Tremmel öffnete das Tor und sah den ihm unbekannten Herrn fragend an. „Kummen Sie vum *Essen auf Rädern*? Ich hab für heut nix bestellt."

Herr Tremmel musterte ihn von oben bis unten und bemerkte, dass er keine in Folie verpackten Gerichte mit sich führte.

„Nein, ich komme nicht vom *Essen auf Rädern*. Mein Berufsbild unterscheidet sich hiervon geringfügig. Herr Tremmel, dürfte ich einen Moment mit Ihnen sprechen?" Wagner deutete nach der Wohnung und zeigte seinen Dienstausweis.

„Dess kann ich jetzt aber so net lesen. Sie müssen schon entschuldigen. Wo hab ich denn jetzt die Lesebrill? So geht des jeden Tag, ständig muss ich was suchen."

Herr Tremmel sah sich etwas hilflos um und suchte vergeblich in den Taschen seiner Jacke.

„Wagner, Oberkommissar Wagner, Polizeiinspektion."

„Um Himmels Willen, iss was passiert?"

„Kein Grund zur Aufregung. Wir suchen nur nach Personen, die uns vielleicht die ein oder andere Beobachtung mitteilen können. Im Rahmen unserer Untersuchungen bekamen wir den Hinweis, dass Sie mit Frau Demmler auch unter den Besuchern des Tag des offenen Denkmals waren."

„Kommen Sie rein."

Herr Tremmel ging ihm voraus und entschuldigte sich gestenreich für das heillose Durcheinander im Innenhof.

„Mer kommt ja gar nimmi nach, bei all dem, was sich do mit der Zeit so ansammelt."

Wagner beschwichtigte Herrn Tremmel. Er nahm einige Stufen und betrat die Wohnung.

„Gehen wir ins Wohnzimmer. Ich kumm glei."

Wagner nahm auf der Couch Platz und sah sich im

Zimmer um, während Herr Tremmel sich im Nebenraum zu schaffen machte. Ein Bücherregal, Schriften eines Pater Kentenich, ein Marienbild an der Wand.

Herr Tremmel betrat den Raum. „Das ist ein Bild von Maria, *Rosa Mystica*.“

„Sehr schön. Herr Tremmel, uns wurde vertraulich mitgeteilt, dass Sie mit Frau Demmler die Führung mitgemacht haben. Dabei fiel jemandem auf, dass Frau Demmler Sie anschrie: 'Da wird noch jemand abstürzen'! Können Sie sich daran erinnern?“

„Gell, Sie fragen jetzt, weil am gleichen Tag...“

Wagner bestätigte dies.

„Ich weiß jetzt gar nicht, wie ich das sagen soll.“

„Seien Sie unbesorgt. Wir behandeln Ihre Aussagen vertraulich.“

„Also, ich wollt ja die Führung gar nicht mitmachen. Aber wie's halt so iss, die Frau Demmler hat mich gebeten und – wenn die was will... – also ich hab mich halt erweichen lassen.

Da kommt man nicht gegen an und jetzt, wo der Mann von ihr gestorben war vor einiger Zeit, da bin ich halt mit und – ich weiß nicht, ob Sie die Frau Demmler kennen? Die iss ja schon etwas kräftiger gebaut – und wie die sich da bei mir unterhakt. Mir war das ja so peinlich, aber was soll mer machen, die macht da doch wie sie will und da bin ich ihr wahrscheins, dabbich wie man so iss, wenn man schlecht sieht und die mit ihrem Gewicht, da bin ich ihr wahrscheins mit den Füßen oder dem Stock, weil, ich hab ja immer den Schirm dabei, man kann ja nie wissen, dann rähnt es plötzlich und mer steht da und weiß nicht, wie man noch trocken nach Hause kommt und bei meiner Gesundheit, das kann ich mir auch nicht mehr erlauben, dass ich mir da noch eine schwere Erkältung hol, das iss ja nicht so ohne und wenn man dann alleins dasteht und keiner nach einem sieht, also da muss ich ihr mit den Schuhen oder dem Stock paar mal in die Quere gekommen sein und da – aber bitte, dass Sie nix sagen? – da faucht die mich an! Du liebi Zeit, denk ich noch, da will man der, weil die so drängt, einen Gefallen tun und die Leut drehn sich um, ich sag Ihnen: Nie wieder, nie wieder geh ich da mit, da kann kommen, was will!"

„Und was meinen Sie zu ihrem Ausbruch: Da wird noch einer abstürzen! – wen hat sie damit gemeint?"

„Ei, sich! Die hat wahrscheinlich Angst gehabt, dass sie ins Straucheln kommt und fällt. Weil, bei dem Gewicht. Ich kann die dann bestimmt net auffangen, do, ich hab ja auch nimmer so viel Kraft. Aber sich gleich so aufzuregen! Um Himmels Willen, war ja keine Absicht. Was kann ich dazu, wenn ich da mit dem Stock…, die hat mich ja regelrecht wie im Schraubstock gepresst und in der anderen Hand hatte ich ja noch die Tasche, die wo ich immer mitnehm, weil mer hat ja so sei Sächelcher und braucht da einmal die Tropfen, ein anderes Mal ein Taschentuch oder, wenns dunkel iss, die Taschelamp. Do nehm ich immer alles in der Tasch mit, bevor ich da anfang, do erumzusuchen, Sie verstehen?"

„Ja, Herr Tremmel, ich verstehe. Vielen Dank erst einmal."

Er erhob sich und schritt zur Tür. Dann drehte er sich noch einmal um. „Noch etwas, Herr Tremmel: Sang Frau

Demmler eigentlich einmal im Kirchenchor, ist Ihnen da was bekannt?"

„Dess kann gut sein, dass die mal im Kirchenchor gesungen hat. Die hat ja auch früher in der Kirche immer mitgesungen. Aber jetzt in der letschten Zeit... Da würde ich mal den Chorleiter fragen, einen Herrn Diehl."

„Und Sie selber, singen Sie auch im Chor oder waren da früher mal aktiv?"

Herr Tremmel schüttelte den Kopf: „Ich hab da nie groß geglänzt. Also früher ging das ja noch halbwegs. Aber jetzt, wo mer älter wird und mit de Stimmbänder zu tun hat, du liebi Zeit, näh. Jo, alla, mer soll halt zufrieden sei mit dem, was man hat."

„Das ist eine gute Einstellung. Danke, Herr Tremmel."

Herr Tremmel schickte sich an, noch bis zum Tor mitzukommen. Wagner winkte ab.

„Danke, geht schon. Ich finde den Weg."

Als er auf der Straße stand, blickte er sich noch einmal um. Er sah gerade noch, wie Herr Tremmel schnell hinter dem Vorhang verschwand, gerade so, als habe er sich geduckt.

24. Kapitel

Bischof Dr. Güterschild sammelte sich noch einmal, bevor er zum Mikrofon schritt. Domschweizer Anselm Leutgart versuchte vergeblich, das Blitzlichtgewitter der Pressefotografen in Grenzen zu halten. Der überfüllte Dom sprach eine deutliche Sprache von der Wertschätzung für Dompfarrer Galanthin, wie auch von der großen Erschütterung, die der furchtbare Anschlag auf sein Leben ausgelöst hatte. Man konnte davon ausgehen, dass ein Teil der Besucher, die noch ganz unter dem Eindruck des Schreckens standen, nicht zu den Stammbesuchern zählte und auf diese Weise ihre Anteilnahme zeigte.

„Liebe Angehörige, liebe Trauergemeinde aus Nah und Fern, liebe Mitbrüder im priesterlichen Dienst, hier aus unserer Domstadt, aber auch ganz besonders aus der Heimatgemeinde unseres lieben, unseres verstorbenen Dompfarrers" – Bischof Dr. Güterschild verhielt für einige Sekunden die Stimme, bis er sich wieder gefasst hatte – „es ist gut, dass Sie alle gekommen sind, um gemeinsam mit uns des Verstorbenen zu gedenken und Eucharistie zu feiern. Geteiltes Leid ist halbes Leid, dieser bekannte Ausspruch mag uns hier und heute nicht über die Lippen gehen, er mag befremdlich klingen und ist sicher alles, nur kein Trost. Aber, im Lichte unseres Glaubens kann er bei allem Schmerz seine Wahrheit enthüllen, nämlich dann, wenn wir ihn ins Licht dessen stellen, der von sich sagte: Ich bin das Licht der Welt.

Liebe Schwestern und Brüder: Nur vor Ihm kann dieser Satz bestehen und nur durch Ihn finden wir jene Stärke und jenes Licht, das so stark ist, dass es auch in bitterste, furchtbarste Abgründe fallen und sie erhellen kann.

'Muss ich auch wandeln in finsterer Schlucht, ich fürchte kein Unheil, denn Du bist bei mir.'

Liebe Schwestern und Brüder, in diesem Glauben hat auch unser lieber Dompfarrer Galanthin gelebt und diesem Glauben getreu, darauf dürfen wir bauen, ist er auch von uns gegangen. Aus Gesprächen, die ich mit ihm geführt habe, weiß ich, dass es ihm nicht gefallen würde, wenn ich jetzt weit aushole und all das aufzähle, was er für unser Bistum getan hat. So will ich sie nur bitten, seiner still im Gebet zu gedenken.

Ich jedenfalls bin gewiss, dass auch er für uns einstehen wird, dass er für uns Fürbitte halten wird und schon hält, Amen!"

In der Menge unauffällig lauschten auch Wagner und Rehles der Predigt des Bischofs, der mit seinen mit volltönender, obgleich zuweilen in Trauer etwas brüchiger Stimme vorgebrachten Worten die Zuhörer stärkte. Die Domkapitulare Schütz und Bertram, Weihbischof Kündel und die Spiritanerpadres, die aus ihrer Klause bei St. Bernhard gekommen waren, waren zutiefst betroffen.

Wagner sah sich unauffällig um. Er ließ seinen Blick durch die Reihen wandern und fragte sich, ob der Täter unter den Besuchern sei. Hier sah jemand starr vor sich hin, da verbarg jemand sein Gesicht hinter gegen die Stirn gepressten Händen. Und wenn der Täter unter ihnen wäre, dachte er, was würde in ihm vorgehen?

Domchor und Orchester führten nun das *Introitus* aus dem *Requiem* in d-moll von Wolfgang Amadeus Mozart auf, einer Komposition, die Dompfarrer Galanthin ganz besonders geliebt hatte und deren ergreifender Schönheit sich niemand entziehen konnte.

„Requiem aeternam dona nobis", murmelte Domkapitular Schütz und kämpfte mit den Tränen. *„Et lux perpetua, et lux perpetua."*

Als am Ende des Trauergottesdienstes Musik und Gesang verklungen waren, wandte der Bischof sich noch einmal an die Versammelten.

„Liebe Trauergemeinde, nachdem wir nun durch Wort und Sakrament gestärkt sind, des Verstorbenen in unseren Fürbitten gedacht und die ergreifende Musik Mozarts haben auf uns wirken lassen, die uns in ihrer Schönheit und dem geistlichen Gehalt ihrer lateinischen Texte jene andere Welt ahnen ließ, wollen wir uns nun zum Kapitelsfriedhof bei unserer Bernhardskirche begeben, um unserem lieben Dompfarrer die letzte Ehre zu erweisen.

Noch ein Hinweis: Heute abend um 18 Uhr beten wir hier in unserem Dom den Rosenkranz. Anschließend feiern wir das erste Sterbeamt. Auch hierzu laden wir Sie herzlich ein."

Wagner hielt Ausschau nach Rehles, der sich irgendwo in der Menge verloren haben musste. Am Ausgang angekommen, sah er ihn und flüsterte ihm zu: „Gehen Sie bitte mit zum Kapitelsfriedhof und halten Sie die Augen auf, ob Sie etwas Verdächtiges beobachten. Nicht auszuschließen, dass es den Täter zum Grab zieht."

Oberkommissar Wagner näherte sich über den Domvorplatz dem Domgarten. Eine große Menschenmenge verlief sich nun, strömte in die Innenstadt, um zum Kapitelsfriedhof zu gehen oder zog, über weitverzweigte Gassen weiter nach Hause. Er beschloss, eine Runde durch den Domgarten zu gehen. Über eine Reihe von Treppenstufen gelangte er bis zur Skulptur *Fährmann hol über*, passierte diese und sah zur Linken eine kleine Anlage zum Schachspiel im Freien. Weiter hinten versuchten sich vereinzelte Ausflügler am Minigolf. Er ließ seiner Erinnerung und seinen Assoziationen freien Lauf, während er in Gedanken zu seinem damaligen Besuch bei Generalvikar Dr. Weihrauh zurückkehrte. Er sah es wieder vor sich, wie dieser ihm das neueste anonyme Schreiben zureichte. Während dessen Stimme, seine typische Gestik in seinem Gedächtnis in aller Klarheit auftauchten, schien das Schreiben wieder vor ihm zu liegen: *Glauben Sie nicht, dass ich all das so gewollt habe. Die auf den Herrn harren, bekommen neue Kraft, auf dass sie auffahren wie Adler. Wohlgemerkt, die auf Ihn hoffen und nicht seine Worte verdrehen.*

Was mit denen geschieht, die sich widersetzen, konnte man sehen. Auffahren? Hier muss man wohl eher von Sturz sprechen.

Ich hoffe, dass Ihre Kleriker jetzt wach werden. Besonders auch jener, über dessen Haupt schon eine Schale des Zorns schwebt. Der Schnitter ist schon bereit.

'Ja, so ähnlich hatte sie, oder er, geschrieben? Was hast du gesagt: Hatte sie geschrieben? Sie, die Person, sie... Warum gehst du eigentlich von einem Mann aus? Wie hatte der Gerichtsmediziner sich noch ausgedrückt am Telefon?'

„Beträchtliche Kraft, Körpereinsatz, mit großer Wucht ausgeteilte Schläge".

Der Schnitter... Der?

Nun passierte er eine kleine japanische Touristengruppe, die etwas orientierungslos durch den Domgarten irrte. Er gab bereitwillig Auskunft und hörte, wie sie sich unter fernöstlichen Lauten – sinsetsu ni arigatou. Sayonara – entfernten. Dann überquerte er die Straße, um zu den weiteren Domgartenanlagen zu gelangen. Aus der Ferne war schon das Rheinufer zu sehen.

Was mit denen geschieht, die sich widersetzen, konnte man sehen. Auffahren? Hier muss man wohl eher von Sturz sprechen. Ich hoffe, dass Ihre Kleriker jetzt wach werden. Besonders auch jener, über dessen Haupt schon eine Schale des Zorns schwebt. Der Schnitter ist schon bereit.

'Was für ein Stil.'

Hier muss man wohl eher von Sturz sprechen.

'An was erinnert dich das? Wer drückt sich so aus?'

Hier muss man wohl eher...

'Vermutlich ein gewisses Bildungsniveau. Intelligent, keine Frage. Methodisches, planmässiges Vorgehen. Stark rationale Elemente, aber auch hochgradig emotional. Wieder auf die Dienste des Profilers zurückgreifen? Er erinnerte sich an jenen Mordfall an einem höheren Beamten, in dem Profiler Prof. Ernst Ludwig Sagaster zum ersten mal einer grösseren Öffentlichkeit bekannt geworden war.'

Ich hoffe, dass Ihre Kleriker jetzt wach werden...

Ihre Kleriker? Der Schreiber spricht doch besonders von einem, jener, *besonders auch jener, über dessen Haupt schon eine Schale des Zorns schwebt.*

Ihre Kleriker? Drückt man sich so noch aus? Wann redete man so? Den Generalvikar fragen.

Besonders auch jener, über dessen Haupt...

'Wer? Dr. Weihrauh? Glaube ich nicht. Bertram, Schütz? Retschmann?

Besonders auch jener, über dessen Haupt...

Also hat er eine bestimmte Person klar ins Auge gefasst

und plant ihre... Hat sie längst anvisiert, längst im Fadenkreuz.

Die sein Wort verdrehen...,

Sind ihm nicht streng genug. Welchen Massstab nimmt er, woran misst er sie?'

Er war am Rhein angekommen und sah einem Schiff nach, das ganz gemächlich vorbeizog. Nebenan, im Biergarten des *Alten Hammer*, saß kein Mensch.

25. Kapitel

„Ach, Sie sind es, Rehles, kommen Sie rein." Wagner lehnte sich tiefer in seinen schwarzen Sessel zurück. Er gab Rehles ein Zeichen, die Tür zu schließen und blickte gespannt auf.

„Wie war die Bestattung? Irgend etwas Auffälliges beobachtet?"

„Ich fürchte, nein. Sehr viel geweint, die Leute. Eine Angehörige musste man wegführen. Eine Aufregung kann ich Ihnen sagen. Wegtragen, hätte ich besser gesagt. Zum Glück waren Leute von den Johannitern da. Die hat es nicht verkraftet. Auf dem Kapitelsfriedhof musste man vorher noch etwas umbauen, auf die Schnelle. Kaum noch Platz frei."

Rehles führte eine Hand an sein verspanntes Genick, schmiss seinen Mantel über den Stuhl und steckte die Hände in die Hosentaschen.

„Und davon abgesehen?"

„Viele Trauergäste natürlich, die man hier in Speyer vermutlich noch nie gesehen hat. Jedenfalls kannte ich keinen. Alle Geistlichen anwesend. Schöne Ansprache vom Bischof, das kann der aber auch."

„Ich meinte, ob irgendein Besucher hinzugekommen ist, den es vielleicht zum Grab zog, jemand, der Ihnen aufgefallen ist?"

Kommissar Rehles meinte trocken: „Nein, Fehlanzeige. Ich vermute nicht, dass der Täter anwesend war, wenn Sie das meinen."

„Was sollte ich sonst meinen?"

Wagner erhob sich, schritt zu einem Wandschrank und entnahm ihm eine schon angebrochene Flasche besten kubanischen Rums. Er goss sich ein kleines Glas ein, bemerkte, wie Rehles stutzte und sagte: „Wegen der Erkältung. Auf Anraten des Doktors. Rum desinfiziert, wussten Sie das?"

Rehles war nun sichtlich irritiert. War das jetzt Ernst oder nicht?

„Mal was anderes: Ohne Ihnen zu nahe treten zu wollen. Heute abend ist Sterberosenkranz. Einer von uns sollte präsent sein."

Kommissar Rehles verstand nun rein gar nichts mehr.

„Sie sind doch katholisch."

„Ja, schon, aber..., ich..."

„Was heißt hier 'ja schon'?"

„Sie doch auch, oder?"

Damit hatte er nicht gerechnet. Ganz schön kess in letzter Zeit, dieser Rehles. Den musste er mal wieder auf Normalmaß zurechtstutzen.

„Das ist jetzt ein weites Feld. Wissen Sie was: Wir gehen beide."

Kommissar Rehles schluckte nach Luft: „Ich hatte eigentlich heute abend schon etwas vor, ich meine, Oksana..."

„Schon mal was von Überstunden gehört? Aber eine ausgezeichnete Idee, dass Sie Oksana ins Spiel bringen. Ihre Frau kann gerne mitkommen. Ich nehme doch an", fügte er hinzu, da Rehles ihn bestürzt anstarrte, „dass Oksana keine unüberwindliche Abneigung gegen den Rosenkranz hegt?"

„Nein, das sicher nicht, aber..."

„Da bin ich aber beruhigt, dass wir uns so schnell geeinigt haben. Ich erwarte Sie um spätestens 17 Uhr 50 vor dem Eingangsportal. Sie können gehen."

„Fräulein Schneebel, sagen Sie Herrn Wagner doch bitte, er möge unverzüglich in mein Büro kommen, ja?"

Hauptkommissar Puhrmann hatte bewusst Fräulein gesagt, wusste er doch, dass die junge Frau Schneebel bei ihrem Ausbilder auf Frau bestand. Lehrjahre waren schließlich keine Herrenjahre!

Fünf Minuten später flog die Tür auf. Wagner blickte in das angespannte Gesicht seines Vorgesetzten, der mit den Fingern auf den Schreibtisch trommelte.

„So, Herr Wagner, da lassen Sie mich geschlagene fünf Minuten warten! Das fängt ja gut an. Nehmen Sie Platz."

„Das hatte ich vor, Herr Puhrmann. Ich stehe ungern längere Zeit."

„Von Ihnen hört man ja Schönes!"

„Das freut mich, von wem denn?"

„Also, Herr Wagner, es ist jetzt wirklich nicht der richtige Zeitpunkt, dass wir uns hier in Witzeleien ergehen. Wir haben schließlich einen Mordfall aufzuklären!"

Hauptkommissar Puhrmann schlug die *Rheinpfalz* zu und beförderte sie ans andere Ende seines Schreibtisches: „Wenn ich mich richtig erinnere, sind Sie mit den Ermittlungen betraut. Im Duo mit Rehles, versteht sich. Und was machen Sie? Besuche bei älteren Damen – Stichwort Demmler, älteren Herren, Stichwort Tremmel –, derweil ihr Herr Rehles sich mit kurzsichtigen Privatleuten unterhält! Also, bitte, Wagner, was um Himmels Willen ist mit Ihnen los?!"

„Da sind Sie ja zumindest über einen kleinen Ausschnitt meiner Ermittlungstätigkeit informiert."

„Ermittlungstätigkeit? Dann auch noch Dombesichtigungen. Bei allem Respekt: Ich erwarte da schon etwas mehr Einsatz! Oder soll ich Ihnen den Fall entziehen? Haben Sie mal mit dem Profiler Kontakt aufgenommen? Ich kann mich ja nicht um alles selbst kümmern."

„Nein, habe ich nicht. Habe ich auch nicht vor."

„So? Das haben Sie nicht vor."

Hauptkommissar Puhrmann hatte ihn mit schneidendem Tonfall nachgeäfft. Er schlug auf die Zeitung und sagte barsch: „Noch zwei Wochen gebe ich Ihnen, Wagner. Bis dahin unterrichten Sie mich täglich über ihr Vorgehen, alles klar?"

Wagner sah ihn zunächst wortlos an. Nach einer kurzen Pause fügte er hinzu: „Vielleicht sieht man sich ja heute abend, beim Sterberosenkranz. 18 Uhr. Wenn Sie pünktlich kommen, finden Sie bestimmt noch einen Platz."

Der Stich saß. Wagner schloss die Tür hinter sich.

Um 17 Uhr 45 wartete ein ungeduldiger Kommissar Rehles, von seiner Gattin Oksana begleitet, auf seinen Vorgesetzten.

„Da kommt er." Er deutete in Richtung Rathaus, wo seine scharfen Augen ihn ausmachten. Schon strömten viele Leute aus der Domstadt, aus Ortschaften des Umkreises und dem Heimatort des Verstorbenen in die Kathedrale. Unter Leitung von Generalvikar Dr. Weihrauh würde erneut des ermordeten Dompfarrers Galanthin gedacht werden.

„Guten Abend, Herr Wagner. Ich freue mich, Sie zu sehen."

„Ganz meinerseits, Oksana. Schön, dass Sie gekommen sind. Eine schöne Geste von Ihrem Mann, am Rosenkranz teilzunehmen und uns einzuladen."

Kommissar Rehles hielt, von Oksana unbemerkt, den Atem an. Sie betraten den Eingangsbereich zum Dom, wo sich immer mehr Menschen zusammendrängten.

Auf den vordersten Bänken hatten auf der einen Seite schon Angehörige und auf der anderen Seite die Domkapitulare sowie Bischofssekretär Melzer Platz genommen. Dahinter erkannte man Pfarrer Retschmann und die Geistlichen des Spiritanerordens. Hoch oben, auf der Orgelempore harrten Domorganist Prof. Theo Schalmer und der Domchor auf ihren Einsatz. Auf den Sterberosenkranz folgte die Messfeier. Ihr stand ein hagerer und sichtlich abgespannter Generalvikar Dr. Weihrauh in violettem

Messgewand vor. Immer wieder erklangen Auszüge des *Mozartschen Requiems*, das – als Lieblingskomposition des Verstorbenen – nochmals zur Aufführung kam. In einer der vorderen Reihen konnte man, angeführt von Oberbürgermeister Kellbrunner, auch einige Honoratioren der Stadt erkennen. Den Fotografen der *Rheinpfalz*, des *Pilgers* sowie Fotografen anderer Blätter waren die strikten Auflagen des Bischöflichen Ordinariates eingeschärft worden, wonach die Anzahl fotografischer Aufnahmen auf das Allernötigste zu beschränken war. Wagner, der direkt hinter Oksana und Rehles saß, bemerkte, mit welcher Aufmerksamkeit Oksana an allem teilnahm. Ja, Rehles hatte offensichtlich Glück gehabt.

Agnus Dei, qui tollis pecata mundi, Miserere Domine. Agnus Dei. Zur Kommunionausteilung erhoben sich viele der Priester, die in den vorderen Reihen saßen, schritten zum Altar und unterstützten Dr. Weihrauh, indem sie sich mit Kelchen in der Hand an unterschiedlichen Stellen im Dom postierten. Dr. Weihrauh blieb am Hauptaltar und näherte sich, mit dem goldenen Kelch in den Händen, den ersten Personen, die sich in einer langen Reihe anstellten.

Nun erklang der mit *Communio* überschriebene Auszug des *Mozartschen Requiems*. Domchor und Orchester gaben, dirigiert von Domorganist Prof. Theo Schalmer, noch einmal ihr Bestes. Eine ergreifende Atmosphäre breitete sich aus, lag über den Besuchern, die zur Kommunion schritten und wieder in ihre Bänke gingen, erfasste die, die einfach still dasaßen und zog unwiderstehlich alle in ihren Bann.

Dr. Weihrauh, der einige Male mit Dompfarrer Galant-hin die Messe konzelebriert hatte, fühlte nun Erinnerungen an ihn in sich aufsteigen. Während dessen Gestalt vor seinem inneren Auge auftauchte, schritt er zum Altar zurück, um den zur Neige gehenden Kelch neu zu füllen.

„Corpus Christi."

„Amen."

„Corpus Christi."

Dr. Weihrauh bevorzugte die lateinische Ausdrucksweise, die ihm feierlicher und dem Ernst der heiligen Handlung angemessener schien. Während er die Kommunion austeilte, streifte sein Blick die Gesichter der vielen Menschen, die sich näherten. Wie unfassbar groß war dieses Mysterium: Er, der Herr, wahrhaft in seinen Händen gegenwärtig.

„Corpus Christi."

Zuweilen erkannte er jemand. Er ließ es sich aber nicht anmerken, sondern teilte die Heilige Kommunion mit unveränderter, würdig-ernster Miene aus. Getragen von großartigem Gesang näherte sich nun ein Mann, den er zuweilen mit dem Fahrrad durch die Stadt fahren sah. Immer etwas orientierungslos wirkte der, etwas verloren, doch sicher eine gute Seele. Dem Generalvikar entging die große Andacht nicht, mit der dieser die Heilige Speise empfing. Wieder einmal erschütterte ihn, wie schlichte, einfache Menschen zuweilen ein viel tieferes Verständnis für das Mysterium zeigten als andere, die sich klug wähnten. Während er weiter die Kommunion austeilte, sah er noch, wie dieser mit hoch erhoben gefalteten Händen zur Bank zurückging.

Die Musik erreichte nun einen ihrer Höhepunkte. Eine suggestive Kraft ging von ihr aus, die unwiderstehlich wirkte und für einige Zeit vieles vergessen ließ. Nun näherte sich auch eine etwas ältere Frau, die sich mühsam, doch sehr entschlossen bewegte. Sicher, die hatte er schon öfters gesehen.

Die Dame warf sich plötzlich auf die Knie, erhob den Kopf und streckte ihre Zunge weit, sehr weit heraus. Dr. Weihrauch zuckte fast zusammen.

Er vernahm den Gesang und während er mit tiefer Ehrfurcht „Corpus Christi" sprach, blitzte in seinem Geist eine Erinnerung auf, die sich, wie eine aufgerollte Schriftrolle, schnell und in zunehmender Klarheit entfaltete:

Einmal habe ich sogar beim Empfang des Allerheiligsten Sakramentes meine Zunge übertrieben weit herausgestreckt… Oh, welche Greuel muss ich sehen, im Hause des Herrn.

Dr. Weihrauch, der spürte, wie ihn eine merkwürdige, untrügliche Klarheit erfüllte, erschrak zutiefst.

Er blickte der Frau tief und starr ins Gesicht. Er nahm ihre großen, ausdruckslos-matten Augen wahr, ihre leicht herabhängenden Mundwinkel und zugleich ihre Entschlossenheit.

Während sie sich wieder erhob, sich tief verbeugte und zu ihrer Bank zurückging, in der er nun einen kräftigen jungen Mann ausmachen konnte, der ihr gleich Platz machte und zu ihr zu gehören schien, ging dem Generalvikar unwillkürlich ein „custodiat animam tuam in vitam aeternam" leise über die Lippen. Oberkommissar Wagner hatte ihm doch von einem jungen Mann berichtet, der angeblich gesehen worden war.

Einmal habe ich sogar beim Empfang des Allerheiligsten
Sakramentes meine Zunge übertrieben weit herausgestreckt...

Dr. Weihrauh spürte, wie sich seiner eine große Erschütterung bemächtigte. Sein Blick suchte den Domschweizer Anselm Leutgart, der nachher in der Sakristei
Dienst tun würde. Nur noch wenige Personen standen
vor ihm. Als er wieder zum Altar schritt, kam Domkapitular Schütz nach vorne. Dieser wollte als früherer enger
Vertrauter von Dompfarrer Galanthin noch abschließen-
de Worte an die Trauergemeide richten.

Der Generalvikar sprach den Segen und blickte dabei
unwillkürlich auch in die Richtung, in der die ältere
Dame saß. Sie hatte sich nunmehr dem jungen Mann
neben ihr zugewandt und redete auf ihn ein.

Dr. Weihrauh machte Domkapitular Schütz Platz. Er
begab sich zur Sakristei und winkte Domschweizer Leutgart durch ein Zeichen herbei.

26. Kapitel

Eine knappe Stunde später näherten sich Wagner und
Rehles dem Haus am Eselsdamm, in das eine ältere Dame
erst vor kurzem, zusammen mit ihrem Neffen, zurückgekehrt war. Draußen auf der Straße, in unmittelbarer Sichtweite, warteten zwei Streifenpolizisten und Spezialisten
der Spurensicherung in ihren Dienstwagen.

Während sich vor der Kathedrale die Menschenmenge
langsam verlief, einige Geistliche in vollem Ornat über

den Platz wandelten und über der Stadt dunkle Wolken heraufzogen, klingelte Wagner fest und zweimal hintereinander.

Cäcilia Zinser blickte auf. Sie legte ihren Füller zur Seite und gab Hannes die Anweisung, hinunter zu gehen und zu öffnen. Nach einiger, ihr verdächtig lange vorkommender Zeit, hörte sie Schritte. Jemand stieg rasch die Treppe empor und betrat ihre Wohnung.

Frau Zinser schaute die beiden Herren an, die plötzlich mit Hannes aufgetaucht waren, und schrie ihren Neffen an: „So hast Du mich also verraten? Sohn des Verderbens!"

Hannes blickte Frau Zinser mit allen Anzeichen des Entsetzens und großer Hilflosigkeit an.

„Nein, ganz bestimmt nicht, ich..."

Die Frau fauchte ihn an: „Schweig!"

Sie erhob sich und fragte: „Dazu sind Sie gekommen?"

„Frau Zinser, wir müssen Sie bitten, uns auf die Polizeidienststelle zu begleiten. Sie stehen unter dringendem Tatverdacht, an der Ermordung von Domkapitular Willibert Pregnald und Dompfarrer Galanthin schuldig zu sein. Sie haben das Recht, die Aussage zu verweigern, aber alles, was Sie sagen, kann gegen Sie verwandt werden."

Wagner erblickte Entwürfe von Briefen auf dem Tisch. Die Schriftform war ihm bereits bestens vertraut.

„Rehles, veranlassen Sie, dass die Wohnung eingehend durchsucht wird: Beweisstücke sammeln und fotografisch festhalten."

„Verstanden."

„Lassen Sie auch die Psychologin verständigen, die werden wir" – er deutete auf Hannes – „für die Vernehmung hinzuziehen müssen." Dann wandte er sich Hannes zu. Dieser hatte sich wieder erhoben, wirkte aber noch völlig verstört: „Und Sie müssen uns auch begleiten."

Hannes brach erneut in dumpfe, wehklagende Laute aus.

Cäcilia Zinser blickte wie durch Oberkommissar Wagner hindurch: „So sei es denn, dass ich in die Hände der Schergen falle. Vielleicht ist es besser so. Nehmen Sie mich fest. Es ist egal. Ein anderer wird das Gericht vollziehen. Weh dem, der sich an mir vergreift."

Daraufhin sah sie Hannes ins Gesicht: „Und wehe Dir, es wäre besser für Dich, Du würdest mit einem Mühlstein am Hals in den Meeresgrund versenkt."

Nun hörte man einen tiefen, wie halb erstickten Aufschrei. Hannes gab dumpfe und unverständliche Laute von sich und sank in sich zusammen.

Als Wagner spät, sehr spät, nach der zu Protokoll gegebenen Vernehmung und letzten Anweisungen an seine Leute in seiner Wohnung angekommen war, warf er seinen Mantel über den Haken. Er ging erschöpft ins Wohnzimmer, setzte sich und schloss für einen Moment die Augen. Nach einer Weile erhob er sich und begab sich zu seinem Computer. Er rief die Website von Mayra León auf, klickte auf Musik und wählte Lied Nr. 6. Wieder erklang sein Lieblingslied: *La gloria eres tu.*

Porqué negar que estoy de ti enamorada... esos ojazos azules... eres un encanto, eres mi ilusión... Dios te hice... Er erhöhte die Lautstärke und ließ sich von der Musik tragen. Rehles hatte seine Oksana und er?

Eres un encanto, eres mi ilusión... porque la gloria está en el cielo... Bendito Dios, no necesito ir al cielo si tu alma... la gloria eres tú, alma mia.

Oh, alma mia'

Kommissar Rehles lehnte sich zurück. Er fühlte, wie Oksana, die hinter ihm stand, ihre Arme um ihn schlang.

„Bin sehr stolz auf Dich."

Ihr Mann ergriff ihre Hände und lauschte dem Lied, das nun langsam einsetzte.

„Hab ich letzte Mal in Lviv gekauft. Ist schönes Lied, nicht? Essen ist bald fertig. Musst Du mir alles erzählen, wie gewesen ist, bei die ganze Einsatz. Ganz schön aufregend für mich. Aber immer habe ich auch etwas Angst, weil ist gefährlich, so eine Mörderin festnehmen. Ich wundere mich, dass Du da so ruhig bleiben kannst."

Oksana eilte kurz in die Küche, holte noch zwei Gläser aus dem Wohnzimmerschrank und zündete ein paar Kerzen an. „Mache ich wieder Wohnzimmerlampe an, ja?"

Sie löschte das Hauptlicht und bat ihren Mann an den Tisch.

„Habe ich gestern noch gekauft, in die Geschäft ganz nah an meine Eiscafé. *Dornfelder, Classic.* Wein aus Pfalz." Ihr Gatte entkorkte und goss vorsichtig ein. Oksana näherte ihr Glas dem seinen.

„Auf meine Kommissar-Mann."

„Schönes Lied."

„Die Gruppe heißt: *Ti, shcho padayut' vgoru.*"

„Ach, ja?" Den Namen konnte man sich ohne weiteres merken. Oksana summte und sang leise den Refrain:

„Ta shcho tancyuye z vitrom
Ta shcho letit' za nym
Ta shcho tancyuye z vitrom
Tam de nema vody. Komm, wir essen."

Sie nahmen Platz . Er füllte die Teller mit Knödeln, Rotkraut und Sauerbraten.

„Habt ihr kein Angst gehabt, dass die ist bewaffnet?"

Ihr Mann schüttelte resolut den Kopf.

„Nein", bemerkte er trocken.

„Ach!"

„Weißt Du, Schatz, wir sind ja durch unsere lange und harte Ausbildung auf unterschiedlichste Situationen vorbereitet."

„Ach, so."

„Aber gefasst habt ihr beide zusammen, Wagner und Du?"

„Ja, wir beide haben den Zugriff durchgeführt. Die merkte gleich, dass Widerstand zwecklos war."

Er spießte einen weiteren Knödel auf.

„Aber wie seid ihr auf die gekommen? Hat die Spuren hinterlassen, die auf sie geführt haben?"

Er kaute langsam zu Ende, wand sich ein wenig und meinte: „Oksana, nun…, das ist meist das Ergebnis langwieriger Ermittlungen, hartnäckig geführter Befragungen. Viel Arbeit und Spürsinn, bis alle Fäden zusammenlaufen und die Indizien eine klare Sprache sprechen."

„Ach so ist das, oh!"

Er stieß erneut mit ihr an.

„Auf meine Mann."

„Auf Dich, Oksana."

„Fräulein Schneebel, schicken Sie mir doch bitte Herrn Wagner in mein Büro." Hauptkommissar Puhrmann erhob sich. Er schritt unruhig im Zimmer auf und ab und entfernte einige Brezelkrümel von seiner Anzugsjacke. Sandra Schneebel, die junge Auszubildende, deren schwarze, gelockte Haare locker bis auf die Schulter fielen, machte sich sofort auf den Weg. Wagner schaut wenigsten nicht so streng, wie dieser Puhrmann. Ach, wenn ich nur übernommen werde, dachte sie hoffnungsvoll.

„Kommen Sie rein. Ich möchte Ihnen noch meine Anerkennung – also: Alle Achtung, Wagner! Da haben Sie den Fall ja doch noch überraschend schnell... Niemand soll sagen, dass ich Leistung nicht anerkenne. Vielleicht brauchte es einfach den gewissen Druck, den ich Ihnen gemacht habe. Nun, denn."

Hauptkommissar Puhrmann streckte ihm die Hand entgegen, drückte sie übertrieben fest und schüttelte sie. „Da gibt es nichts, Wagner. Wie Sie da zugegriffen haben, Respekt! Nur denke ich, Sie hätten mich durchaus etwas näher ins Vertrauen ziehen können. Ich meine, bei der Vielfalt meiner Aufgaben kann ich natürlich nicht über alles im Bilde sein. Aber wenigsten in groben Zügen. Sie werden Ihre Gründe gehabt haben."

Der Hauptkommissar, der mehr wie zu sich selbst gesprochen hatte, blickte nun auf. Er sah Wagner gerade ins Gesicht. „Hat man eigentlich schon die Tatwaffe gefunden?"

„Ja, Herr Puhrmann. Die wurde gestern abend bei der Durchsuchung sichergestellt. Eine Sichel."

„Eine Sichel!"

„So ist es. Sie verstehen: *Der Schnitter*. Das gab mir gleich zu denken."

„Und der junge Mann?"

„Wie ich vermutete habe, stand er ganz unter ihrem Einfluss. Wohl ein Fall von Hörigkeit. Vermutlich unzurechnungsfähig. Ein Fall jenseits von Gut und Böse. Er war am Ende, wie er auch gleich gestanden hat, im Falle Galanthin, mitausführendes Organ."

„Sie meinen: Sie schlug zu und er...?"

Wagner sagte: „So ist es."

Hauptkommissar Puhrmann hielt die Hände auf dem Rücken verschränkt. Ihn schauderte: „Fürchterlich!"

„Er wird jetzt eingehend untersucht werden, sobald er wieder ansprechbar ist. Die Festnahme von Frau Zinser hat ihn furchtbar mitgenommen. War ja sein einziger Ansprechpartner. Sieht man einmal von seiner Schwester ab, die aber auch – Sie wissen, was ich meine. Vermutlich wird ihn ein Haus in kirchlicher Trägerschaft aufnehmen, ein Heim mit angeschlossenen Werkstätten. Habe ich zumindest mal in die Wege leiten lassen, dass Kontakt aufgenommen wird. Aber zunächst muss man abwarten, bis die genaue Diagnose vorliegt."

„Sehr gut, Wagner! Schließlich haben wir – ich sage einmal als Träger einer öffentlichen Aufgabe – durchaus auch einen sozialen Auftrag. Solch ein Schicksal darf uns nicht gleichgültig sein! Da stehe ich ganz hinter Ihnen, Wagner!"

„Das ist schön von Ihnen, Herr Puhrmann."

„Mal was anderes..."

„Ja, bitte?"

„Wieviel Urlaubsanspruch haben Sie eigentlich noch für dieses Jahr?"

Wagner schaute seinen Vorgesetzten überrascht an. Auf einmal kam ein ganz anderer Puhrmann zum Vorschein. Ein Puhrmann, der ihm allen Ernstes Erholung gönnte und dessen Auftritt nicht mehr schneidig, sondern nahezu scheu war.

„Ich werde es in Erfahrung bringen."

„Gut, Wagner. Wir sehen uns."

Hauptkommissar Puhrmann begab sich wieder zu seinem Schreibtisch und verschanzte sich hinter einer weit aufgeschlagenen Zeitung.

Bischof Dr. Güterschild, in einen langen, schwarzen Mantel gehüllt, schritt aus dem Bischofspalais. Er verhielt seinen Schritt auf der Treppe und schaute mit ausgestreckter Hand nach oben. Regen? Er spürte ganz leichte Regentropfen. Er ergriff seinen Schirm und hielt dann nach Generalvikar Dr. Weihrauh Ausschau, der ihm schon langsam entgegenkam.

„Mein lieber Weihrauh. Schön, dass Sie die Zeit gefunden haben. Kommen Sie."

Der Bischof streckte zur Begrüßung seinen Arm aus und klopfte Dr. Weihrauh kurz auf die Schulter. Nun gingen sie, zunächst schweigend, in Richtung Historisches Museum und passierten es rechter Hand. Schon wurde es langsam dunkel. Ein leichter, durchaus nicht unangenehmer Wind kam auf.

Der Bischof, dem – wie auch Dr. Weihrauh – die Erleichterung über die Festnahme der Täterin anzumerken war, zeigte doch ein ernstes und sehr nachdenkliches Gesicht. Eine Frau kehrte auf der rechten Straßenseite den Bürgersteig. Sie erkannte ihn und grüßte ihn nahezu ungläubig. Dass der Herr Bischof an ihrem Haus vorbeispazierte...

Der Bischof erwiderte den Gruß und wandte sich dann wieder Dr. Weihrauh zu.

„Die nächste links und dann rechts hoch, Richtung Priesterseminar?"

„Genau. Da kennen Sie sich inzwischen schon gut aus in Speyer."

„Ja, so langsam wird es."

Nun spannte er seinen schwarzen Schirm auf. Er bemerkte erleichtert, dass auch Dr. Weihrauh an einen Schirm gedacht hatte.

„Nach all den Aufregungen der letzten Zeit tut es gut, den Abend durch einen Spaziergang ausklingen zu lassen. Ich bin dankbar, dass wir Gelegenheit zu einem ungestörten Gespräch finden. Auch als Bischof braucht man den Austausch." Dr. Weihrauh gab durch einen Fingerzeig die Richtung vor.

„Wissen Sie, Weihrauh, ich glaube, wir alle werden noch lange, noch länger als wir jetzt vielleicht denken, an den schrecklichen Geschehnissen zu tragen haben."

Dr. Weihrauh stimmte zu.

Der Regen ließ wieder etwas nach, sodass beide, nach kurzer Prüfung durch ausgestreckte Hände, ihre Schirme wieder zuklappten.

„Mir ist in letzter Zeit eigentlich wieder deutlich geworden, wie wenig wir in einen Menschen hineinsehen können. Da schreibt eine Person, die der Kirche auf irgendeine Art ja durchaus verbunden ist, Briefe, in denen sie bei allem Krankhaften, aller Anmaßung, bei aller Hybris, die darin zum Vorschein kam, ja einiges ansprach, was uns zu denken geben muss. Was für eine seltsame Mischung aus Luzidität, Eifer, Bosheit und Wahnsinn."

„Ich glaube ich weiß, was Sie meinen: Man kann sich der Einsicht nicht verschließen, dass wir uns in manchen Punkten getroffen fühlen müssen."

Der Bischof bejahte dies. „Das ist das Seltsame: Wenn wir das abziehen, was aus finsteren Quellen stammt, so kommen wir nicht umhin anzuerkennen, dass sie uns auch in Frage gestellt hat. Wissen Sie, Weihrauh, wie soll ich es ausdrücken" – er war plötzlich stehengeblieben – „trotz der verwerflichen Verbrechen sind wir gefordert, eine überzeugende Antwort zu geben."

Der Bischof nahm seinen Schritt wieder auf und setzte hinzu: „Sind wir nicht manchmal versucht, die Welt zum Maßstab für das Evangelium zu machen, anstatt umgekehrt?"

Dr. Weihrauh gab zu erkennen, dass er gut folgen konnte: „Sie meinen, ein gewisses Einknicken… Zum Beispiel dergestalt, dass man vieles verpsychologisiert oder rein symbolisch deutet. Man will nicht anecken, bloß nicht in den Verdacht kommen, altmodisch oder ignorant zu sein. Dabei gerät man in die Gefahr, scheinbar feststehende Erkenntnisse der Neuzeit – denken wir nur an die Psychoanalyse – ohne weiteres zu übernehmen und Glaubenswahrheiten leichtfertig zu relativieren, bis sie sich aufzulösen drohen. Anstatt dass wir aus der Kraft des Glaubens und erleuchtet vom Wort Gottes versuchen, die Zeit zu prägen, tun wir manchmal fast so, als stünden wir mit dem Rücken zur Wand. Dabei erliegen wir zuweilen der Versuchung, uns dem Zeitgeist anzugleichen."

„Genau! Ich sehe, dass wir uns einig sind, Weihrauh."

Der Bischof verhielt seinen Schritt und blickte Generalvikar Dr. Weihrauh in die Augen: „Mir scheint in der Tat, dass wir uns bei aller gebotenen Menschenfreundlichkeit davor hüten müssen, zu sehr eine Wohlfühlstimmung zu verbreiten. Wenn wir einseitig nur die Güte Christi verkünden, werden wir seiner Gestalt nicht gerecht."

Bischof Dr. Güterschild wippte nachdenklich mit dem Schirm: „Die Strenge ist die andere Seite der Medaille. Sonst ist das Bild nicht wahrheitsgemäß und vollständig. Wobei wir natürlich deutlich machen müssen, dass diese vor allem die treffen kann, die ihn ablehnen, verachten und seine Gebote mit Füßen treten."

Sie näherten sich mittlerweile dem Priesterseminar. Der Bischof warf einen Blick auf das Gebäude, in dem junge Priesteramtskandidaten ausgebildet wurden.

„Der Verlust der beiden Geistlichen wird sicher noch lange unersetzlich sein und bleiben", nahm der Bischof den Faden wieder auf.

„Sie sagten doch, dass Kaplan Kronschmied signalisiert hat, dass er gerne wieder zurückkommen möchte."

„Das ist richtig. Nachdem er jetzt zwei Jahre in Trier an der Ausbildung von Priesteranwärtern mitgewirkt hat. Sicher, eine ganz ungewöhnliche Begabung, dieser Kronschmied. Ich habe ihn ja, als ich dort am Seminar Gast war, zelebrieren sehen."

„Man will ja der Vorsehung sozusagen nicht vorgreifen", bemerkte Dr. Weihrauh mit feinem Lächeln, „aber wenn ich Sie richtig verstehe, sehen Sie für ihn eine große Zukunft voraus?"

„In der Tat. Ich habe selten einen jungen Priester gesehen, der einen solch reifen Eindruck macht. Ein Alleskönner. Predigen kann der! Mit Kindern kann er auch hervorragend umgehen. Darüber hinaus singt er ganz vorzüglich."

„Und dieser Priester aus Oppeln? Nach dem, was ich höre, ist man dort auch bereit, auszuhelfen."

„Ja, das ist erfreulich. Da können wir dankbar sein. Ich sage nur: Weltkirche. Und diese jungen polnischen Priester – das habe ich auch bei Messen im Vatikan erlebt – sind ja oft sehr sprachbegabt, wenn sie nicht schon von Haus aus Deutsch können. Was meinen Sie, gehen wir weiter, nach rechts, an den Feldern entlang?"

Dr. Weihrauh war einverstanden und der Bischof hub von neuem an.

„Ich habe mich manchmal gefragt, Weihrauh, warum lässt Gott das alles zu? Auch wenn ich darauf keine Antwort finde, so scheint mir doch, dass wir aus den schrecklichen Ereignissen etwas lernen und in uns gehen müssen. Vielleicht haben wir mehr Grund zu einer geistigen Erneuerung als wir glauben."

Für eine Weile versanken beide in Schweigen.

Dann ergriff der Bischof noch einmal das Wort: „Wir sollten Gott dafür danken, dass der Schrecken nach dem zweiten Mordfall ein Ende genommen hat. Gar nicht auszudenken, wenn...“

Der Bischof schüttelte den Kopf.

„Es liegt ja auch ein Segen darin, wenn dieser Ober-kommissar Wagner, Kommissar Rehles und die Verant-wortlichen der Polizeiinspektion, ihren Dienst gewissen-haft erfüllen und nicht ruhen, bis der Täter, oder in die-sem Falle die Täterin, gefasst ist. Ist ja alles gar nicht selbstverständlich."

Dr. Weihrauh schloss sich dieser Auffassung an. Er ver-schwieg, dass der entscheidende Hinweis von ihm ge-kommen war.